叫붐

米佛

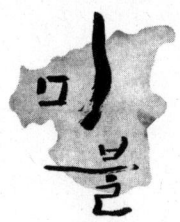

米佛

강석경
장편소설

민음사

차례

정인(情人) 7

미친 개나리 66

여름은 다시 돌아오지 않으리 125

나, 저녁 산책길에 신을 만난다면 192

작가의 말 229

위대한 예술가의 참다운 운명은 '일의 운명'이다.

—가스통 바슐라르

정인(情人)

　진아는 초록 이불 위에 누워 두 무릎을 세운 채 멍하니 천장을 바라보고 있다. 젊은 여자의 것이라곤 생각할 수 없을 만큼 늘어진 젖가슴과 체액으로 헝클어진 무성한 숲이 아침 빛살 아래 상처 입은 고깃덩어리처럼 드러나 있다. 갈라지는 쇳소리의 교성도 엿가락처럼 눌어붙어 방 안에 녹아 있고 아까부터 돌아다니는 파리 한 마리도 벽에 정물처럼 붙어 있다.
　하늘이 희뿌연 할 때 집을 나섰는데 북향 창으로 아침이 성큼 밀려와 있다. 과도한 정사에 혼곤하여 깜빡 잠이 들었나 보다. 창이 밝은 걸 보니 일곱시는 훨씬 넘은 것 같다. 나는 몸을 일으키며 진아를 재촉한다.
　"진아, 아침 먹어야지. 나가서 먹을까?"
　"귀찮아. 어제 남은 소주가 있어서 마셨더니 골치가 아파."
　"웬 술을 그리 마실꼬."

"나라고 술 마실 일 없을까."

진아가 몸을 일으켜 옆에 내던져 둔 옷 속으로 머리를 밀어 넣는다. 부대자루 같은 옷을 걸치고 텔레비전 장식장 아래에 있는 고추장 병, 젓갈 병, 마른 반찬통과 소주를 꺼내 방바닥에 놓는다. 진아는 외식을 즐기지 않아 여관방에서도 곧잘 혼자 밥을 지어 먹는다. 한옆에 쌓아놓은 접시와 그릇도 꺼내는데 반찬 국물이 말라 있다. 간밤에 먹고 씻지 않은 것이 분명하지만 진아는 태무심이다. 위생 관념이라곤 없어서 칠칠맞은 것은 그녀의 몫이 아니다. 진아는 술잔까지 가져오고 윗목에 놓인 작은 전기밥솥에서 밥 한 공기를 퍼다 제 앞에 놓는다.

눈뜨자마자 깨죽으로 요기를 했으니 나는 진아가 아침 먹는 것을 지켜보면서 반주 한 잔을 든다. 하룻밤을 자도 만리장성을 쌓으랬는데 그건 매일 살을 나누는 여자에 대한 예의다. 미궁(迷宮)의 이부자리에서 나오면 여자는 양식을, 나는 한 잔의 곡주를 들며 허기를 달래고, 별세계에서 망각했던 삶의 현관으로 들어설 준비를 하는 것이다.

진아는 늘 그렇듯이 쪼그리고 앉아 밥을 먹는다. 편히 앉아서 먹으라고 해도 고집이 세서 자세를 바꾸지 않는다. 내가 진아를 처음 본 날도 바로 저런 자세로 엉거주춤 앉아 담배를 피웠다. 온 얼굴에 검은 은하수처럼 깔린 점들과 기미, 어리석어 보이는 큰 입과 옥니를 드러내고 손가락 사이로 담배 연기를 날리던 모습엔 젊음이 박탈돼 있었다. 모델 가운을 입지 않았다면 온갖 풍파를 겪은 오십 대 아낙으로 보았을 거다. 봄날이라 볕을 찾아 실기실 문밖으로 나갔다가 인생이란 무대에서 미몽의 단역을 맡은 한 여자를 발견하고 말을 걸었다. "나도 담배 한 개비 얻을 수 있을까?" 진아는 잇몸을 드러내며 웃곤 가운 주머니에서 담배 한 개비를 꺼내 주었다. 모든 경계를 허무는 무방비의 웃음이었다. 나도 대책 없이 여자에게 성큼 다가섰다.

며칠 뒤 나는 밀실에서 박처럼 늘어진 진아의 양 가슴을 비교하며 오른쪽이 크다고 일러주었다. "그 사람의 버릇이로군. 한쪽만을……." 『설국』의 시마무라 흉내를 낸 것인데 진아는 배를 흔들며 웃더니 되물었다. "당신은 어떤 버릇을 갖고 있죠?" 나는 팥죽 같은 젖꽃판에 얼굴을 묻으며 말했다. "난 왼쪽만 좋아해." 그것이 벌써 십 년 전 일이다. 진아가 밥에 젓갈을 얹으며 불쑥 묻는다.

"정미 씨랑 사니까 좋아? 딸이 해주는 밥 먹으면 좋지 뭐. 박사 딸인데."

정미가 남편과 함께 프랑스에서 귀국하여 집을 합쳤다. 아버지를 홀로 둘 수 없다고 제가 친정으로 들어온 것이다.

"출가외인인데 늙은 아비가 딸 밥 얻어먹는 것도 편치는 않아. 사위도 어렵고. 내 여자가 해주는 밥이 제일 좋지."

"할아버지는 할아버지다. 여자한테 바라는 게 겨우 밥이야?"

나는 너털 웃는다. 진아는 한 번씩 찌르듯이 할아버지라고 부른다. 하긴 내일모레면 팔순이니 할아버지지. 그러나 매일같이 이부자리에서 여자를 위해 사명을 다하고도 할아버지로 불리는 건 불공평하다. 진아는 이내 말을 돌린다.

"아빠, 나 이달부터 대입 준비반에 들어갈래."
"지금 일어 안 하나?"
"요새도 오전에 학원 다니지. 일어만 배워서 뭐 해. 관광 가이드밖에 더 해?"
작년 가을부터 일어를 배운다고 계속 학원비를 가져가더니 또 대학 입시반에 들어간다고 한다. 이 년 전에는 뜬금없이 한의사가 되고 싶다고 한동안 학원엘 다녔다. 작년 봄부터 도자기도 몇 달 배우다가 그만두었다. 충동적이고 산만하지만 고집이 세니 한번 말이 나오면 기어이 해야 한다.
"진숙이 친구가 선교 활동 하러 인도네시아 갔는데 자연도 너무 아름답고 사람들이 순박해서 천국 같데. 나도 영문과 들어가서 선교사 될까 봐. 선교사 되면 외국도 나가고 하느님 얘기만 하고 좋지 뭐."
"신? 그건 인간이 약해서 만든 거 아닌가. 의존하고 싶어서."
"인간이 인간을 의존할 수 없으니 신을 의존해야지."
"진아가 날 의존하고 사는 줄 알았더니 그게 아니구나."
내가 잔을 비우니 진아가 밥그릇을 내려놓고 담뱃갑을 집어 든다.
"난 아빠도 의지가 안 돼. 그러니 신이라도 믿고 싶어."
"진아가 찾는 신이 어떤 건지 알지. 담배 같은 거지. 수틀리면 피우고 울적해서 피우고, 그러다 기분 좋을 땐 담배 연기처럼 신도 사라져."
"굶주리고 목이 마른 당나귀 앞에 귀리와 물을 각각 갖다놓

앉아. 당나귀는 무엇을 먼저 먹었을까? 귀리와 물은 아빠에게 붓과 여자 같은 거지. 아빠라면 뭘 선택하겠어?"

"쓸데없는 소리."

"당나귀는 귀리와 물 사이에서 망설이다 죽었대. 둘 다 먹어야 사니까. 아빠도 그림 그리는 것밖에 할 줄 아는 게 없지만 여자 없이도 못 살지."

진아는 한 발을 나의 가슴에 갖다 댄다. 이럴 때 나는 꼼짝없이 노예가 되어 여왕의 맨발등을 비단인 양 어루만진다. 나의 여왕은 노예의 시중이 필요하다는 듯 내 앞으로 바짝 다가와 두 다리로 거미처럼 내 늙은 허리를 감는다. 그리고 뻐기듯 치마를 걷어 올리며 "들어가!" 명령한다. 내 손가락은 파르르 경련하며 어둡고 습한 수풀을 더듬거린다. 동굴을 찾듯이 보물을 찾듯이. 검붉은 열대화가 내 손길에 이내 부풀어 오르는데 지칠 줄 모르는 그 본능은 그로테스크하기도 하고 신비롭기도 하다. 언제나 나를 위해 열려 있는 꽃이 미쁘기 짝이 없어 나는 터질 듯 만개한 그것을 온 입술로 탐식한다. 늪과도 같은 이 열락.

어제 3미터가 넘는 대작 하나를 마쳤으니 앞으로 두어 점은 손을 풀듯이 소품을 하기로 한다. 네 평의 방에 펼쳐놓고 그린 「인도에서 돌아오다」에는 내 가슴에 박힌 인도의 영상이 담겨 있다. 화면 맨 위에 깔린 붉은 강물과 까마귀 세 마리, 일몰의 강에 잠긴 붓다의 발자국과 물결 속에 바퀴처럼 흘러가는 법륜, 화면 왼편 아래엔 보라색 가사를 걸치고 삿갓을 쓴 승려가 흰 말에서 내리고 있다. 손에 꽃가지 하나 들고. 구도자의 길고 긴 여정에 전체적으로 무거운 색을 써서 장엄한 기운이 서리게 했다.

그림을 한창 그리고 있을 때 집에 왔던 서화랑 사장이 구도자의 얼굴을 가리키며 "선생님이군요." 했다.

"나를 닮았나요? 사실은 혜초를 그렸어요. 20세기의 혜초일 수도 있고."

"왜 혜초를 그리셨습니까?"

"깨달음의 영감을 얻기 위해 인도로 떠난 혜초의 구도 행각이 예술가와 비슷하지요. 안락을 도모하지 않고 머무르지 않고, 예술가도 끊임없이 새로운 세계를 찾아 나서요."

마루에는 인도에서 그린 출가(出家) 상이 걸려 있다. 맨 아래 화면에 그려진 붉은 성과 성에서 나서는 백마 탄 왕자 싯다르타, 성 위로 겹겹이 솟아 있는 산봉우리들, 그 위에 우주선처럼 떠 있는 하얀 달. 각기 다른 색으로 칠해진 병풍처럼 솟은 세 겹의 산들은 구도(構圖)를 위한 풍경이지만 끝없이 넘어야 할 넓은 세상을 암시하는 것도 같다. 구도자와 예술가가 닿고자 하는 궁극점은 다를지언정 과정은 같지 않은가.

"한 문학가가 했던 말이 생각나요. 예술가에게 집 가(家) 자를 붙이는 건 적당치 않다고요. 예술가는 끊임없이 자신의 집을 벗어나야 한다고. 애벌레가 고치 속에 갇혀 있는 한 결코 비상할 수 없으니까요. 예술가는 끊임없이 자기를 부수기 위해 출가하는 거라고."

"저 혜초는 바로 선생님이군요. 선생님도 전생에 승려였을지 모르죠."

"한때 비구가 되려고 절에 들어간 적은 있지요. 젊은 날의 객기지만."

그랬다. 속정을 버릴 수 없는 나의 본성을 일찌감치 깨닫고 절 문을 나왔지만 화가가 되길 잘했다. 중이 되어 계율을 지켜야 한다면 그것은 얼마나 부자연스러운 일인가. 뒤에 스님이 지어준 법명 미불(米佛)처럼 내 속에도 쌀톨만 한 불성은 있겠지만 공자연 성자연 하고 싶지 않다. 내가 그린 십장생 그림 속엔 불로초 대신 나녀(裸女)가 낙원의 이브처럼 서 있다. 여자는 내게 생명력을 주는 불로초, 나는 버러지처럼 자기 본성에 순응하며 여자를 사랑하고 그림을 그리는 환쟁이 미불로 살아갈 뿐이다.

올해 들어 두 점 그린 '야(野)' 시리즈에 한 점을 더하기 위해 가로세로 50센티미터 정도의 화선지를 준비한다. 이 소재는 10호 정도면 충분하다. 머릿속에 구상하여 스케치한 대로 화면 가운데에 정면으로 누워 있는 여자를 목탄으로 그린다. 무릎을 세운 채 한 팔의 팔꿈치는 바닥에 고이고 또 한 팔은 배를 가로질러 기하학적으로 구성한다. 몸은 뼈대가 과장되어 무릎은 낙타 혹처럼 튀어나오고 발가락은 갈퀴같이 구부린다. 출렁이는 가슴의 젖꽃판엔 건포도 같은 물감이 점점이 찍히고 머리는 폐수처럼 흐르게 한다. 에로틱하다기보다 그로테스크하게 그릴 것.

화면 전체에 리듬감을 주기 위해 여자 주위로 나비들이 강물처럼 흐르게 하고, 단조로움을 피하기 위해 물고기 두 마리를 풀어놓자. 여자와 나비, 물고기, 모두 사실적이라기보다

몽환적으로 그릴 것. 거대한 초록 잎에 누워 있는 여체를 게이샤처럼 하얗게 칠하겠지만 순지에 발묵된 먹과 어우러져 비생물적인 느낌은 주지 않는다. 하늘을 향한 여자의 옆얼굴은 아무것도 전해 주지 않지만 주위를 나는 노랑 파랑 나비는 여자의 속성을 말해 줄 것이다. 그것은 물론 나, 미불의 여자에 대한 관념이다. 여관방 이불 위에 수세미처럼 늘어져 있던 진아가 참혹한 녹색 강 위에 뼈의 여왕처럼 누워 나비를 부르고 있다, 나를 부르고 있다. 육감적인 여체를 그린 루벤스나 르누아르를 보라. 누군가 말했듯이 그들은 그림으로 이렇게 선언하고 있다. 나는 화필과 사랑을 한다!

"진아." 부르며 문을 두드리면 기다렸다는 듯 문이 활짝 열리는데 이날은 아무 기척이 없다. 아직 잠을 자는 것일까. 행여 옆방 손님이 깰까 봐 나는 다시 한번 가만 문을 두드린다. 역시 아무 소리가 없어 다시 한번 두드리고는 손잡이를 돌린다. 새벽 산보라도 나간 것일까, 했더니 문이 열린다. 손수건만 한 북향 창으로는 아직 빛이 들어오지 않고 어둑한 방에서 진아는 이불을 뒤집어쓰고 누워 있다.

"진아, 자나."

가만 이불을 들치니 진아의 얼굴이 드러난다. 눈을 감은 채 입을 다물고 있지만 자는 것 같지가 않다. 서양 여자처럼 세운 코는 아직도 보기에 익숙하지 않지만 그림에 절로 재현되니 눈이 간사한 건지 모른다. 진아, 다시 부르고 옷을 벗는데 진아가 등을 돌리며 이불을 뒤집어쓴다. 또 무슨 투정을 하려고. 웃음이 비죽 나왔지만 나는 이불 속으로 들어간다. 내가 누우려 하자 진아가 그제야 몸을 돌리더니 자리에서 일어나 앉는다. 진아의 눈이 부은 것 같다.

"아빠, 나 이렇게는 못 살겠어. 맞은편 방에 장기 투숙하는 운전사가 어젯밤 내 방에 들어오려고 했어. 문을 노크하기에 누군가 하고 문을 열었더니 나를 확 밀치고 안으로 들어오는 거야. 내가 있는 대로 소리쳤더니 마침 주인아줌마가 지나가다가 내 방에 들어와서 남자를 끌어냈어."

"인간이 그리 무지해서야."

내가 사는 동네의 작은 여관인데 부근에 버스 종점이 있어서 운전사 세 사람이 장기 투숙하고 있다는 말을 진아에게 들은 적이 있다. 밤이면 가끔 여자를 부른다는 말도 했다. 거친 사람들이지만 남의 여자 방까지 침범하다니. 나는 머리를 손으로 쓸고 달래듯 진아 어깨를 두드린다.

"얼마나 놀랐나. 그래서 울었구나."

"날 무시하니까 그런 짓 하는 거야. 내가 이런 데서 사니까 만만해서 그런 거야."

나는 눈을 감은 채 잠자코 있는다. 식구들과 함께 못 살겠다고 한 건 진아였다. 식구래야 노모와 자폐증 장애자인 남동생이 전부지만.

"방 두 칸짜리 전세방에서 어떻게 엄마하고 같이 살아. 진석이 보기도 괴로워."

그들의 전세방 값도 내가 주었다. 사글세로 든 주인집에서 방을 내놓으라고 한다니 무능한 한 가족이 길가에 나앉도록 버려둘 수는 없었다.

"그럼 어떻게 하고 싶나."

"쬐끄만 아파트 하나 얻어줘. 아빠도 그게 낫잖아. 여관 들락거리는 것보다."

결국은 돈 얘기다. 지난달 표구점에 500호짜리 그림을 찾으러 갔을 때 주인이 밀린 대금을 빨리 갚아달라고 했다. 어떤 술자리에서도 술값은 기꺼이 내 몫으로 맡지만 정작 내게 필요한 돈은 수중에 없을 때가 많다. 물욕만큼은 없어서 돈에 무심했고, 돈이 떨어지면 운 좋게도 그림이 팔리든지 어떻게든 살길이 열리므로 낙천적으로 생각할 뿐이다.

"아파트는 무슨 돈으로 얻나."

"큰 그림 팔면 되잖아."

"가을에 개인전을 하니 그 뒤에 생각해 보자."

"그때까지 여관서 이러고 살라고?"

"참을 줄도 알아야지. 전시할 때까지 그림 말고는 아무것도 생각하기 싫다."

"나한테 해준 게 뭐 있다고 참으래. 정미한테 하는 것 반만 해줘도 나도 박사 됐을 거야. 지성이 감천인 그런 아버지를 못 만난 게 한이야."

"부모라는 건 참 어리석어. 진아도 다시 자식을 키워보면 알 거다."

나는 눈을 감은 채 혼잣말을 한다. 아무리 여자가 좋아도 누워서 자식 얘기 같은 건 하지 않지만 진아는 이따금씩 정미에 대해 물어보며 질투를 비친다. 딸에 대한 아비의 사랑을. 진아가 정미보다 겨우 두 살 아래니 경쟁심을 가질 만도 하다. 그러나 클레오파트라라 하더라도 자식에 대한 사랑과 견줄 수는 없다. 그건 성질이 전혀 다른 곡식과 과일을 비교하라는 것과 같다. 나는 인생의 온갖 꼴을 다 본 노장답게 어린 여자를 어른다.

"그래도 내 불멸의 여자는 우리 진아지. 새끼가 아무리 예뻐도 품 안의 자식이고 짝만 찾으면 출가외인인데."

"정말 그림 속엔 계속 날 그리더라. 피카소고 모딜리아니고 여자가 영감을 주니까 그리지."

"여자들은 늘 저런 소리 한다."

진아의 엉뚱한 소리에 곤두섰던 신경이 누그러진다. 젊은 여자의 투정엔 지고 만다. 그것이 나를 매료시키는 젊음의 신선함이다. 내가 재미있다는 듯 웃음을 무니 진아도 해죽 웃으며 옆구리를 파고든다. 진아는 또 돈 얘기를 하겠지. 그림 그리는 것 외엔 아무것도 신경 쓰고 싶지 않으니 원하는 대로 줄 것이다. 여자와 함께 있는 시간은 머리를 비우는 시간이지만 진아는 늘 자본주의자처럼 감정을 상품인 양 물물교환 하려고 한다.

뜨락으로 들어서니 만발한 라일락 향기가 서늘하게 끼쳐온다. 며칠 전 목련 나무 아래서 달큰한 향기를 맡았건만 어느새 꽃이 져 땅에 누렇게 시들어 있다. 향기는 형체도 없이 찰나에 흩어지는데 초봄의 매화나 라일락 향기는 청초하고 가벼워서 바람에 싸여 지나가듯 한다. 무심히 걷노라면 걸음을 멈추게 하는 꽃향기. 아득한 기억 속으로 불현듯 불어오는 이국의 꽃 냄새. 겉은 자홍색이고 속은 흰 꽃맵시가 마치 어린

창부와도 같은 심정화(沈丁花) 향기는 들기름이 흐르듯 무거워서 먼 곳 오래오래 마음에 고였다. 초여름에 피는 뒷산의 아카시아 향기는 심정화보다는 옅고 매화보다 짙다.

꽃이 스러지는 봄의 뜨락에 서 있으니 내가 태어나기도 전, 닛코의 폭포에서 투신자살한 제일 고보생 후지무라가 남겼다는 글이 떠오른다. 꽃을 정사에 비유했던가.

"정사(情事)는 꽃이다. 그러기에 무정한 폭풍우에 흩날려 버리는 것이다. 그러나 순애(純愛)는 달이다. 그러기에 월광처럼 봄, 가을 없이 영원한 것이다."

수재에 미청년이며 일반인들이 이해하기 어려운 철학적 유서를 남겼던 그의 죽음이 알려지자 청소년들 사이에 자살이 유행처럼 번져 사 년 동안 무려 185명이 그 폭포에 몸을 던졌다지. 후지무라는 자살하기 직전에 연인을 만나 책 한 권과 편지를 주었다는데 자신의 순수한 사랑을 월광에 비유한 것 같다.

달빛 같은 사랑, 타오르는 제 몸의 빛으로 먼발치서 사랑하는 이를 비추고 지켜주는 무욕의 사랑. 홀로 꿈을 품고 고요히 영글어서 향기 나는 열매를 연인의 발치에 바치는 모과나무 같은 사랑. 나도 물론 그런 사랑을 알고 있지. 동경 유학 시절 주머니에 늘 종이를 넣어두고 생각날 때마다 편지를 써 보낸 여인이 있었다. 영선이란 여교사였다. 영선은 하루빨리 돌아와 결혼하기를 바랐으나 나는 화가의 꿈을 접지 못해 귀향을 연기했다. 폐를 앓았던 영선은 기다리다 지쳐 임종을 앞두고 급보를 보냈고 나는 고국으로 달려가 생잉어의 선지피를 여자의 입에 흘려넣었다.

　영선은 천명을 거스르지 못하고 세상을 떠났다. 폐를 앓으면 가족도 피하지만 나는 시체 곁에서 이틀 밤을 지새웠다. 회한 때문인지도 모른다. 죽음이 우리를 갈라놓았으나 나는 절에서 영혼 혼례식을 올렸다. 처녀 귀신의 원을 풀어야 했지만 또 나의 첫 순정을 완성하고자 했다.

　순애의 달은 지순하여 아름답다. 그러나 정사는 무정한 폭풍우에 흩날려 버리기에 찬란하지 않은가. 덧없기에 비장하지 않은가. 지천으로 날리면서 스러지는 벚꽃처럼 허무하기에 정사는 몸부림이고, 찰나이기에 꽃이 고혹적인 것을 청년 후지무라는 알지 못했으리라.

　라일락 가지 두 개를 꺾어 마루로 들어서니 집이 조용하다. 정미도 제 남편과 함께 일찍 나갔나 보다. 방문을 두드려도 소리가 없어 문을 여니 창으로 쏟아지는 아침 햇살이 서가에 아롱거리고 있다. 서가엔 미지의 세계 같은 수많은 원서들과 갖가지 책들이 천장 높이까지 꽂혀 있는데 십 년간 공부한 흔적이라 대견하기만 하다. 나는 정미의 귀국에 맞추어 목수를 불러 책장을 새로 짜고, 골동품 가게를 뒤져 주칠이 된 숭숭이 반닫이와 다탁을 들여놓았다.

　라일락을 물 컵에 꽂아 정미 책상 앞에 놓으니 박사 학위 수여식 때 남편과 함께 찍은 사진이 눈에 들어온다. 부츠를 사주지 않는다고 밥도 먹지 않고 학교에 가지 않은 정미를 제 어미가 어르던 때가 엊그제 같건만 이제 어엿한 학자가 되었다. 이공계를 권한 나의 바람과 달리 정미는 학비가 없는 프랑스로 유학을 간다며 불문과를 택했다. 아비가 보기에 공부도 제대로 하는 것 같지 않았지만 제 어미는 스튜어디스라도 될 테니 걱정 말라고 두둔했다. 정미는 졸업 뒤 제 말대로 프랑스로 유학을 결행했다. 전공을 언어학으로 바꾸고, 비교언어학 연구를 위해 다시 인도로 간다고 했을 땐 진작부터 예정된 길로 들어서는 것 같아 신기하기도 했다. 정미를 따라 나까지 인도에 갔으니 말이다.

책상에 놓인 검은 지함이 열려 있어 들여다보니 낯익은 편지 봉투들이 가득 쌓여 있다. 내 글씨로 파리의 주소가 적혀 있으니 내가 정미에게 보낸 편지들이다. 애비의 편지를 정리해 두려고 내놓았나 보다. 봉투 하나를 들어 편지지를 꺼내니 누런 종잇조각이 떨어진다. 신문 조각인데 요통을 완화시키기 위한 허리 운동에 관한 기사다. 늘 책상 생활을 하는 정미를 위해 운동을 하라고 보낸 것이다. 신문을 보다가 건강, 미용, 간단한 요리 등 정미에게 필요한 기사가 나오면 오려서 편지와 함께 보내곤 했다.

정미냐. (8월 8일)
오늘 너를 먼 이국으로 보내고 내내 하늘만 바라보았다. 구름은 무심한 듯 흘러가지만 아부지는 무사, 무사만 외우면서 가는 도중을 염려하였다. 한번도 집을 떠나본 적이 없는 여식이라 아이를 벌판에 보내는 것처럼 안쓰럽다.
그러나 한편으론 우리 정미가 더할 나위 없이 대견하다. 선이 들어온 것도 물리치고 공부를 하겠다며 유학을 스스로 준비하다니. 아부지가 바라는 건 오직 너의 행복이니 공부를 해서 행복하다면 경제가 부족한 중에도 공부를 하도록 수레를 끌 것이요, 가정에서 행복을 찾는다면 저잣거리에 나가서라도 네 짝을 찾아줄 것이다. 네가 일찍이 가정에 안주하지 않고 학문에 도전하겠다니 한 세계를 이루도록 부처님 신령님께 기도할 뿐이다.

모쪼록 건강 조심, 사람 조심, 불 조심할 일이다. 너는 무언가에 빠지면 다른 것은 몽땅 잊어버리지. 공부할 때 국을 끓이거나 불에 주전자를 올려놓지 마라. 전에 네 엄마가 곰국을 끓이다가 외출하면서 불을 끄라고 일렀는데 너는 오후 내내 잊어버리고 이층 네 방에서 공부하다가 잠이 들었지. 그 일로 며칠간 온 집 안에 소뼈 냄새가 진동한 것을 잠보도 기억하겠지? 그만하길 다행이지만 외국에서 혼자 있을 때 행여 그런 일이 있을라.

오늘부터 아부지는 매일 밤 자기 전에 우리 정미를 위해 기도하겠다. 천사처럼 구름 속에 잠들어 있는 정미 모습이 벌써 눈에 밟히는 듯하다.

보고픈 정미야. (8월 26일)
덥다고 수박에 얼음을 띄워 온 식구가 둘러앉아 먹던 때가 엊그제 같은데 오늘이 처서, 서울은 어느덧 조석으로 서늘하다. 아부지는 일찍이 기상, 새벽에 제작에 들어갔다가 간단한 죽으로 아침 식사를 마치고 정미 생각에 글을 적는다. 우리 정미가 이제 스물여섯이다. 참으로 초봄과 같은 나이로구나. 청춘의 물이 올라서 꽃이 피길 기다리는 나이가 아니냐. 청춘이 아름답다지만 스러질 꽃이 아니라 영원한 학문의 꽃을 피우려 하니 이보다 더 보람된 청춘이 어디 있겠느냐. 젊은 날 세월을 허송했던 아부지는 이제부터라도 만회하듯 그림에 오체를 던지려 한다.

중국인들은 학문을 추구하는 데서 제자를 격려하기 위해 "靑出於藍而勝於藍"이란 비유를 한다. 쪽에서 나온 푸른빛이 쪽보다 더 푸르다. ……스승에게 배우되 스승보다 나은 제자, 아비 몸에서 났으되 아비보다 나은 자식을 말한다. 우리 정미는 그리 될 것이다. 오직 성실 성실 성실하게만 살아가면 천지신명이 살펴주시고 그에 합당한 보상을 주시리라. 그렇다고 꼭 박사가 되어야 하는 것은 아니니 너무 공부에 치우치지는 마라. 집착하면 마음을 다칠 것이요, 또 몸을 상해서도 안 될 것이다. 건강이 제일이고 가장 소중한 것은 너 자신일 뿐이니.

어제는 공연히 외등을 밝혀두었다가 깜박 잊고 새벽에야 껐다. 정미가 떠난 뒤로 우리 집에 외등을 켤 일이 줄어들었다. 정미가 늦으면 돌아올 때까지 불을 켜두었는데 이젠 몇 년 뒤에나 등을 켜고 딸의 발걸음 소리에 귀를 기울이겠구나. 이국 만 리에서도 아부지가 문등처럼 정미를 지키고 있으니 안심하고 공부하고 학교생활에 전념하기 바란다.

멸치 볶음과 고추장 볶음, 또 다시마와 누룽지도 보낸다. 끓여먹기도 하고 색다르게 먹고 싶으면 좋은 기름에 튀겨서 간식으로 먹어라. 젓갈 김치에 길들여진 미각에 양식이 맞을 리 없지만 음식도 문화라 세계인이 되는 훈련도 해야지. 입이 까탈

스러우면 사람도 까탈스러워 보인다. 어디서나 융화할 줄 아는 사람이 되어야 한다.

(10월 14일)

초가을엔 대문 앞에 사루비아가 선명하더니 요즘 화단엔 백국이 한창이다. 장미가 필 땐 정미가 없는 것을 안타까워하였지만 오늘은 백국 꽃잎을 컵에 따 넣고 석양에 혼자서 맥주를 마셨다. 네가 서울 있을 땐 아비가 정신 나간 사람처럼 늘 집을 비웠지만 정미가 떠나 있으니 이리도 허전하구나. 네 엄마는 늘 일을 만들어 분주하고 그것으로 만사를 잊고 사는 것 같지만 아부지는 정미 생각, 그림 생각…… 마른 가슴이 뻐근할 정도로 생각이 너무 많다.

어제 받은 편지에 한국 유학생 하나가 취객과 다투다 크게 다쳤다니 염려가 되었다. 정미는 학교가 끝나면 빨리 집에 들어가라. 모든 것을 조심 또 조심할 일이다. 늙은 아비의 잔소리가 아니라 여자는 신체적으로 약자라 늘 자신을 방어해야 하느니. 험한 세상에 여식을 내놓은 업으로 아부지는 오빠보다 늘 너에게 마음을 썼고, 공부한다고 애쓰는 정미를 생각하면 지금도 애잔하다. 진실하고 선량한 사람. 오직 우리 정미만을 사랑하고 지켜줄 사람이 나타난다면 언제라도 맺어주고 더 이상 아무것도 바라지 않겠다. 자식을 위해 기도한 것 외에 내가 인생에게 바란 것은 없었느니.

세상에는 가끔씩 행운이 따라다니는 듯 보이는 사람이 있다. 늘 운이 좋아 절로 매사가 잘 되고, 많은 것을 누리지. 매

사가 어렵게 꼬이는 운 없는 사람이 되는 건 분명 고달픈 일이
지만 아부지는 정미가 남들에게 '운 좋은 사람'으로 불리는 걸
바라지 않는다. 자기가 노력한 만큼 공정하게 대가를 받는 것
이 최선이다. 불공평하게 주어진 행운은 그만큼 다른 사람 몫
을 박탈한 것이니 질시를 받기 마련이다. 큰사람이라면 불운도
자기편으로 만들 수 있으니 운을 잡으려 하지 말고 그저 소처
럼 성실하게 살아가라.

  친구처럼 정미에게 편지를 쓰노라면 아부지는 의욕이 솟고
더할 수 없이 희망에 찬다. 오늘도 금언 하나. 이정미의 천직
은 성실, 건강, 온순한 인간. 완벽한 인간은 없어서 정미도 고
칠 점이 많으니 노력하여 자신을 개선하도록 하자. 칠순이 되
도록 벌거숭이처럼 살아왔으면서 아부지가 정미에겐 너무 욕
심을 부리지? 한밤에도 문득 전화를 들어 얘기하고 싶지만 머
나먼 타국에서 고독을 단련하고 있을 정미를 생각하고 자중한
다. 지금 무얼 하느냐. 자고 있느냐. 어릴 때 이불을 걷어차고
자서 아부지는 술에 취해서 집에 들어오면 늘 정미 이불을 덮
어주었다. 여식의 배가 차면 안 되니라.

  오늘은 1월 24일. 서울에는 눈이 왔다. 날은 푸근하여 눈길
을 걸어 우체국에 가서 너희들 설날 선물을 항공편으로 부쳤
다. 강릉에서 특별히 만든 유과와 약과, 인삼정과 등이다. 정
서방과 즐겁게 먹어라. 네 어미가 있으면 더 세심히 준비할 것
이나 선물이 소홀하더라도 우리 정미 옆에 지아비가 있으니 마
음이 훈훈하다. 두 사람이 서로 하늘처럼 믿고 땅처럼 의지하

며 살아야 한다. 정미에게 좋아하는 사람이 생겼다는 말을 듣고 어떤 사람인지 물었더니 "선량해요." 한마디만 했다. 아부지는 그 말에 정미의 눈을 믿었다. 무슨 대학을 나왔다든가, 똑똑하다든가 그런 말을 하는 것과는 비교할 수 없다. 인간을 보는 관점이 善이라니 얼마나 갸륵하냐. 善보다 더 귀하고 월등한 품성이 있겠느냐. 아부지가 정미에게 배웠다.

어여쁜 두 사람 건강하거라. 박사 논문을 준비하느라 바쁠 테니 편지 쓸 시간 있으면 눈을 붙이는 것이 낫다. 무소식이 희소식이니 시간을 황금처럼 아껴라. 유럽에 강풍이 몰아쳤다는데 옷 단단히 입고, 외출 시 털모자와 마스크를 착용하고 길조심하고. 학업을 마쳐서 하루빨리 햇빛 찬란한 국토로 돌아오기만 기다린다.

보고픈 정미야. (6월 18일)

개울 건너 뒷산에 밤꽃이 만발하여 온 사방에 짙은 향기가 고여 있는 듯하다. 날이 더워지기 시작하는데 논문을 쓰느라 얼마나 고생이 되느냐. 태양 아래 열매가 영글어가듯이 뜨거운 노력 아래 네 논문도 완성되겠지. 진실한 노력에는 천지신도 감응하지 않겠느냐. 아부지는 매일 정미를 위해 기도하면서 며칠 전 그림 한 점을 그렸다. 어릴 때 네가 홍역을 앓느라 온몸이 불덩이 같아서 네 어미가 인형을 만들어 지붕 위로 던진 일이 있었지. 후세 열병아 물러가소! 그날 밤 지붕 위로 떠오른 하얀 헝겊 인형이 지금 미불의 그림 속에 떠올랐다. 물론 나의 그림은 心想이 배제된 構圖를 위한 것이어서 부적 글씨와 함께 화면에 객체로서 구성되었지만 그림에 몰입할 때의 자세는 그 날의 기도와 같았다. 내 딸을 살려주소서, 나의 그림에 생명을 주소서. 피를 주소서.

　아부지도 내년 전시회를 준비하느라 불사조처럼 일하고 있다. 정미가 논문을 발표하는 9월까지 정미 사진을 옆에 두고 함께 촌각을 아끼면서 작업할 것이다. 인간이 내일을 알 수 없으되 감기 한번 앓지 않는 독한 체질과 솟구치는 의욕으로 보아 앞으로 십 년은 너끈히 그림을 그릴 수 있을 것만 같다. 지금은 우리 정미 희망대로 내년 춘삼월까지는 금의환향하여 아부지가 꾸며준 온돌방 서가에서 아픈 다리를 녹이며 독서하는 모습을 보고플 뿐이다.

　지함에는 셀 수도 없이 많은 편지들이 쌓여 있다. 아침에 써둔 편지를 주머니에 넣어두었다가 오후에 다시 이어 쓰기도 하고 외출해선 전날 쓴 편지 뒷면에 계속 쓰기도 했다. 지속적으로 한 대상에게 편지할 때 그렇듯, 여식이 늘 마음속에 있어서 틈날 때마다 옆에 있는 듯이 썼다. 세상에 '아부지'란 호칭보다 정겨운 것이 있을까. 내 태생은 강릉이지만 제 어미가 경상도 울진 여자여서 아이들은 하나같이 엄마를 따라 '아부지'라 불렀다.

　정미가 처음 유학을 떠났을 때와 박사 학위를 받기 전인 지난해에 보낸 편지들을 손에 잡히는 대로 읽고 나니 십 년이란 세월이 모래시계처럼 가슴에 흘러내리는 것 같다. 내가 내놓은 한 생명이 스스로 열매를 맺는 것을 지켜본 기간이며 아비로서의 마지막 의무를 다하며 행복했던 시간이었다. 세 자식 중 유일하게 꺾이지 않고 세상으로 순탄하게 가지를 뻗은 아이여서 영혼이 꽃피도록 뒤늦게나마 최선을 다했다.

 영민했던 맏아들 기선은 군에서 탈영한 지 이십이 년이 되도록 실종으로 기록돼 있다. 여덟 살 때인가 밖에 데리고 나간 일을 기억하는데 아이들이 싸우는 걸 보곤 혼잣말을 했다. "사랑이 없어." 나는 그 말을 듣고 저 아이는 성직자가 될 거라고 생각했다. 사랑이란 말을 가르쳐준 적도 없고 흔히 쓰지도 않던 시대였다. 기선은 정말 다른 아이들과 달랐다. 병적으로 소음을 못 견뎌 해서 교실을 싫어하였고, 한겨울에도 추운 다락방에 올라가 수도승처럼 무릎 꿇고 책을 읽었다. 외골수였고 결벽증이 심하여 하루라도 발을 씻지 않고는 잠을 자지 못하는데 겨울엔 얼음물에라도 발을 씻었다.

 그렇게 사춘기를 보내더니 기선은 전공으로 러시아 문학을 택했다. 나는 아들이 나와는 달리 보다 현실적인 것을 택하길 바랐으나 현실에는 관심이 없다는 것을 알았다. 작가가 된다면 물론 나쁘지 않을 것이다. 샤갈의 환상적인 색채와 투르게네프의 「사냥꾼의 일기」, 러시아 소설에 등장하는 순박한 민중들과 투쟁하는 영혼들, 차가운 대기 속의 모닥불과 싸모바르 차. 건강한 러시아의 서정과 대륙적 스케일에서 기선이 인생을 성찰할 수 있다면 자기 길을 찾을 수도 있을 것이다.

 기선은 군에 입대해서도 전공과 관계있는 정보 통신 계통 일을 맡았다. 나는 도중을 의심치 않았으나 입대 일 년 만에 기선이 탈영했다고 군에서 통고해 왔다. 그날로부터 제 어미는 대문을 잠그지 않았지만 기선으로부터 어떤 소식도 날아오지 않았다. 목격자도 없었고 월북했다는 소문이 떠돌았다. 나는 암자들을 뒤졌으나 헛말만 들었을 뿐이다. 살아만 있어라, 최악의 상황이 아니길 바라며 희망을 버리지 않았지만 기선이 실종된 지 십삼 년 만에 둘째인 기형이 새벽에 풀장에서 즉사했다. 젊디젊은 서른세 살 나이였다. 육순의 나이에 자식을 묻어야 하다니. 어릴 때 아비가 술에 취해 집에 들어오면 마루에 물구나무서서 사랑을 확인하던 다정다감한 아이였다.

내가 세상에 뿌려놓은 씨들. 싹이 트다 말고 꺾이는 것은 세상 공기가 궂어서가 아니라 뿌리가 병약해서가 아닌가. 자식도 품을 떠나면 하나의 독립된 영혼이라지만 그 영혼도 부모가 물려준 인자가 아니던가. 부모란 것도 죄다. 업인지도 모른다. 수천 세대를 이어오면서 인간에게 누적된 죄와 업. 원죄란 바로 그것이 아닐까. 다시 태어난다면 나 하나로써 피의 사슬을 매듭짓고 결코 자식을 갖지 않으리라. 내가 뒤늦게 정신을 차리고 정미에게 사랑을 쏟은 것도 속죄인지 모른다.

조각전을 보려고 오랜만에 화랑가에 나왔더니 봄이라 전시회가 많다. 나이 탓인지 대부분이 모르는 작가들이다. 그림이 눈에 띄면 누구 것이건 들어가서 보겠지만 산수화가 그려진 포스터를 외면하고 그냥 지나간다. 옛날부터 산수화에는 흥미가 없었다. 먹으로 그린 전통적인 묘사는 내게 아무런 감동을 주지 못하고 자극도 주지 못한다. 한가한 문인화풍의 동양화는 멋스럽지만 내 체질에 맞지 않는다.

송의 이성(李成)과 범관(范寬)이야 신의 경지에 들었다 할 만큼 위대하지. 또 비로소 조선의 산수를 그렸다는 겸재 정선 (鄭敾)도 걸출하지만 20세기의 작가라면 전통을 뛰어넘어야 한다. 하늘 아래 최고라는, 계림을 즐겨 그렸던 이가염(李可染)이 위대한 이유는 중국의 유구한 전통화를 현대화시켰다는 데 있다. 중국 전통 회화와 함께 서양화를 공부했던 이가염은 사생에서 먼저 "풍부, 풍부, 풍부함"을 추구하고 그 다음엔 "단순, 단순, 단순함"을 추구하라고 했다. 풍부함의 추구란 중국 전통 산수의 특징인 지나친 여백의 사용을 극복하라는 뜻인데, 이가염은 산수를 그릴 때 왕왕 산꼭대기를 하늘 끝까지 그려서 장법(章法; 구성법)에서 피하는 바를 범하고 말았지만 그보다 더 아름다운 리장〔離江〕그림이 있는가.

젊은이들의 그룹전인지 한 화랑 입구에 네 명의 이름이 박힌 "먹그림 展"이란 포스터가 붙어 있다. 며칠 전 저 팸플릿을 우편으로 받았던 것이 생각난다. 훑어보고 답답해서 던져두었지만 지나가는 길이니 들러볼까.

화랑 안에 들어서자 입구 쪽에 전시된 탈 그림이 눈에 들어온다. 말뚝이와 취바리, 소매각시 등의 탈을 먹으로 그렸다. 양반과 말뚝이의 대비로 소위 민중 사상을 나타내려 했는지 몰라도 왜 먹으로 그렸는지 다가오지 않는다. 다음 사람의 작품에는 방탄모와 물안경을 쓴 전경들의 모습이 안개 같은 먹물로 그려졌다. 이것도 시리즈로서 80년대 민중 미술의 연장이다. 다음 작품은 추상으로, 먹을 불규칙적으로 떨어뜨려 번짐의 효과를 보여주고 있다. 300호 정도의 꽤 큰 그림은 잭슨 폴록 혹은 한 유명 동양화가의 작업을 연상시키는 물감 뿌리기로써 먹을 사용했을 뿐이다. 내가 그림 앞에 서 있으려니 한 청년이 다가와 내게 인사한다.

"이평조 선생님 아니십니까?"

"친구 전시회에 가다가 '먹그림 전' 팸플릿을 받은 생각이 나서 들렀어요."

"감사합니다. 선생님께서 칠순의 연세에도 열정적으로 작업하시는 모습은 저희들에게 귀감이 되고 있습니다. 88올림픽 때 열린 '인도 귀국전' 보고 놀랐어요. 이 년 전의 '한국 신화전'은 저희 과 학생들이 단체로 관람했어요. 오신 김에 후배들을 위해 좋은 말씀 들려주세요."

나는 기다렸다는 듯 한마디 한다.

"전통적 회화 양식, 하면 으레 수묵화만 전부인 것처럼 여기지만 고구려 고분 벽화, 고려 불화, 민화의 자유분방한 색채를 봐요. 단청들은 날고기같이 생생하지. 왜 젊은이들이 무궁무진한 색채의 세계를 탐구하려 하지 않고 수묵을 답습하려고만 할까. '먹그림 전'은 젊음의 실험 정신에 맞지 않아."

"시대가 그렇잖아요. 아직 군부 독재가 계속되고, 색채로 눈을 돌리고 실험할 만한 마음의 여유가 없어요. 그나마 동양화엔 여백이 있으니까 여백 속에서 숨을 돌리죠."

"난 젊은 사람들이 여백이니 뭐니 하는 것도 기분 나빠. 기존의 것을 흉내 내고 남들과 맞추려고 하지 말고 자기만의 그림을 그려야 해. 남이 싫어하는 개성적인 그림을 그려요. 또 그림에 시대를 담으려는 노력은 살 만하지만 그림을 도구화시킨다면 아잔타 석굴의 그것 같은 유구한 생명력을 가질 수 있을까. 기록화를 그리겠다면 할 말이 없지만."

"선생님은 그림에서 가장 중요한 것이 무엇이라고 생각하십니까?"

"기본이 가장 중요해요. 멋있게 그릴 생각부터 하면 안 돼. 한 장의 그림을 그리기 위해 백 장의 스케치를 해야 해. 송의 이공린은 왕실의 명령으로 1,200마리의 말과 140여 명의 사람이 세밀하게 묘사된 위언의 그림을 정교하게 임모(臨摹)한 「임위언목방도」를 남겼어요. 이공린은 평생 옛 그림들을 세밀하게 모사하는 일을 하며 그 작품들을 스승으로 삼고 자기 것으로 만들었어. 르네상스 화가들은 의사나 과학자보다 더 정확하게 신체에 대해 알고 있었고 동물화 장르에서 독보적인 여류 화가 보네르는 말에 대한 해부학적 지식을 얻기 위해 몸소 도살장에서 일했어. 진정한 화가가 되고자 한다면 얼굴 하나도 해부할 수 있는 바탕이 있어야 해. 기본이 철저한 뒤에 구상이든 추상이든 창조를 하는 거지. 기본이 고급이야."

"선생님은 그림이 뭐라고 생각하십니까?"

"구도(構圖)지."

"그건 서양화적 발상이 아닌가요."

"동양화 서양화란 재료의 구분일 뿐 예술의 정신은 같아요. 난 그림에 시나 메시지를 담는 걸 좋아하지 않아요. 그림은 철저히 그림이어야지."

미대 조교라고 자신을 소개한 청년이 눈을 반짝이며 계속 질문한다. 내 젊은 날도 생각나서 말이 길어졌지만 호기심 강한 청년이 미덥다.

"젊다는 건 무한한 가능성이야. 시간을 아껴요."

나는 노인의 교훈을 들려주며 자리를 뜬다.

서화랑에 도착하니 초대한 시각보다 삼십 분이나 빠르다. 칠순을 앞둔 조각가 윤원 회고전에 고무나무 화분을 보냈더니 화랑 입구에 놓인 분홍 리본에 '李平照'란 이름이 유독 진하게 번져 있다. 추상 조각이 진열돼 있는 전시실로 들어서자 서 사장과 얘기를 나누던 윤원이 다가오며 인사한다. 윤원은 나처럼 동경 유학생이었고, 60년도부터 독일에서 이십여 년간 작품 활동을 하다가 귀국하여 고향에서 제작에만 몰두해 왔다.

"선배 앞에서 회고전을 열다니 지옥에 먼저 가겠다는 거나 마찬가지예요."

"그럴 자격이 충분하지. 내가 토끼처럼 낮잠 잘 동안 거북이처럼 쉬지 않고 일했으니. 축하합니다."

치하하고 윤원의 작품들을 둘러보니 2층엔 판화와 스케치, 1층엔 초기의 석고 작품과 플라스틱, 나무로 제작한 비구상 조각들이 넓은 실내에 가득 진열돼 있다. 나비나 개미 곤충의 형상, 떡잎 형태며 악기 같은 형태가 오브제로써 좌우균제의 미를 보여주는 듯한데, 긴장감이 느껴지는 것은 밖으로 분출하려는 작품의 에너지 탓일까. 전시장 가운데에 놓인 대형 조각이 눈길을 끈다. 두 아이가 물구나무를 서서 발을 맞대고 있는 것 같은 형상인데 '화합'이란 제목이 붙었다. 전부 좌우 두 개가 합쳐지는 윤원의 조각을 보고 있으려니 그의 아내가 다가와 인사한다.

"바쁘신데 와주셔서 감사합니다."

"아직도 건강하게 무사히 작업하고 회고전까지 여니 얼마나 좋아요. 다음 전시회도 열어야지."

"선천적으로 체력이 강해서 하루에 네 시간 이상 자지도 못하는 사람이에요. 귀국해서 얼마 안 되어 대리석 위에 떨어진 적이 있어요. 병원에서 퇴원하고 집에 누워 있을 때도 중국 잉크로 에스키스를 계속했어요. 쉰다는 걸 몰라요."

몇 년 전인가 지방에 있는 그의 작업장을 찾아갔을 때 나무 켜가 쌓인 바닥에 서서 허공으로 분말들을 내뿜으며 전기톱으로 작업하는 모습을 보고 "전쟁이야 전쟁." 하며 머리를 내둘렀다. 나는 높이가 내 키의 세 배가 넘는 조각을 올려다본다.

"그래도 훌륭한 아내가 옆에서 지켜주니까 이런 작품도 하지."

"한국서 귀국전 할 때 내놓은 작품인데 통일을 생각하고 제작했어요. 나라에 바치는 작품이라고."

"통일이라고 하지 말고 사랑이라고 제목을 붙여야지. 나라에 바칠 것이 아니라 먼저 아내에게 바쳐야지."

"저 사람 작업 시작하면 몇 달이고 몇 년이고 여자 손 한번 안 잡는 것 아세요? 정신적으로나 육체적으로 모든 힘을 제작에 쏟는 탓에 그럴 여력이 없대요. 저와 사랑하는 게 아니라 조각하고 사랑해요."

아직 마흔이 되지 못한 젊은 부인이었다. 자신도 한때는 조각가로서 독일에 그룹전을 하러 가서 윤원을 만났고, 한국에 돌아와서 수십 장의 긴 편지를 받고 결혼하게 되었다. 윤원의 세 번째 결혼이었다. 호랑이 제 말하면 온다더니 어느새 윤원이 옆으로 다가와 맥주잔을 내민다.

"당신이 부인 잘 만나서 이날까지 왕성하게 일한다고 했더니 조 여사가 그게 아니라네. 자기와 사랑하는 게 아니라 조각이랑 사랑한다고. 아무리 예술이 위대해도 그건 죄지."

"모딜리아니처럼 그림에도 미치고 사랑도 맹렬히 하고 술에 취하고 이래서는 오래 견디지 못하는 법입니다. 이 천재는 마흔도 안 돼서 쓰러졌어요."

윤원은 단호하게 잘라 말한다. 미인이었던 첫 번째 부인은 사방이 떠들썩하도록 연애 사건에 말려 결국 이혼했다. 이 조각가가 고행자같이 살아가는 것은 그 상처 때문일까. 아니면 윤원의 그런 성향 때문에 여자들이 떠나가는 것일까. 젊은 나이에도 후덕해 보이는 그의 아내는 남편을 이해하고 깊이 사랑하는 듯하다. 자리를 옮기려는데 김미전이 다가오며 인사한다. 미전은 정미보다 두 살 위인 내 제자다.

"오늘 여기서 선생님을 뵐 수 있을 것 같았어요. 작업에 방해될까 봐 그간 전화도 못 드렸어요."

"살림하느라 바쁘지?"

"그런 게 아니라 안 되는 그림 때문에 늘 마음이 버거워요. 포기하면 되련만. 선생님은 그림도 저희들보다 더 왕성하게 그리시고 나날이 젊어지세요. 자주색 넥타이까지 하시고."

"정말, 우리 윤 선생보다 미불 선생님이 더 젊으세요."

"그 말 안 믿어. 젊으면 연애하자고 해야지."

조 여사 말에 응수하는데 윤원이 끼어든다.

"네덜란드의 베르메르란 화가 있죠. 그의 생애가 수수께끼로 남아 있기 때문에 '델프트의 스핑크스'로 불려요. 화가 이평조를 '성북의 스핑크스'라고 불러야겠어요. 불로초를 드시는지 그 젊음이 불가사의해요."

전에 그들의 집에 갈 때 진아와 동행했다. 그 뒤 윤원이 서울 올라와 연락했을 때도 진아와 함께 나가 반주를 들며 저녁을 먹었다. 윤원은 진아를 좋아하지 않았고 다음 날 전화해선 "몸조심하셔야 합니다." 하고 일렀다. 나는 윤원의 말뜻을 알므로 솔직하게 대꾸한다.

"성북의 스핑크스는 너무 거하고 소박하게 기사라고나 하지. 여자에게 사랑을 바쳐서 '성북의 기사'가 된다면 영광이야."

"미불 선생님은 낭만파예요."

"사랑보다 순수하고 아름다운 게 있나? 인생에서 무엇이 그리 대단할까."

미전의 말을 내가 받으니 조각가가 맥주를 비우고 고개를 내젓는다.

"딴은 치열하게 살았다고 자부해 왔지만 이렇게 한 생애의 작품을 모아놓으니 겨우 이건가, 허탈하기도 해요. 거의 천성처럼 작업을 했어요. 어떤 이익을 바랐다면 결코 이 어려운 작업을 하지 못했을 거예요. 젊은 날엔 결핵을 앓으면서도 조각에서 손을 떼지 않았고, 이국에서 언제 죽을지 모른다는 생각이 들어 매일 밤 속옷을 갈아입고 자기도 했어요. 어쩌면 이 조각들은 열정과 절망의 소산 같기도 해요. 또 한편으론 두려운 긴 꿈을 꾼 것 같기도 하고요. 과수나무도 해마다 열매를 맺고 농부도 가을마다 추수하는데, 작품을 돌아보니 나의 결실이라는 것이 과연 세상에 유용했는지, 나 혼자 광대처럼 뒹굴었는지도 모르겠다는 생각이 들어요. 조각이 뭔지도 모르겠어요. 이 나이가 되면 절로 모든 것을 터득하는 줄 알았더니 그렇지가 않아요."

윤원은 숱 많은 흰머리를 넘기며 씁쓸하게 웃고 나는 내 술잔을 조각가의 잔에 부딪친다.

"죽는 날까지 모를 거다. 온갖 이론들을 말하지만 눈을 감는 순간엔 부처님 손바닥의 손오공이었다는 것만 깨닫게 될 걸."

십여 일 전부터 스케치한「에밀레종 전설」채색에 들어간다. 방바닥을 가득 채운 400호의 순지에 밑그림이 황색으로 선묘되어 있다. 화면 왼쪽 아래엔 불길이 타오르고 윗면엔 두 손을 올려든 채 절규하는 어미의 모습이 그려져 있다. 일그러진 얼굴은 공포를 강조하듯 면으로 분할하고 벌어진 이빨 사이로 외침이 쏟아져 나올 듯하다. 화면 가운데서 약간 오른편으로 치우쳐 에밀레종이 스케치되어 있는데 상대 위에는 용이 우렁찬 소리를 내뿜듯 꿈틀거리고, 견대엔 종의 원형대로 유곽 속에 연꽃 문양의 유두가 찍혀 있다. 종신엔 머리 깎은 동자가 두 손을 모은 채 후광에 싸여 열반에 들어 있다. 에밀레 소리를 가슴에 묻은 채.

화면 오른쪽 아래엔 가사를 걸친 승려가 엎드려 삼배하고, 천의를 날리는 두 비천이 만다라화에 에워싸여 화면 위아래로 배치되어 있다. 극락조 세 마리도 비천을 따라 날아다니는데 꽃잎들이 허공에 흩어져 있다. 종에 쓰인 명문대로 "형상은 산이 솟은 듯하고 소리는 용의 소리"가 날 듯 장중해야 한다.

나라에서 큰 종을 만들려고 쇠를 시주받을 때 가난한 한 어미는 안타까운 마음에 "이 어린 것밖에 없어요."라고 했다. 종의 제작에 착수했으나 거듭 깨어지는 소리가 나니 일관이 어린아이를 넣으면 좋은 소리가 나리라 하였다. 이에 스님이 아낙을 찾아가 사정을 얘기하니 아낙은 눈물을 삼키며 아이를 내주었고 아이를 끓는 쇳물에 던져 종이 완성되었다 한다.

전설과 달리 이 종은 경덕왕이 아버지 성덕대왕의 공덕을 기리고 국가의 번영을 기원하고자 계획하여 이십여 년에 걸쳐 만든 종이다. 작년 말 정미 부부와 경주에 가서 자정에 성덕대왕신종이 울리는 소리를 들었는데 우렁차면서 맑고 그윽한 소리가 가슴을 치는 듯했다. 저 신령스러운 소리에서 아이를 제물로 바쳤다는 전설이 만들어진 거지. 하나의 위대한 작품이 태어나기 위해선 삶의 희생이 있어야 한다는 것.

서성(書聖) 왕희지는 연못의 물을 검게 만들 정도로 붓을 씻었다는 장지(張芝)를 흠모하여 그 역시 연못물이 온통 까매지도록 먹을 갈았다지. 당 태종은 왕희지의 그 유명한『난정서(蘭亭序)』를 빼앗아 간직하다가 세상을 떠날 때 유언으로 능에 함께 묻어버렸다. 송의 미원장(米元章)이 뱃놀이를 하다 채유가 가진 왕희지 글씨를 가슴에 품은 채 물에 뛰어들려 함으로 결국 글씨를 얻었다는 일화가『근원수필(近園隨筆)』에도 나온다. 왕희지의 글씨는 만년에 득도하였다는데 저승에 가져가고 싶을 글씨라면 연못을 검게 물들였다는 공이 어찌 과장이겠는가.

위나라 명제(明帝)는 능운관(凌雲觀)이란 건물을 세우고 현판에 글씨를 쓰지 않은 채 꼭대기에 매달았다. 그래서 위탄(韋誕)을 시켜 글씨를 쓰도록 했는데 위탄은 글씨에 마음을 괴롭혀 큰 광주리에 담겨 내려왔을 땐 머리가 백발이 되어 있었다고 한다. 검은 머리를 순간에 파뿌리로 바꾸는 예(藝)의 신은 혼신을 바치도록 예술가를 바닥까지 떨어뜨린다. 고전에 매료된 영국 화가 레이놀즈는 라파엘로의 작품을 모사하기 위해 바티칸의 차디찬 방에 너무 오래 머물다가 귀머거리가 되었다. 새벽부터 저녁까지 빛만 좇아 그린 모네는 끊임없이 맷돌을 돌리는 짐승의 숙명에 자신을 비유했다.

예술의 희생이란 주제가 영감을 주었지만 「에밀레종 전설」역시 구성을 위한 회화일 뿐이다. 위 화면에 그려진 여자의 상반신에 먹물이 번지게 발묵한다. 검은 머리만 빼고 옷이며 신체 전부 백색으로 처리된다. 종신 아래에 누워 있는 동자의 상체에도 발묵하여, 뒤에 칠할 흰색의 강렬함을 약화시킬 것이나 얼굴엔 호분만 칠하여 천상의 순결한 모습을 드러낼 것.

이 그림의 중심이 될 신종에는 먼저 주색을 칠하고, 마르기 전에 녹청을 누르듯 입혀 붉은 녹이 배어나오는 듯한 느낌을 낼 것. 색이 너무 빨리 스며드는 것을 막기 위해 채색화는 주로 두꺼운 장지를 쓰지만 배접하지 않은 순지를 쓰면 한지의 신축성을 보다 활용할 수 있다. 한지가 젖으면 자연스럽게 요철이 형성되면서 물감이 고여 뭉치기도 하고 엷게 얼룩지면서 의도하지 않은 회화성을 얻기도 한다. 종의 견대에 배열된 유두 문양은 녹청 위에 다시 주색으로 입히고, 이러한 혼색의 효과로 영겁의 세월 동안 묻혀 있다가 대지 위로 솟아난 듯 장엄하면서도 미려한 신종을 완성하기를.

비천의 색채도 중요하다. 신종 위로 꿈틀거리는 용은 고구려 고분 벽화의 토황색으로 칠하고 삼배하는 승려의 가사는 바위 같은 느낌을 주도록 입힐 것이다. 두 인물이 눈에 띄는 백색으로 처리되므로 비천은 차분하고 신비로움을 나타낼 수 있는 색채로 표현하리라. 내 머리에 떠오르는 비천은 언젠가 울릉도 바닷가에서 보았던 분홍 장미 잎이 깔린 듯한 노을빛이지만 지상의 불길과 절규, 천상의 종소리를 넘나드는 고대의 비천은 노송의 이끼 빛깔로 잘 사용되는 백록(白綠)이 적합할 듯하다. 들뜨지 않은 우미한 빛깔이지만 비천의 바탕에도 발묵하여 백록이 보다 자연스럽게 전체 화면과 조화되도록 한다. 비천을 에워싼 만다라화는 귀한 진사(辰砂)를 쓰도록 하자. 아름다운 여자의 발에 비단신을 신기듯.

미리 반죽해 놓은 호분을 접시에 덜어 아교 물을 다시 붓고 손가락으로 돌려가며 녹인다. 춘추 전국 시대 이전부터 쓰였다는 흰색 안료인데, 조개껍데기를 빻은 것으로 호분을 사흘 갈아야 화가가 된다고 했다. 인도에서 함께 살 때 정미가 늘 호분을 갈아서 요즘도 재미 삼아 갈아주지만, 채색화의 기본이라 할 만큼 중요하고 가장 많이 쓰이는 안료로 사용이 까다롭다. 우리 전통 벽화나 불화에서는 호분을 안료에 개어서 얼룩의 효과를 살리는데, 그 기법으로 어미와 동자의 얼굴을 칠하겠다.

 한국화가들이 많이 쓰는 등황은 나무 진액인 식물성 염료이고 투영이 잘 되나 색이 빨리 변해 일본에서는 쓰지 않는다. 암채색은 까만 돌을 빻아서 열 번 정도 칠해야 질감이 난다. 이렇듯 물감마다 성질이 다르니 화가는 자신이 사용하는 색채를 알고 써야 한다. 노란 국화를 그렸는데 육 년 뒤 줄기와 잎만 남았다는 이야기도 있으니.

 그림은 구도지만 채색 역시 구도의 일부분이고 채색이 없다면 살 없는 뼈와 같이 생명을 갖지 못할 것이다. 대부분의 한국화 화가들이 수묵만을 전통화로 여기고 있지만 그림을 시작한 이래로 팔순을 바라보는 지금까지 나는 색채를 버린 적이 없다. 소학교 때 도화(圖畵) 선생이 칠판에 삼색 분필로 그림 그리는 것을 보고부터 모든 것을 분홍과 푸른 분필로 꿈꾸었다. 교정에 핀 자목련도 두 색깔을 섞어 그려 선생에게 칭찬 들었고 동경 유학 시절엔 일본 스승 아래서 채색을 즐거이 공부했다. 해방 뒤엔 일본 회화 배척 운동으로 척색(斥色) 사조가 화단을 휩쓸었지만 홀로 석양에 먹이 아닌 붉은색으로 주죽을 그리곤 했다. 청의 화가 석도는 "먹의 어두움 안에는 거대한 우주가 들어 있다."고 말하지만 나는 색에서 영과 혼과 생명, 죽음 등 우주의 삼라만상을 본다.

 "하나님이 가라사대 빛이 있으라 하시매 빛이 있었고 하나님이 보시기에 좋았더라." 성경 첫 장에 나오는 말씀이지만 빛과 어둠과 함께 존재한 색채는 사람이 보기에 신성했더라. 색채에 대한 관념은 일찍이 생활 가운데 무의식적으로 배출

됐는데 중국에선 기원전 2500년경부터 홍도와 흑도가 나타난다. 이 빛깔은 당시 농경문화와 연관이 있어서 붉은색은 고대인들이 농작물 수확을 위해 숭배했던 태양의 상징이며 낮을 나타내고, 흑도의 검은색은 물을 상징하며, 낮을 잉태한 잠재된 시간이었다. 물의 풍부한 수량 확보가 흑색을 선호하게 했다는데 고대인들은 예부터 물을 흑색이라 생각했다.

표면이 반질거리는 흑도를 들여다보면 정말 밤의 강물 같다. 이집트의 태양신 레가 거대한 뱀의 보호를 받으며 배를 타고 여행하는 지하 세계 같다. 매일 해가 지고 난 뒤 서쪽 산에서 여행을 시작하여 열두 개의 시나리오를 따라 지하 세계를 지나고, 뱀의 입에서 다시 케프리(쇠똥구리)의 모습으로 태어나 빛으로 항해해 간다는 레. 쇠똥구리가 짐승의 배설물을 동그랗게 굴려가는 것을 레가 태양을 굴리며 하늘을 가로지르는 것과 유사하게 생각한 이집트인들의 상상력이지만 암흑은 빛의 원천이며 죽음은 잠재적인 삶이다.

태양의 숨결이 응축된 듯한 붉은 간토기의 색은 또 얼마나 신비한가. 그것은 생명의 색이어서 지금도 액을 막는 부적으로 쓰인다. 고대인들은 아름다움 때문이 아니라 색채가 지닌 신성한 의미 때문에 장신구를 애용하여 고열 환자는 붉은 산호 목걸이를 걸고 아픈 팔다리를 빨간 실로 묶어두기도 했다지.

고구려 안악 3호 무덤 벽화에 칠해진 진사도 1,500년 동안이나 부적처럼 선인들의 세계를 지키고 있다. 부엌 아궁이의 불길과 아낙의 입술, 우물 그림 위에 써놓은 정(井) 자와 천장의 연꽃잎 무늬가 오늘까지 선명하게 남아 감동을 준다. 안압

지에서 출토된 단청용 그릇에도 붉은 석간주(石間硃)가 묻어 있어 색채가 세월의 방부제임을 보여준다.

내게 있어 색채와의 교감은 본능에 가깝다. 함박 피어난 모란 앞에서 요기마저 느껴지는 심연의 색에 넋을 잃고, 추수를 앞둔 금빛 들판을 걷노라면 그 풍요로운 통합의 색채에 오체 투지하고 싶다. 길을 가다 문득 숯불처럼 타오르는 노을과 마주치면 내 몸이 까마귀가 되어서라도 하늘에 닿고 싶고, 절에 가서 빛바랜 옥빛 문살을 보면 저승의 정적을 감지하며 지친 다리를 편다. 각기 생명을 발열하는 듯한 색채들은 나의 감성을 건드리며 영혼을 뒤흔들고, 나는 현실이 아닌 색의 영상들 속에서 어느 땐 억제된 격정을 투사하고 어느 땐 사색에 빠지기도 한다.

칸딘스키는 황혼 무렵 화실에 돌아와 형언할 수 없으리만치 아름다운 그림 앞에 마주 섰는데 가까이 다가가니 자신의 그림을 거꾸로 놓은 것이었다. 색채만으로 감정을 전달할 수 있다는 이 놀라운 경험이 칸딘스키를 추상으로 이끌었지만 나도 클레처럼 말한다. "색채와 나는 하나다."라고. 누가 무신론자인 내게 신을 말한다면 이렇게 응답할 수는 있다. 신이 있다면 색채 속에 머물러 계실지도 모르지.

「에밀레종 전설」을 완성하고 불현듯 경주에 오니 미색 송홧가루가 회오리바람처럼 몰려다닌다. 벚꽃은 흔적도 없이 지고 연록이 익어가는데 대능원 담을 따라 걸으니 두 개의 능선이 거대한 여신의 엉덩이처럼 풍요롭게 솟아 있다. 지난겨울에 보았을 땐 건초로 덮인 능의 곡선이 사막의 모래 둔덕 같았다. "젖가슴 같아." 진아는 담 위로 솟은 고분을 보고 키들 웃고, 한들거리는 5월의 풀잎이 내 가슴을 스치는 듯하다.

거의 종일 그림을 그려도 권태라곤 모르지만 창으로 나른한 봄기운이 퍼지면 내 가슴도 나비처럼 세상 밖으로 나들이 가고 싶다. 길을 떠나고 싶을 때 늘 발길이 가는 곳은 경주다. 경치 좋은 곳이야 많지만 유적과 자연이 어우러진 천년 고도에 비하면 얼굴만 예쁜 여자 같아 싱겁다. 전쟁 뒤 경주에 간 일이 있는데 거대한 봉분들이 도심 한가운데 폐허의 젖가슴처럼 솟아 있는 태고의 풍경은 나를 매혹시켰다.

1,500여 년 전의 시신들이 저 봉분 속에 묻혔다니. 현세에서처럼 지하에서도 영화를 누리는 선인들, 영락이 금이파리처럼 반짝이는 금관이며 찬란한 귀고리, 여인들의 허전한 가슴을 채워주었던 파리며 유리구슬들, 허공을 딛고 내세로 떠날 금동 신발, 시신은 흙으로 돌아갔으나 주인을 지키던 이 모든 것들이 천년이 넘는 시간 동안 빛을 잃지 않고 영원의 꿈을 펼치고 있다니. 그때만 해도 나는 내세 같은 것은 믿지 않았으나 석양 아래 이지러진 봉분 곁을 지나며 무한한 상상력을 키웠고, 아득한 세월 속으로 걸어 들어가 송홧가루가 날리는 허공을 전생인 듯 헤맸다.

진아와는 첫 경주행이라 대능원에 들어간다. 인도에서 돌아온 뒤 스케치를 하러 몇 번인가 경주에 왔지만 그때마다 다른 사람이 동행했다. 솔숲을 지나 오솔길로 걸어 들어가니 조산 같은 고분들이 연이어 솟아 있다. 나를 안내한 경주 토박이 화가는 고분들을 봉황대라 불렀다. 둥글게 솟아 있는 거대한 봉분들이 정말 봉황의 알 같지 않은가. 고분군을 처음 보는 진아는 신기한지 감탄사를 연발하고 나는 진아에게 봉황 얘기를 들려준다.

"신라 말기에 한 풍수가 임금 앞에 나타나 이렇게 말했어. 서라벌의 지형이 봉황 둥지같이 생겨서 천년 동안 크게 영화를 누렸습니다. 그러나 이제는 때가 지나서 봉황이 둥지를 버리고 날아가려 합니다. 봉황새 둥지같이 생긴 서라벌 장안에 둥글둥글하게 큰 알을 많이 만들어놓는다면 봉황은 다른 곳으로 떠나지 못할 것입니다. 임금이 들으니 그럴듯하여 경주 한가운데 둥글둥글 흙을 쌓아 산더미 같은 알을 무수히 만들었어. 그런데 사실 그 풍수는 왕건의 사람이고, 서라벌의 지형이 배 모양이라 떠나가는 배 위에 많은 짐을 싣는 격이라. 풍수는 알을 많이 만든 여기 미추왕릉 부근 숲에 우물을 파놓고 도망갔대. 배 밑바닥에 구멍을 뚫었으니 신라는 그 뒤 영영 일어서지 못했지."

"그럴듯하네. 작은 무덤들이 모여 있다면 그런 전설도 실감이 안 날 텐데. 무덤이라도 크니까 산 같고 멋있어. 동산이 모여 있는 것 같아서 예뻐. 이렇게 함께 큰 무덤을 쓰니 왕족이 될 만해. 나도 죽으면 여기 묻혔으면 좋겠다."

"내 옆에 온다면 기다리려고 했더니, 그러진 않을 거지?"

"껍데기만 옆에 누우면 뭘 해."

그럴 마음이 없다는 말이지. 물론 나도 바란 것은 아니지만 야멸친 젊음에 상처를 받는다. 말도 행동도 생각 없이 뱉는 진아는 금세 내 팔을 잡는다.

"아빠, 옛날 사람들은 다 내세를 믿었지만 이집트 사람들은 왜 미라까지 만들었을까?"

"육체가 죽은 후에도 영혼이 영원히 존재한다고 믿었거든. 자유로이 다니던 영혼이 예전에 속해 있던 육체로 다시 찾아갈 수 있도록 미라로 시신을 영구히 보존한 거지."

"아이 끔찍해. 영혼이 영원히 존재한다는 것도 무서운데 제 몸에 다시 찾아가라고? 아빠 영혼은 돌아다니다가 내 미라로 들어오겠다. 습(習)이 있잖아."

웃다 말고 그럴까? 자문한다.

"죽어서까지 진아를 괴롭히면 되겠나. 영혼은 자중하겠지."

"괴롭히는 걸 알기는 아는구나."

"내가 괴롭히기만 하나?"

은밀하게 물으니 순간 진아의 눈매가 풀어지고 나의 그것이 바지 속에서 빳빳해진다. 내가 손을 잡아주려는데 젊은 남자가 다가오더니 진아에게 묻는다.

"어디가 황남대총입니까?"

남자는 막 천마총을 관람하고 나오는 길이다. 머리를 빗어 넘긴 잘생긴 남자다. 진아는 나를 돌아보며 "할아버지, 황남대총 아세요?" 예의 바른 손녀처럼 깍듯이 되묻는다. 나는 젊은이에게 연못 너머 거대 쌍분을 가리키며 황남대총이라고 일러준다. 남자가 고맙다고 고개 숙이자 진아가 활짝 웃으며 "구경 잘 하세요." 하고 인사한다. 살 만큼 살아서 젊음이 부럽진 않지만 보기는 좋다. 나는 평상심을 가지고 말한다.

정인(情人) 45

"진아한테 좋은 사람 생기면 말해라. 그래야 내가 시집 보내주지."

대능원 맞은편에 펼쳐진 공터에도 고분이 있고, 첨성대를 지나 계림으로 간다. 인도 귀국전을 끝내고 곧장 경주로 와서 계림과 나정, 오릉, 선도산 등 신화가 서려 있는 유적지를 스케치했다. 인도 신화에서 삶의 원형을 보고 한국 신화로 소재를 옮기고자 직감적으로 경주를 찾았는데, 한국화가인 나로선 당연한 귀결일 것이다. 고구려 벽화에 나오는 신목, 나무에 걸린 금빛 괘와 흰 닭, 신령스러운 숲에 묻혀 있는 해와 달, 새끼곰과 거북까지 어우러져 신라 김씨 왕의 시조이며 한국인의 원형인 김알지의 탄생을 알리는「계림」은 내게 뜻 깊은 그림인데 국립현대미술관에서 구입했다. 진채를 쓴다고 한동안 왜색 화가로 불렸던 나의 그림을 말이다.

계림과 향교를 지나 신라 궁터 반월성 언덕이 올려다 보이는 빈 터에 앉는다. 신라 월정교의 석재들이 흩어져 있는 이 풍경을 좋아하여 경주에 올 때마다 찾아오곤 하는데 돌 위에 앉으니 햇볕의 온기가 전해 온다. 반월성을 끼고 흐르는 남천이 뱀의 허리처럼 뻗어 있고 맞은편에도 석재가 쌓여 있는데 원효가 건너던 유교라 하였다. 나는 진아에게 원효 얘기를 들려준다.

"원효와 요석공주의 인연이 저 다리로 이루어졌어. 하루는 원효가 거리에서 외치기를 '누가 자루 없는 도끼를 빌려줄 것인가? 하늘 받칠 기둥을 찍을 터인데.' 하니 태종 무열왕이 이 말뜻을 알아듣고 '귀한 집 딸을 얻어 훌륭한 아들을 낳으려나 보다.' 하고 원효를 찾아 들이라고 명했지. 이미 남산에서 내려와 다리를 건너던 원효는 일부러 물에 빠져 옷을 적시고, 관리가 인도한 대로 요석궁에서 묵게 돼, 공주가 설총을 낳은 뒤로는 속인의 복색을 하고, 스스로를 소성거사라고 불렀지. 신라 사람들 멋있잖아. 원효도 무열왕도, 김춘추 옷고름 밟아서 누이동생과 맺어준 김유신도 쾌남아야. 부임하러 가는 길에 황진이 무덤 앞에 시 한 수 바친 임제도 멋쟁이지만 유교의 조선조라 파직당했지. 다시 돌아갈 수 있다면 신라 사람이 되겠네. 다리가 넷이어라, 하고 처용처럼 춤을 추어도 좋아."

"신라 남자 아니어도 남자야 춤출 수 있지. 남자는 무엇이든 다 할 수 있는데 여자가 그깟 바람 좀 피우기로. 남자는 딸 같고 손녀 같은 애인도 가질 수 있지만, 아빠가 만약 여자라면 아들 같고 손자 같은 애인을 둘 수 있겠어? 하긴 여자도 돈 있고 권력 있으면 그럴 수 있겠다. 여왕이나 재벌 딸이면 못할 것도 없지."

진아는 얘기를 엉뚱한 데로 끌고 가는 선수다. 트집쟁이다. 나는 맥없이 웃는다.

"진아, 아빠는 그림 그리는 재주밖에 없는 환쟁이야. 돈도 권력도 몰라."

"돈 모른다고 고상한가. 예술가는 이슬 먹고 사나. 팔리는 그림 많이 그려서 나한테 돈도 많이 주고 차도 사주고 그래 봐. 처음 만날 때 나더러 빨간 차 사주겠다고 유혹하더니 빨간 차는커녕 똥차도 없네. 친구 결혼식에 부조금이 없어서 가지도 못하고."

"그러자, 우리 진아가 행복해진다면 그렇게 해야지."

샤워를 하고 나오니 진아가 잠들어 있다. 진아는 저녁을 먹으면서 소주로 반주를 했고 여관에 들어오자 피곤한지 이불을 펴고 온돌 바닥에 누웠다. 5월이라지만 밤이면 기온이 내려가 온돌에 허리를 묻고 싶은 것이다. 나도 이불 속으로 다리를 밀어넣고, 젖은 머리를 수건으로 말린다. 행여나 물방울이 튈까 봐 조심하지만 입을 약간 벌린 채 잠든 진아는 이내 깰 것 같지가 않다. 드세어 보이는 광대뼈와 세파의 흔적처럼 기미로 덮인 얼굴도 의식이 나간 상태라 순진해 보인다. 넋나간 듯 벌어진 큰 입술이 애처롭게도 보인다. 열일곱에 임신해서 집에서 남자와 강제로 결혼시켰으나 폭행에 못 이겨 이 년 만에 집을 뛰쳐나왔다는 아이였다. 봉오리가 피기도 전에 꺾였으나 생명력은 질겨서 목에 보이지 않는 깁스를 한 채 뒤늦게 내 곁으로 떠밀려 왔다. 악어에게 날아온 악어새처럼 본능적으로. 인연에 둥지를 틀고 진아는 내 주머니를 도둑 요정처럼 털기도 하면서, 내 음낭을 목탁처럼 치기도 하면서 나의 동반자가 되었다.

나는 불을 끄고 모로 누워 진아를 한 팔로 가만 안는다. 진아가 숨을 쉴 때마다 손에 감지되어 내 손가락도 숨쉬듯 여자의 머리카락을 헤쳐 귀를 더듬는다. 갈고리 같은 귀, 물음표 같은 귀, 나를 끌어당겼다가 벙어리처럼 팽개치기도 하는 살의 모퉁이. 내 손길에도 모퉁이는 아직 길을 내어주지 않으므로 나는 간절한 나그네처럼 문을 찾는다. 미지의 섬이며 살의 문(門)인 입술. 이끼처럼 매끄러운 입술을 사탕을 핥듯이 서서히 적시니 섬이 어둠 속에서 열리고, 내 긴 혀는 조갑지 같은 옥니 속으로 파도처럼 스며든다.

"아이 졸려."

마지못해 끌려오듯 혀가 내게 감겼으나 진아의 가슴은 갑옷을 두른 듯 단단해졌다. 여자는 손으로 애무하지 않으면 익지 않은 과일이라 하였으니 연주될 때에야 악기가 빛나듯 그대의 몸은 나의 품에서 완성된다. 고달픈 인생살이에서 '담쟁이가 얽히듯' 합환의 희열을 나누며 원초의 생명력과 삶의 욕망을 확인하는데 인간 욕구의 대부분은 그다지 고상한 것이 아니라 육적이고 원색적인 것이다. 청년 시절에 나를 좋아하여 하룻밤을 함께 지내고 싶다던 기녀가 생각난다. 그때 나는 육체의 순결을 정신의 순결로 생각하여 기녀를 나무라며 거절했다. 얼마나 어리석은가. 에도 시대 일본 노래 가사처럼 '남근(男根)이 여음(女陰)을 만나는 감미로운 꿈'을 깨뜨리다니. 내 손에서 전율하듯 팽창하는 젖꼭지를 누르며 나는 진아에게 그 얘기를 들려준다.

"유치한 젊음이야. 그건 사람도 아니지."

진아가 어둠 속에서 흐흥 웃는다. 벌써 잠이 깼고 갈라진 목소리는 갈망에 떠 있다. 나는 겨드랑이에 체온계처럼 코를 박고 새끼 강아지처럼 파고든다. 진아가 간지럽다는 듯 움츠리며 내 입에 젖을 물린다. 나는 맹렬히 젖을 빨며 여자의 두툼한 사타구니를 벌린다. 여자는 무릎을 세우면서 잠자는 숲을 펼치고, 나는 손가락을 여음의 우물 속으로 밀어넣어 '코끼리가 코를 놀리듯이' 휘젓는다. 내 귓가로 들리는 숨소리가 가빠지면서 손끝에 미끈한 액이 휘감기는데, 곤충이 꿀을 찾으러 트럼펫 병자초의 덫 속으로 들어가듯 나의 그것도 서둘러 좁고 매끄러운 통로로 입성한다. 그리하여 욕망을 산란하고 곤충처럼 죽음을 맞으리라.

절정에 오른 여자의 신음 소리에 내 몸도 녹아내리는 듯한데, 불현듯 낮에 본 천마총 내부의 시신 자리가 떠오른다. 머리에 씌워진 왕관과 가슴걸이, 허리띠 등 유물만 남아 있던 죽음의 흔적. 고분 안은 자궁같이 아늑했다. 인간이 태어나면서 추방당한 모태로의 회귀였다.

토트메스 1세던가. 도둑들을 피하여 위풍당당한 자신의 피라미드에 시신을 안장하지 않고 험한 계곡의 석회암벽에 가파른 통로를 뚫어 별도로 무덤을 세웠다는 왕이. 무덤에 통하는 길이 파이프처럼 가는 데에 질려버린 그리스인들은 그 아치 무덤을 시린그(syringes)라고 불렀다지. 그 통로들이 목동의 가늘고 긴 피리(syrinx)를 연상시켰기 때문에.

그렇다. 여자의 시린그는 나의 무덤으로 가는 통로다. 어린아이처럼 참을성 없이 보채는 나의 그것은 황홀한 신음 소리를 내는 그녀의 시린그를 통과하면서 욕망의 아메바를 쏟아내고 한 줌의 재처럼 그녀 발 아래로 굴러 떨어진다. 그 찰나의 죽음. 혹은 삶의 복제. 박물관 진열장에서 고대의 목걸이에 끼워진 파리(玻璃)를 보면 내 정액의 빛깔이 저렇지 않을까 생각하곤 한다. 나는 유리 이전 상태인 파리 같은 정액을 쏟아내고야 유리처럼 맑아지며 죽음에서 부활하는 것이다.

스키철을 앞둔 온천장은 손님이 가장 적을 때라, 시마무라가 실내 온천탕에서 나오자 이미 모두 잠들어 고요했다. 낡은 복도는 그가 발을 디딜 때마다 삐걱거려 유리문이 가늘게 떨었다. 그 기다란 복도 끝 계산대 모퉁이, 차갑게 검은빛으로 번쩍거리는 마루 위에 옷자락을 펼치고 여자가 꼿꼿이 서 있었다.

결국 게이샤로 나선 게로군 하고 옷자락을 보고 덜컥 놀랐으나, 이쪽으로 걸어오는 기색도 없고 그렇다고 몸가짐을 흐트러뜨리며 맞이하는 교태도 부리지 않는다. 그저 가만히 움직이지 않고 서 있는 모습에서, 그는 먼발치에서도 진지한 뭔가를 알아채고 급히 다가갔으나, 여자 곁에 서서도 말없이 있을 뿐이었다. 여자도 짙게 화장을 한 얼굴로 미소를 지어보지만 되레 울상이 되고 말아, 아무 말도 않고 둘은 방으로 걸어갔다.

그때 그런 일이 있고서도 편지 한 장 없고, 만나러 오지도 않고, 무용책을 보내겠다던 약속도 지키지 않아, 여자로서는 가볍게 잊혀지고 말았다고밖에 생각할 수 없을 테니까 먼저 시마무라 쪽에서 사과나 변명을 늘어놓아야 할 순서였지만, 얼굴을 보지 않고 걷는 동안에도 그녀가 그를 나무라기는커녕 온몸으로 그리움을 느끼고 있음을 알자, 그는 더더욱 어떤 이야기를 하건 그 말은 자신이 진실하지 못하다는 울림을 띨 것이라 생각되어 괜시리 그녀에게 기가 죽는 듯한 달콤한 기쁨에 휩싸였다. 계단 밑에 와서야, "이놈이 당신을 가장 잘 기억해 줬어." 하고 검지만을 세운 왼손 주먹을 불쑥 여자의 눈앞에 내밀었다.

"그래요?" 하고 여자는 그의 손가락을 잡더니 그대로 놓지 않고 손을 잡아끌듯 계단을 올라갔다.
　고다쓰 앞에서 손을 놓은 그녀는 금방 목덜미까지 발개져서, 이를 얼버무리려 황급히 다시 그의 손을 잡으며, "이게 기억해 줬어요?"
　"오른쪽이 아냐, 이쪽이라고." 하고 여자의 손에서 오른손을 빼내 고다쓰에 넣고는 다시 왼쪽 주먹을 내밀었다. 그녀는 시침 뗀 표정으로, "네, 알아요."
　후후, 입술을 다문 채 웃어 보이며 시마무라의 손바닥을 펴 그 위에 얼굴을 포개었다.
　"이게 기억해 주었어요?"
　"아, 차나. 이렇게 찬 머리카락은 처음인걸."
　"도쿄엔 아직 눈 안 와요?"
　"당신은 그때, 그렇게 말했어도 그건 역시 틀렸어. 그렇지 않고서야 누가 세밑에 이런 추운 델 찾아오겠나?"

　그림을 그리다 피곤하거나 쉬고 싶을 땐 누워서『설국』을 읽는다.『설국』은 늘 애독하는 책으로 언제나 손에 잡을 수 있는 거리에 있고, 생각날 때마다 아무 데나 펼쳐서 읽는다. 몇 번이나 읽었건만 볼 때마다 새로운 감동을 받는다. 무엇보다 고마코의 순수에 가슴이 저미는데, 눈의 평원 같은 여자의 순수를 생각하면 구원을 받는 것 같다. 온천장에 왔다가 짧은 인연을 맺고, 199일 만에 다시 찾아온 시마무라와의 조용한 상봉. 고마코를 처음 만났을 때 이상하리만큼 인상이 청결해서 시마무라는 친구가 되겠다며 다른 여자를 불러달라고 하지만…… 결국 두 사람은 서로를 원했다. 밤늦게 연회에서 돌아와 흐트러진 발걸음으로 "시마무라 씨! 시마무라 씨!" 하고 복도에서 외치는 고마코. "바로 여자의 벌거벗은 마음이 자신의 남자를 부르는 소리임에 틀림없었다."

다시 책을 펼치니 재회했을 때 고마코가 소녀 시절부터 읽은 소설에 대해 적어둔 노트가 열 권이나 된다는 얘기를 하는 장면이다.

"감상을 써두는 거겠지?"
"감상 따윈 쓰지 않아요. 제목과 지은이, 그리고 등장인물들 이름과 그들의 관계 정도."
"그런 걸 기록해 놓은들 무슨 소용 있나?"
"소용없죠."
"헛수고야."
"그래요." 하고 여자는 아무렇지도 않은 듯 밝게 대답했으나 물끄러미 시마무라를 응시했다.

완전히 헛수고라고 시마무라가 왠지 한 번 더 목소리에 힘을 주려는 순간, 눈(雪)이 울릴 듯한 고요가 몸에 스며들어 그만 여자에게 매혹당하고 말았다. 그녀에겐 결코 헛수고일 리가 없다는 것을 그가 알면서도 아예 헛수고라고 못 박아버리자, 뭔가 그녀의 존재가 오히려 순수하게 느껴졌다.

고마코의 투명한 목소리가 책갈피 속에서 들려오는 듯하다. 여자의 벌거벗은 마음이 자기 남자를 부르는 소리라니.

아무 의혹도 타산도 없이 오직 그리움으로 다가가는 사랑. 그 사랑을 부르듯 가만 눈을 감고 있으니 여자의 차가운 머리카락이 내 이마에 스치는 듯하다. 그간 숱하게 사랑하며 살아왔지만 모든 것이 환영 같다. 어둠 속에서 숨죽여 우는 한 여자에게 했던 말도 떠오른다. "내게서 허무를 느끼지 말아요." 서로가 허무의 웅덩이에 빠지지 않기 위해 순간순간 최선을 다하고 사랑에 몰입했으나 그것도 모래처럼 손가락 사이로 흘러갔다. 아름답지만 꿈꾸는 것을 갖기엔 난 이제 늙어버렸어. 깨끗하게 사귀고 싶어서 유혹하지 않는 거라고 시마무라는 말했지만 그런 생각을 하기에도 난 너무 많이 살았어. 그럴 시간조차 없으니까. "누가 자루 없는 도끼를 빌려줄 것인가. 하늘을 받칠 기둥을 찍을 터인데." 하고, 거리에서 광인처럼 소리치는 편이 더 나을지 모르지.

　창으로 초여름 햇살이 스며드는데 주황 꽃이 핀 석류나무가 눈에 들어온다. 도톰한 꽃이 지고 여름이 무르익으면 알알이 석류가 영글겠지. 미전이 좋아하는 과실이다. 그 신맛 때문에 보기만 해도 침이 고이지만 미전은 석류 무더기를 정물화로 곧잘 그렸다. 벌어진 석류나 아예 쪼개져 알이 흩어진 석류는 탐스럽다기보다는 상처 같아서 명나라 화가 서위(徐渭)를 떠올리게 했다. 서위는 항상 석류나 포도를 그리면서 밝은 구슬이 버려져 있다는 뜻을 실어 자신의 불우함을 비유했다. 그의 묵포도 그림에 이런 시가 쓰여 있던가.

　"내 붓에서 나온 진주는 팔 곳이 없으니 넝쿨 사이에나 흩뿌려 놓을까."

미전은 자신을 드러내지 않는 단단한 사람이건만 유독 석류 그림에는 심상을 비춘다. 대학원까지 내게 배우고 지금도 틈틈이 그림에 대한 조언을 구하지만 미전은 이 년 전 나의 한국 신화전을 보고 편지를 보냈다. 지금까지 미전에게 받은 단 한 장의 편지인데 당시 집을 드나든 진아 눈에 띄지 않도록 문갑 서랍에 깊이 넣어두었다. 내게 힘을 준 편지여서 소중하게 이따금씩 꺼내본다.

"위대한 예술가의 참다운 운명은 일의 운명이다. 그의 생애에는 일이 그 주도권을 잡고서 운명의 발걸음을 이끄는 한 시기가 다가온다. 불행과 회의가 오랫동안 그를 괴롭힐 수 있다. 또한 운명과의 타협에 예술가는 굴복할 수도 있다. 암중모색의 준비에 몇 년이라도 쓸데없이 세월을 흘려보낼 수도 있다. 그러나 작품에의 의지는 한번 참다운 불 아궁이를 발견한 이상 꺼지지 않는다."

선생님의 전시회를 보고 나니 한 철학자가 러시아 화가 시몽 세갈에 대해 쓴 글이 생각났습니다. 저도 같은 말을 드리고 싶습니다. 노화가 이평조의 참다운 운명은 일의 운명이라고. 선생님은 삼사십 년 허송세월했다고 말씀하시지만 참다운 불을 지필 수 있는 아궁이를 오늘에야 발견하신 겁니다. 일찍이 진정한 정인을 만나 오래 해로하는 것도 좋지만 뒤늦게 만나면 기다린 세월만큼 더 행복할 거란 생각도 듭니다. 행복은 양이 아니라 질에 있으니 말입니다. 예술도 그와 같겠지요.

어제 신문에 한 미술 평론가가 선생님 전시회를 보고 쓴 글이 실렸습니다. "먹빛보다 더 어두운 전통 산수의 오백 년 묵은 장막을 과감히 헤치고 나온 노익장에게 경의를 바친다."고. 비둘기처럼 부드러운 선생님이 거대한 독수리처럼 날아오르는 듯했습니다. 저희들에게도 늘 말씀하셨지요. 남의 것을 답습만 하지 말고 보기 싫은 그림을 그려라, 실험을 하라, 파괴하면서 자신의 길을 창조하라고. 진정한 예술가에게 매너리즘이란 없다고. 성북동의 낡은 한옥 한 모퉁이에서 왜소한 체구로 방보다 큰 화선지를 말아가며 그림 그리는 모습이 브랑쿠시의 말 같았습니다. "창조는 신과 같이, 지휘는 왕과 같이, 작업은 노예와 같이." 저는 여기다 한 가지를 덧붙입니다. "사랑도 노예와 같이." 낭만주의자이신 선생님은 늘 사랑을 예찬하니까요.

저는 아직 젊은데도 세상의 쓴맛을 다 본 사람처럼 사랑에 대한 동경을 가지고 있지 않군요. 선생님 말씀대로 현모양처여서가 아니라 제 속에 뿌리 깊은 불신이 자리 잡고 있는 듯합니다. 인간의 자식은 완전하지 않기 때문에 기독교에선 예수를 낳은 마리아를 동정녀로 만들었다고 하셨죠. 맞습니다. 마야 부인도 붓다를 옆구리로 낳았다고 하죠. 성자를 제외한 모든 인간, 동물, 식물, 지구의 모든 것은 다 불완전합니다. 그러니 사랑이란 것도 불완전하겠지요.

그러나 벌거숭이 선생님은 자기답게 사랑하십시오. 창녀의 꽁무니를 따라다닌다 하더라도 선생님이 진정한 예술가라는 사실에 틀림이 있을 수 없습니다. 예술도 생활도 지리멸렬한 저는 혼자 벽에 부딪치며 괴로워할 뿐 달팽이집에서 벗어나지 못하고 있습니다. 이것이야말로 퇴폐가 아닌지. 그래서 날고기 같은 단청 그림에 취하고 선생님의 생을 이해하는 것이겠죠. 제가 하지 못하는 모든 것을 선생님은 과감하게 정진하고 계시니까요. 과꽃이 피면 놀러 가겠습니다. 술잔에 뿌리시던 과꽃 향이 지금도 코끝에 맴도는 듯하군요.

1990년 늦봄 송추에서
미전 올림

 오늘 창으로 석류꽃을 보니 석류꽃 같은 미전이 생각났습니다. 작게 피어 화려하다고는 할 수 없지만 야물고 도도한 꽃입니다. 곧 여름이 오고 해가 길어지면 나무엔 알알이 박힌 열매가 영그니 제 생명의 몫을 이다지도 충실히 하고 있습니다.
 저 나무를 배우려고 새벽부터 因果처럼 그림을 그리다가 인기척 하나 들리지 않는 한낮에 잠시 손을 놓고 있습니다. 俗情은 마음에 차고 있으나 세월만이 가고 있습니다. 大成하는 믿음과 땅바닥에 대이는 청색의 머리카락만이 눈에 보입니다. 그 골짜기의 바람처럼 맑고 차고 힘차고 고독하고 권태롭고 찻잔 하나조차 그 놓을 곳에 두고 또 신에게 기도하고. 이리 글을 쓰다 보니 당신이 행복하시면 하옵니다.

米佛

 전화를 하려다 오랜만에 엽서를 썼다. 이 시간이면 아이도 없겠지만 시간을 아끼는 사람이라 혼자서 무언가 알차게 할 것이다. 방해하고 싶지 않고, 엽서를 받으면 반가워할 것 같아 거리를 두고 소식을 전한다. 일 년 전 미전의 남편이 외국에 출장 갔을 때 근교에 스케치하러 간 적이 있다. 나는 저녁에 술을 마시며 오늘 밤만은 내 곁에 있어달라고 떼를 썼고 미전은 단호히 거절했다. "남편 때문이야?" 진아 때문인가, 하고 묻지 않았다. 미전은 광물같이 고요한 눈으로 나를 쳐다보기만 했다.

"선생님은 저의 스승이세요. 그것이 최선이에요."

"나를 남자로 생각하지 않는다는 말이지."

"저를 그렇게 흩뜨려서 어쩌겠다는 건데요."

어쩌자는 건 아니었다. 평범하다고 할 수 있는 외양에 남의 여자지만 미전의 정신이 탐났다. 그 정신을 한번 안아보고 싶었다. 또 행복해 보이지 않는 미전에게 육체의 희열을 주고도 싶었다. 사적인 얘기를 결코 하지 않지만 미전과 남편 사이에 육체의 단절이 있다는 걸 느낄 수 있었다. 신이 인간에게 육체를 줄 땐 육의 행복도 누리라는 뜻이 아닌가. "당신을 행복하게 해주고 싶어." 내 말에 미전은 비웃음을 띠더니 차갑게 대꾸했다.

"삶은 그림이 아니에요. 파괴하고 창조할 용기가 없어요. 썩은 다리가 무너지듯 절로 무너지면 그때 선생님께 행복이 무언가 가르쳐달라고 할 수도 있죠. 그러나 선생님이 생각하는 행복과 제가 생각하는 행복이 엄청나게 다를 테죠."

"달라도 알아야 해. 그날을 기다리지. 살아생전 그런 날이 없다면 죽은 뒤에라도 기다리지."

나는 마치 진지왕처럼 말했다. 음탕하여 왕위에 오른 지 사년 만에 쫓겨난 신라 왕 말이다. 진지왕은 미모의 도화랑을

궁에 불러 상관하려다 남편 있는 여자의 절조를 빼앗지 못하리라는 도화랑의 거부에 남편이 없으면 된다는 승낙을 받고 돌려보냈다. 그해에 진지왕이 죽고 이 년 뒤 도화랑의 남편도 죽으니, 왕이 밤중에 여자의 방에 들어와 그 약속을 상기하며 이레 동안 옆에 머물렀다. 죽어서도 풀어야 하는 질긴 욕망의 원.

진지왕과 도화랑 설화를 그려보자. 문학성은 필요 없고 그저 회화의 소재로 택한다. 그 뒤 도화랑이 낳았다는 비형과 비형이 데리고 노는 귀신들도 등장시키자. 조선조의 원한에 찬 귀신이 아니라 이레 동안 여자와 회포를 풀고, 다리도 놓아주고 장난꾸러기 같은 신라 귀신들을 한민족 혼들의 원형으로 재현해 보자. 토속적이면서 경쾌한 느낌을 줄 것. 전체 화면이 무겁지 않게 주조 색을 노란색으로 한다.

밑그림을 거의 완성한 날 미전이 전화를 했다. 미전은 엽서를 잘 받았다고 인사한다. 한 달 전 윤원 전시회에서 잠깐 보았을 뿐 올해 들어 첫 통화다. 나는 대뜸 그림 얘기를 한다.

"시간 나면 내일이라도 와서 구상한 것 좀 봐줄까?"

"뭘 구상하셨는데요?"

"도화랑 설환데 밑그림을 거의 완성했어. 미전이가 봐주면 당장이라도 채색에 들어가지."

"제가 뭘 아나요. 그래도 그림은 보고 싶어요."

그림 얘기를 하면 올 줄 알았다. 미전은 약속한 대로 정오에 와서 앉자마자 밑그림을 찬찬히 본다. 300호 정도의 크기니 대작에 속한다. 화면 왼편에 여자 상체가 누워 있고 윗면에 떠 있는 구름 속엔 한 남자의 얼굴이 비친다. 여자의 허리끈이 화면을 가로질러 거북의 입에 물려 있는데 거북 등에 한 발을 딛고 어린 청년이 서 있다. 화면 오른편엔 머리가 빗자루 같은 몽달귀신 여섯이 개울 위로 다리를 놓고 있고 하늘에 떠 있는 달이 사슴을 비춘다. 화면 양쪽에 크고 작은 두 그루 소나무가 우산처럼 서 있다.

미전은 귀신 하나를 가리키며 화면이 복잡하니 다섯이면 충분하다고 의견을 말한다. 듣고 보니 그 편이 나아서 하나는 지우기로 한다. 진지왕과 구름, 도화랑이 그려진 왼쪽 화면 일부엔 푸른색을 써서 약간 무게를 주고 비형과 귀신들이 배치된 화면 오른편은 노란 색조로 밝게 처리할 것이다. 색까지 알려주니 미전은 색채 구도도 완벽하고 틀림없이 좋은 그림이 될 것이라고 격려한다. 나는 고무되어 로댕의 제자였으며 시인인 다카무라 고오타로 얘기를 들려준다. 다카무라는 작품을 할 때마다 아내에게 보이고 아내의 조언을 작품에 반영했다는데 그의 아내 지에코는 미쳐서 죽고 다카무라는 아내에게 시집을 바쳤다.

"아름답잖아. 난 그런 아내는 없어도 이렇게 조언해 주는 제자가 있으니 행복하다고 해야겠지."

"선생님 옆에서 수발도 들고 대화도 나눌 그런 좋은 분이 있으면 좋겠어요. 마땅한 분만 있으면 지금이라도 결혼하셔도 돼요."

"내일 모레 염라대왕에게 갈 사람이 무슨 결혼."

내가 실소하니 미전이 정색을 한다.

"사실 저희 동네에 자식들 다 결혼시키고 혼자 사는 예순셋 된 노부인이 계신데 교양 있고 지금도 매력이 있어요. 박물관 대학까지 다녀서 그림도 많이 아세요. 선생님과도 충분히 대화가 될 것 같아서 제가……."

"난 늙은 여자가 싫어."

내가 고개를 저으니 미전이 그림으로 시선을 돌린다.

"앞으로 일주일에 두 번씩 진아 씨가 모델을 서주기로 했어요. 한 번은 크로키 하고."

"잘 됐군. 그림을 열심히 그려야지."

미전은 말할 듯 하다 말고 종이 가방에서 무언가를 꺼낸다. 나무도시락 두 개인데 뚜껑을 여니 초밥이 보기 좋게 놓여 있다. 내가 좋아하는 성게알도 들어 있다. 점심 약속을 하더니 고급 초밥을 맞추어 왔다.

"선생님 초밥 좋아하시잖아요."

"외출하면 단골집에 가서 초밥을 먹지만 시내엔 어쩌다 나가니까 이런 점심은 귀한 선물이야."

"외출하면 작업에 방해되니까 초밥 드시고 싶으면 진아 씨한테 사오라고 하세요."

"진아는 회를 싫어해. 입에도 안 대. 나 혼자 먹자고 사오랄 수가 있나."

"두 사람 공통점은 뭔데요."

당돌한 물음이나 나는 아무 말도 하지 않고 초밥 하나를 손으로 집어 입에 넣는다. 오돌한 날 생선의 미각이 바닷물처럼 입 안에 고인다. 미전이 간장 접시를 가지러 일어서는 걸 만류하고 나는 이번엔 젓가락으로 성게알 초밥을 집어 미전에게 내민다.
 "진미는 여자에게 바쳐야지."
 삼색의 장미들은 어느새 지고 여름이 다가오면서 뜰 한 모퉁이에 도라지꽃이 피기 시작한다. 정미가 가장 좋아하는 꽃이라 작년 가을 종자를 얻어다 이른 봄에 톱밥과 섞어 파종했더니 아비 마음을 알아주듯 별 같은 잎들을 펼쳤다. 흰색과 보라색 꽃이 여름 태양 아래 서늘하게 어우러져 있는데 그 모습이 한 점 삿됨 없이 깨끗하기만 하다. 식물이 없다면 어떠한 동물도 생명체도 존재할 수 없지만 동물만의 지구는 상상만 해도 괴이하다. 젊은 날 달빛 아래 산사에서 그렸던 자목련이, 작은 뜨락의 한 송이 도라지꽃이 나를 정화시킨다.
 보라색 꽃 세 가지를 꺾어 정미를 부른다. 대학도 방학에 들어가서 정미는 여유 있게 부엌에서 밑반찬을 만들고 있다. 앞치마까지 두른 정미가 뜨락으로 나오자 나는 연인처럼 꽃을 건네준다. 정미가 프랑스에서 돌아온 날 산수유가 꽃망울을 터뜨려서 한 가지 꺾어다 딸의 방에 꽂아주었다.
 "감사합니다. 꽃이 아름다워요. 저도 좋은 소식 선물할게요."
 "무얼까. 우리 정미가 하는 일은 아부지한테 다 좋은 소식이지만."
 "내년 초봄이면 손자를 보실 거예요."
 "네가?"
 정미는 함박웃음을 지으며 고개를 끄덕이기만 한다. 나는 입을 다물지 못하고 정미 어깨를 감싼다. 부처님, 하늘님, 신령님 감사합니다. 정미 나이가 벌써 서른여섯이라 아이를 못 갖는 것이 아닐까 걱정하고 있었다. 결혼 초엔 공부 때문에 피임을 했지만 박사 논문을 제출한 지난해부터 정미는 아이를 갖고 싶다고 말했다. 저도 그동안 기다렸던 소식이니 얼마나 기쁠꼬.

목청껏 울어 젖히며 아이가 태어나면 백일을 기다려 뽀얀 마노를 금목걸이에 달아 걸어주겠다. 어린이들을 세상의 공포로부터 보호해 준다는 보석이 아닌가. 비단 포대기로 안아 키운 손주가 학교에 처음 입학할 때 금강역사처럼 옆을 지킬 것이며, 21세기가 시작되는 첫날 십장생이 노니는 우주를 그려 온방을 장식해 주겠다. 피의 업은 할아비로서 끝나고 너는 그 진흙을 딛고 연꽃처럼 태어나 생명의 발열체로서 온갖 행복을 누리라.

손주를 보리라는 소식은 나를 크게 고무시킨다. 기형의 아들도 내 손으로 받았으나 네 살 때 아비를 잃고 사 년 뒤 제 어미를 따라 미국으로 건너갔다. 중학교 생물 선생이었던 며느리는 젊은 나이에 지아비를 잃자 새로운 길을 찾고자 했다. 간호학을 공부하려 했고 나는 집까지 저당 잡히며 돈을 마련해 주었다. 며느리는 칠 년 만에 정식으로 간호사가 되었다. 또 미국인과 재혼하여 비로소 나는 마음의 짐을 덜어낼 수 있었다. 손자는 양부의 성을 따라 미국 국적을 얻으면서 다시 한국에 나오지 않았지만 자기가 살아야 할 사회에 철저히 적응하는 편이 손자를 위해서도 좋았다. 이렇게 한 가지가 떨어져 나간 셈이라 정미의 임신 소식은 처음 손주를 볼 때의 흥분을 주었다.

어제 정미의 태몽을 듣고 그림을 구상하다. 원숭이가 새끼 원숭이와 담장 아래로 걸어가더라는 꿈. 나는 정미에게 길몽이라고 말해 주었다. 부처님도 전생에 원숭이로 태어난 적이 있다고 하고 인도에서 신으로 받드는 영웅 하누만도 원숭이가 아닌가. 원숭이띠 정미가 원숭이 태몽을 꾸다니. 정말 신기하다. 정미 어미는 정미를 임신하곤 뱀이 하늘로 날아가는 꿈을 꾸었다. 정미 어미는 뱀띠였다. 알렉산더 대왕의 어머니는 거대한 뱀이 빛을 발하며 침실로 날아드는 꿈을 꾸고 신의 아이를 잉태했다고 생각했다지. 이 말을 들려주자 정미 어미는 "대왕 아들까진 바라지 않고요, 그저 착하고 건강한 아이였으면 좋겠어요." 했다.

왜 인간은 태몽으로 동물의 꿈을 꾸는 것일까. 인간과 동물과는 무슨 관련이 있는 것일까. 원숭이가 진화하여 인간이 되었으니 인류학적으로도 동물은 인간의 근본이다. 인도인들의 생각이 맞다. 인도인들은 모든 것은 일시적인 변이로서 신적인 생명의 원천에서 나오며 신도 인간도 동물도 본질적으로는 동일하고 차별이 없다고 생각했다. 삶이 윤회한다면 나도 전생에 동물이었는지 모른다.

산수유가 핀 초봄에 담장에서 내려오는 새끼 원숭이와 어린 것을 지켜보는 어미 원숭이를 그리다. 낡은 담장은 현대의 것이라기보다는 천 년의 흔적이 서린 듯 고적하다. 신라의 담장일 수도 있고 황하 유역 어느 가옥의 담장일 수도 있고 기원전 인더스 강 협곡의 유적일 수도 있다. 까마득한 시대부터 인간과 더불어 살아온 동물, 너희들의 생명이 오늘까지 번성하듯 인간도 번성하여 나 미불도 조모와 손자를 보며 5대와 더불어 살아가는 셈이다. 이제 나의 시대는 저물어가나 또 한 생명이 태어나니 어찌 기꺼이 대를 물리지 않겠는가. 남송의 조희곡이 말하기를 가슴속에 만 권의 책이 있고 눈으로 앞 시대의 진기한 명적을 실컷 보며 또한 수레바퀴 자국과 말 발자국이 천하의 반은 되어야 바야흐로 붓을 댈 수 있다고 했다. 가슴속에 백 권의 서향(書香)이나 배어 있는지 알 수 없으나 수레바퀴 자국이 강산의 반은 채웠으니 붓을 댈 자격이 충분하다. 칠순에 머나먼 인도 땅에 가서 겨울날 미친 개나리처럼 만개했으니 더 이상 무얼 바랄 것인가.

미친 개나리

　꿈은 결코 죽지 않는다. 채 꽃피지 못한 진채의 꿈은 내 턱수염이 희어지도록 소리 없이 펌프질하며 뿌리를 올리고 있었다. 팔 년 전 한국화 대전에 두 점의 작품을 내놓고 개막식 날 보러 가다가 신록의 가로수 아래 문득 멈추어 서서 나는 혼잣말을 했다. "지금 너는 어디로 가고 있나?" 삼십 년이 넘도록 술과 객기로 허랑하게 살아오면서 한 일이라곤 어쭙잖은 강사 노릇과 여기저기 그룹전에 그림 몇 점 내며 화가로서의 명맥을 유지해 온 것뿐이다. 이것이 내 삶의 전부인가? 이렇게 살다 가는 것일까? 내가 진정 그리고 싶은 그림이 있는데, 이제라도 색채의 파도에 묻혀 세상 끝까지 흘러가고 싶었다. 순간 직감처럼 떠나야 한다고 생각했다. 청년 이평조가 화가의 길을 택해 현해탄을 건너갔듯이 익숙한 모든 것들을 뿌리치고 다시 떠나야 한다고.

사생첩과 화구를 매고 계절 따라 야외 사생을 하며 치열하게 탐구했던 동경 유학 시절이 떠올랐다. 한국화가 중국서 들어온 남종화를 모태로 한다면 내가 사숙한 일본화는 송의 휘종(徽宗) 이적(李適)에 이어지는 북종화에 뿌리를 둔 것으로 정밀성, 사실성, 품격 있는 채색이 특징이다. 송대(宋代)의 대상에 대한 철저한 관찰 정신은 감탄할 정도여서 원숭이를 잘 그린 역원길(易元吉)은 원숭이 생활을 관찰하기 위해 한번 산에 가면 몇 개월씩 머물렀고, 풀벌레를 잘 그린 증운소(曾雲巢)는 초충을 잡아 곤충집에서 관찰하다가 그 신(神)이 완전치 못할 것을 두려워하여 풀숲 사이에서 관찰해 비로소 그 천연함을 얻었다 한다. 채색 기법이나 물감에 아교를 섞어 쓰는 법까지 그때 배웠지만 가장 중요한 것은 창작 의욕 고취였다. 그것은 스승에게서 본받은 점이다. 그들은 북화를 연구하여 현대적인 표현 방법을 보탰다. 철저히 공부한 끝에 새로운 것이 창조되는 것이다.

낭비의 삶을 마무리 짓고자 재출발을 준비하고 있을 때 정미에게서 편지가 왔다. 비교언어학 연구를 위해 올가을부터 인도로 가서 이삼 년간 머물며 공부하겠다고. 편지를 읽고 나의 길도 그렇게 정해진 것을 알았다. 처음엔 프랑스를 염두에 두었으나 정미를 따라 인도에 가리라고. 까마득히 잊고 있었던 가타야마 난푸(堅山南風)가 그제야 떠올랐다. 19세기 말에 태어나 1980년에 죽은 이 화가는 요코야마 다이칸(橫山大觀)을 스승으로 삼고 일본 미술원 재건에 참여했고 1916년에 작품의 새로운 모색을 위해 동료 화가 아라이 간포와 함께 인도로 건너갔다. 그의 스승 다이칸은 일찍이 1903년에 인도를 방문했고, 초기에 남화풍의 그림을 그린 도모토인쇼〔堂本印象〕도 뒷날 인도 미술과 서양화를 연구했다.

동경 유학 시절 이들의 얘기를 들었을 땐 붓다의 고향으로만 알고 있는 인도가 한없이 먼 나라로 들렸다. 왜 일본 화가들은 일찍이 인도에 관심을 가졌던 것일까. 나는 당대의 지식인이며 역사학자인 츠다 소키치〔津田左右吉〕의 글을 통해 일본인들이 인도와 중국, 일본 세 나라를 동양 삼국이라 생각한다는 것도 알고 있었다. 불교의 원류인 인도와 유교의 원류인 중국. 자기 본위의 일본. 소키치는 중국의 유교 사상이 학자들에게 지식으로서 존중받았을 뿐 일본 대중의 삶에는 아무 영향을 미친 바가 없고, 인도의 불교도 중국을 통해 들어와 일본 민간 신앙 속에 섞였을 뿐 이 두 나라가 사상적으로나 생활면에서 일본과 공통된 문화가 없다고 결론지었다. '동양이라는 하나의 세계는 없다.'면서 일본 문화의 독자성을 강조했는데, 유교 영향을 막중하게 받은 한국의 사정은 이와 다르고, 어쨌든 불교가 뿌리인 나로서는 언젠가 한번 인도를 가보리라 막연히 생각했을 뿐이다.

이 막연한 생각이 사십오 년 만에 실현되다니. 그때 내 나이 일흔이었다. 하늘에서 내려다본 델리의 야경은 잠든 궁전 같았다. 화려하지 않은 불빛들이 고대풍의 보석이 박혀 있는 거대한 왕관 같기도 하고, 구슬이 퍼져 있는 무희의 의상 같기도 했다. 불야성 같은 홍콩의 야경과는 달랐다. 이리저리 흘러가다가 마침내 인도 땅에 닿았다는 감격 때문일까. 잠자리에서도 야생적인 까마귀 소리를 들으며 밤새 몸을 뒤척였다. 다음 날 아침 눈을 떴을 때 복도에서 이방의 말소리가 들려왔지만 낯설다기보다 정겨운 느낌이었고, 전통 복장에 콧수염을 기른 호텔 종업원 모습과 식당에 흐르는 관능적인 선율에 새로운 삶이 기다리고 있음을 알았다.

바라나시. 내가 정미를 찾아간 인도의 한 지명이다. 리우데자네이루같이 이름만 아는 세계 도시도 많지만 바라나시는 내 생전 처음 들은 지명이다. 그러나 갠지스 강은 알고 있었으니, 이 작은 도시를 끼고 갠지스 강이 흐르고 있다. 바라나시에 도착하여 비행기에서 내려다본 첫 풍경은 드넓은 평원이었다. 끝없이 펼쳐진 듯한 평원에 나무와 붉은 벽돌 건물만 드문드문 서 있었다. 같은 산천이라도 일본의 산천은 한국보다 부드럽다고 느꼈지만 거칠 것 없이 펼쳐진 평원은 국토의 칠십 퍼센트가 산인 척박한 땅에서 살아온 내게 신세계 같았다. 칠십 생애에 처음 보는 풍경이 아니던가. 비행기에서 내려 걸어 들어가니 공항 화단에는 달리아와 장미, 맨드라미까지 피어 있었고 이 낯익은 꽃들은 고향처럼 나를 반기는 듯했다.

마중 나온 정미 옆에 앉아 이런저런 밀린 얘기를 나누며 차창으로 스치는 들판을 바라보려니 도로변에 릭샤(인력거)와 가게들이 나타나기 시작했다. 간이 건물 같은 작고 초라한 가게들이며 야채들이 얹혀 있는 수레가 눈에 들어오는데 내가 어릴 때 보던 풍경 같았다. 야채 장수가 무슨 푸성귀를 저울에 다는데 열무였다. 인도에도 열무가 있구나, 내가 신기해하자 정미는 저걸로 김치를 담근다며 무울리라고 알려주었다.

한국의 무와 이름이 비슷해서 나는 금방 외었다. 이것이 인도에 와서 내가 처음 배운 야채 이름이다.

평화롭기만 한 평원의 풍경이 시내로 들어서자 잿빛으로 바뀌었다. 도로는 릭샤와 오토릭샤로 가득하고 먼지와 매연으로 혼탁한 공기가 차 안에서도 느껴질 정도였다. 길은 진창이며 거리엔 쓰레기들이 쌓여 있고 역 부근엔 거지들이 늘어앉아 있었다. 델리서 공항으로 가는 길에서도 거지를 보았고 정미 편지로 인도 경제의 낙후성을 충분히 전해 들었지만, 공해가 심하다고는 상상도 하지 못했다.

"저도 오자마자 목이 붓고 힘들었어요. 처음엔 못 견딜 것 같았는데 한 달쯤 되니까 적응이 돼요. 아부지가 걱정이지만 시내엔 나가지 마시고 집에서 그림만 그리세요. 화실로 쓸 거실은 마음에 드실 거예요. 학교 교정도 나무가 많아서 아름다워요. 산책하시면 좋을 거예요. 또 강가도 있잖아요."

전후의 거리 같은 혼란한 풍경에 순간 마음이 어두웠으나 정미 말에 안심했다. 너만 좋다면 난 아무 문제가 없다. 나는 딸아이를 안심시키고 창밖을 내다보다가 소 한 마리가 혼잡한 거리 한가운데로 걸어가는 것을 발견했다. 소는 사람과 똑같은 하나의 존재로서 의연하게 차 속에 섞여 걸어가고, 사람도 소를 하나의 존재로 받아들이는 듯 아무도 개의치 않았다. 힌두교에서 소를 숭상하는 것은 알지만 코뚜레에 꿰여 마구간에 갇혀 있는 가축이 아니라 철학자처럼 거리를 어슬렁거리는 소를 보니 완전히 다른 세계에 들어온 듯했다. 이 풍경에 거의 경의를 느끼며 나도 소처럼 정처 없이 길을 헤매보고 싶었다.

 거리의 소가 인도에서의 내 새로운 삶을 암시하는 듯했다. 모든 고정관념에서 벗어나 새롭게 사고할 것. 의식에 그늘처럼 드리워진 수묵을 벗어던지고 붓의 본능을 따를 것. 인도에서 내 그림을 살 사람도 없으니 그리고 싶은 것만 그리는 거다. 아름답고도 강한 그림을 그리고 싶다는 나의 염원이 이제야 꽃필 것 같은 예감이 들었다.

 정미가 나를 위해 구한 집은 마음에 들었다. 학교 부근 랑카의 주택가인데 사업가인 주인은 4층 건물의 2층에 살고 우리 부녀는 3층에 세를 얻었다. 두 개의 방에 세탁장, 욕실, 거실이 있는 넓은 빌라다. 동향의 밝은 거실에서 베란다로 나서면 집 앞 공터와 그 너머 담 안에 나무가 보일 뿐 시야를 가로막는 것은 없었다. 그 너머론 갠지스 강이 흐를 것이다. 한길서 가까운 거리지만 집에선 매연도 거의 느낄 수 없었다. 매연조차 거리의 사람들 몫인 듯했다. 내가 작업할 넓고 밝은 거실을 보자 이토록 좋은 환경이 주어진 것에 감사했다.

 내가 가져간 트렁크는 네 개였다. 그중 세 개가 순지와 물감과 붓 등 화구로 가득 찼다. 나는 이삼 년 치의 그림 재료를 가져갈 수 있는 한 모두 가져갔다. 이 재료를 다 소모할 만큼 그림을 그리면 한국에 돌아갈 것이다. 나는 이 기간 동안 한국과 단절되길 원했다. 새로 태어나기 위해선 과거를 잊어야 했다.

 다음 날 새벽 우리는 갠지스 강을 보러 갔다. 집에서 십 분 거리에 아시 가트가 있어서 어둑한 새벽 거리를 까마귀 소리를 들으며 걸어갔다. 사원 옆으로 지나갈 땐 맑은 타악기 소리와 풍금 비슷한 악기가 울렸는데 몇 사람이 악기를 연주하며 새벽 예배를 드리는 모양이었다. 희푸른 하늘이 시야에 펼쳐졌을 때 강가에 여인들이 서 있는 것이 눈에 들어왔다. 사리를 입은 여인들이 강가에서 기도하고 물 속으로 걸어 들어가 몸을 담갔다. 물에 젖은 사리로 상체의 곡선이 실루엣으로 드러나는데 군청색 강물에 반사된 장밋빛 새벽하늘이 꽃잎처럼 일렁이고, 누군가 불 밝힌 심지가 강가에서 타오르고 있었다. 미명의 강도 인간의 기도와 함께 깨어나고 있었다.

우리는 보트를 탔다. 강 양편으로. 새털구름이 아치 모양으로 뻗어 있어 구름다리가 놓인 듯했다, 사원과 건물들로 이어진 강변의 맞은편엔 백사장과 키 낮은 숲이 아득히 뻗어 있고, 무르익은 복숭앗빛 태양이 숲에 동그마니 깃들어 있었다. 그 땅은 영원히 깨어나지 않을 처녀지처럼 보였다. 그때 배 하나가 다가오더니 한 남자가 꽃잎과 초가 담긴 작은 나뭇잎 접시를 내밀었다. 심지엔 이미 불이 켜져 있었다. 남자는 강가(ganga)의 시바 신에게 초를 바치라고 말했다. 시바라는 말이 나온 것으로 그런 뜻이 분명할 터이다. 내가 나뭇잎을 받아들자 남자는 번들거리는 눈으로 또 하나를 내밀면서 파르바티에게 바치라고 했다.

정미가 손을 내저었지만 나는 기꺼이 두 개의 촛불을 받아 강에 띄웠다. 하나는 강가의 신인 시바에게, 하나는 내 예술의 신에게 바칠 터였다. 적요의 숲에서 막 태양이 떠오르고 있었다. 용광로의 불 같은 선홍색이었다. 나를 당신의 강가로 불러주신 시바여, 내가 어떻게 여기까지 흘러왔을까요. 칠순의 고목에 꽃피게 한 예술의 원천이여, 강 한가운데로 흘러가면서 나는 바로 그 원천의 소용돌이에 있는 듯했다.

그때 물에 떠 있는 검은 물체가 시야로 들어왔다. 배가 가까이 다가가니 정미가 사공에게 비켜 가란 손짓을 했다. 그러나 배는 그 옆을 지나가야 했고 나는 그것이 죽은 물소라는 것을 알았다. 물소는 고개를 완전히 비튼 채 흰 눈으로 잠자듯이 물에 흘러가고 있었다. 가까이서 부패의 냄새가 났다. 사공은 사원이 들어선 강변 쪽으로 뱃머리를 돌리면서 '하리첸드라 가트'라고 일러주었다.

사공이 가리키는 강가에 무언가 불타고 있었다. "화장터예요." 이번에 정미는 덤덤하게 일러주었다. 가트 위의 건물 담벼락 옆으론 장작이 가득 쌓여 있었다. 시신을 불태울 장작이리라. 누구나 저렇게 한 줌의 재로 가는 거지. 나도 말이다.

검은 물소 시체가 저만치 멀어져 가는데 수면 여기저기 무언가 솟구쳤다가 포말을 만들면서 사라졌다. 물고기였다. 거대한 주검이 떠다니지만 생물이 더불어 살아가는 강. 사공이 "빠깔리아." 하고 햇빛이 반짝이는 수면을 가리키는데 뱀처럼 가는 물고기가 수면 위로 갈고리형 커브를 그리며 먹이를 낚아채 사라졌다. 난생처음 보는 기이한 물고기였다. 저만치 앞에서 관광객을 태우고 노를 젓던 사공 하나가 하늘을 향해 우우, 우우 소리치니 새들이 일제히 그쪽으로 날아갔다. 저희들끼리의 신호인가 보다. 일순 사원의 종소리가 허공에 울려 퍼지는데 누군가가 강가에 바친 붉은 히비스커스가 배 옆으로 물결에 실려 가고 있었다. 먹고 먹히고, 손짓하고 다가가고, 다스리고 경외하면서 신과 인간과 동물과 식물이 하나의 우주를 이루고 있었다.

만물이 교감하는 갠지스 강 한가운데서 배에 몸을 싣고 있으려니 삶과 죽음이 하나요, 현세와 내세가 이렇게 함께 흘러가는 것만 같았다. 죽음이란 것도 어딘가로 여행을 떠나는 것 같지 않을까. 신도 운명도 믿지 않지만 이 순간은 죽음으로 모든 것이 끝난다고 생각되지 않았고, 나도 인도인들처럼 내세가 있다고 믿고 싶어졌다.

수많은 릭샤와 오토릭샤가 오가는 혼잡한 랑카의 매연을 피해 갠지스 강변을 산책하는 일은 하나의 일과가 되었다. 아시 가트에 나갈 땐 늘 스케치북을 챙기는데 사원 앞에서 꽃을 파는 소년, 나뭇잎에 담긴 초, 디아를 강물에 띄우는 여인의 모습을 스케치하고, 빨래를 말리기 위해 경사면에 늘어놓은 갖가지 색깔의 사리들도 눈여겨보곤 했다. 한국에선 원색을 선호하지 않지만 인도에선 어디서나 강렬한 색상을 접할 수 있어 화가의 눈을 즐겁게 했다.

사리는 무엇보다 매혹적이었다. 하나의 천을 몸에 두르는 여인들의 사리는 이브의 몸을 가린 나뭇잎보다 더 유혹적이다. 주황, 초록, 진보라같이 한국에선 거의 입지 않는 강한 색들도 사리로 몸에 두르면 빛의 향연이 되었다. 일하는 여자들이 머리에 바구니를 인 채 면 사리를 휘날리며 걸어가는 모습은 자연 그 자체와 같아서 바람을 쫓아가듯 뒤쫓아 가고 싶은 욕구를 느꼈다. 여인들이 아무리 교묘하게 사리로 몸을 감싸도 뜨거운 입김 앞에선 아이스크림처럼 녹아내리리라, 사과 껍질처럼 사리를 벗기며 햇볕에 단 육체를 바라보는 남자는 행복하리라. 단언하건대 지구 어디에도 사리보다 더 매혹적인 여자 옷은 없다. 내가 아는 짧은 영어로 말하라면 이렇게 표현하겠다. 'dangerous clothes'라고.

하루는 강가를 산책하다가 신전 옆 노상의 좌판에 갖가지 색깔의 물감이 고깔모자처럼 높이 쌓여 있는 것을 보았다. 빨강, 진분홍, 노랑, 파랑, 연두, 주황이 색채 그 자체로 완전한 구성을 이루고 있었고 나는 감탄하면서 즉시 스케치하고 물감들을 골고루 샀다. 결혼한 여자들은 앞가르마에 붉은 칠을 하고 힌두교도들은 양미간에 붉은 칠을 하여 물감이 인도에선 일상용품인 듯하지만 그림물감보다 더 원색적이어서 내 방에 늘어놓고 싶었다.

나는 집에 들어오자마자 노점의 물감을 늘어놓고, 밑그림을 그렸다. 산처럼 솟아 있는 물감들을 좌판에 놓인 그대로 배치할 것이다. 물감 장수는 아무 의식 없이 물감을 쌓아놓았지만 더없이 훌륭한 색채 구성이었다. 그러나 형태가 단조로우니 동체를 넣어 변화를 주자. 무얼 그릴까 궁리하는데 벽에 붙어 있는 도마뱀이 눈에 들어왔다. 동물은 어떨까. 그중에서도 보다 원초적인 느낌을 주는 파충류가 좋지 않을까. 도마뱀을 그릴까 생각하다 그림에 무게를 줄, 좀 더 카리스마가 있는 동물을 떠올려보았다. 파충류면서 제왕 같은 악어는? 영감처럼 악어가 떠오르면서 그림이 선연히 보이는 듯했다. 물감의 섬들을 누비고 다니는 한 마리 악어.

예술에는 자기가 살아가는 땅의 삶이 묻어난다. 구도 중심의 내 화폭에서도 어김없다. 인도에 와서 처음 완성한 그림에 동물이 들어갔다. 정미는 나를 위해 악어에 관한 책을 사 왔고 나는 악어를 수십 장 스케치해 보고 나서야 몸체의 사분의 삼 정도만 왼편 화면 아래에 그렸다. 강으로 나오다 고개를 위쪽으로 들고 물감의 섬들을 바라보는 악어. 정미는 이 그림이 동화처럼 아름답다고, 옆에 와서 한참 들여다보곤 했다.

인도에서의 두 번째 작품은 소 그림이다. 소가 사람처럼 시내를 활보하는 나라에 산다면 자연스럽게 화제로 다룰 것이다. 어디 소뿐인가. 돼지도 진창에 뒹굴다가 거리를 활보하고 돼지 등 위엔 까마귀가 날아가 앉는다. 염소 두세 마리가 어딘가에서 나타나 이웃처럼 동네를 배회하고, 원숭이는 이 집 저 집 옮겨 다니며 과일을 훔쳐 먹기도 한다. 거리를 떠돌아다니는 개들은 걱정스러울 정도로 많지만 내가 소년 시절 보던 순한 토종들 같아서 피하진 않았다. 인도는 동물이 인간을 두려워하지 않고 공생하는 동물 천국이었다.

집에서 몇 발자국만 나서도 소를 볼 수 있으므로 나는 수십 장씩 스케치했다. 차가 다니는 거리 한가운데 앉아 있는 소, 무리 지어 다니는 물소들, 등에 혹이 있는 검은 소 등 한국서 보던 소와 종류도 달랐다. 소는 움직임이 완만하고 무심하여 바로 앞에서 스케치하기가 좋았다. 내가 처음 완성한 그림은 앉아 있는 소 한 마리가 화면을 채우는 6호 크기의 먹그림이었다. 군상으로 구도를 만들기 전에 한 마리의 소를 사실적으로 그려보고 싶었다. 색도 쓰지 않고 일부러 먹만 사용했는데, 큰 눈을 하얀 공백으로 처리해 몇 가닥의 속눈썹과 점 하나의 눈동자로 눈의 생기를 살리고자 했다.

오랜만에 먹으로 소 그림을 그리니 소를 즐겨 그리는 이가염이 생각났다. 소의 우직함을 스승으로 삼는다고 당호를 사우당(師牛堂)이라 지었지. 형태를 좋아하여 그리다가 소에 대한 관념까지 얻었겠지만 먹 하나로 물소를 이토록 생생하게 표현할 수 있는 화가는 흔치 않을 것이다. 사생하지 않고 즉흥으로 그린 듯 야성적이지만 어디 한 군데도 넘침이 없는 먹의 농담은 천의무봉의 경지라 할 만하다. 붉은 낙엽이 휘날리는 나무 아래 소를 타고 가는 소년이라든가, 멋대로 붓을 휘두른 것 같건만 발과 꼬리가 더없이 힘찬 투우도라든가 물소가 있는 몇 점의 그림은 나를 승복하게 만들었다.

인위적인 것이 전혀 느껴지지 않는 그 호방한 필치는 나의 호랑이 그림과 비교할 만하다. 내가 인도 오기 전에 그렸던 황색 점박이호랑이는 현대판 민화로서 우연히 놀러 온 사람이 보곤 호랑이 눈이 기를 뿜는다며 거금에도 선뜻 가져갔다. 이가염은 물소를 많이 그리다가 물소에 도통했고 한국화가인 나는 호랑이 그림에 통달했다. 이가염은 평생 먹 세계를 추구했고 나는 색채를 추구했다. 색은 나의 정체성이다.

나와 동시대를 살아가는 이 대화가를 생각하다가 두 마리의 소로 구성된 그림을 그렸다. 허공엔 빨간 시멀 꽃들이 떨어지는데 검은 소 한 마리는 도사처럼 앉아 무심히 앞을 보고 있고 황색 소 한 마리는 뒤에 서서 떨어진 꽃을 먹으려 하고 있다. 바라나시에 와서 처음 본 꽃인데 거대한 나무에 잎은 없고 꽃만 지천으로 피었다. 그릇처럼 단단한 꽃받침에 다섯 개의 두꺼운 꽃잎과 긴 수술이 피어 있는 화려한 열대 꽃이다. 바람에 흩어지는 붉은 낙엽 아래 두 마리 소가 앉아 있는 이가염의 그림을 염두에 두고 그렸는데, 경애심으로 그의 스타일을 따른 것이다. 나와는 길이 다르지만 그가 평생 추구한 먹의 세계를 존경하였다. 그의 붓은 먹의 심연을 자유자재로 헤매고 다니는 물고기 같았다. 이가염은 내가 귀국한 다음 해인 1989년 아흔 살의 나이로 세상을 떠났고, 나는 진작 이 대가를 만나지 못한 것을 안타까워하였다.

인도에서의 새로운 생활은 고기가 물 만난 듯 나의 창조력을 개화시켰다. 나의 감수성은 스펀지처럼 인도라는 땅의 모든 것을 빨아들였다. 매연과 비청결이 걸림돌이었지만 그것도 이내 적응하여 맑은 공기가 필요할 땐 정미가 다니는 대학교 교정과 강가를 산책했다. 나무와 강은 몸과 마음도 치유해주는 듯했다.

종교와 관습이 다르다지만 노점의 불빛 아래서 야채를 살 때라든가 장수가 무언가 외치며 골목길을 오갈 땐 서울에 있는 것 같은 착각도 들고 어릴 때의 고향 풍경과 너무나 흡사해 과거로 되돌아간 듯한 환상에 빠지기도 했다. 자전거를 타고 가며 소리치는 사나이는 내가 살던 동네의 골목을 누비던 고물 장수 같고, 바구니를 머리에 이고 풀고비를 사라고 외치는 아낙네 모습도 한국에서 쉽게 볼 수 있는 정경이었다.

하루는 골목에서 마술적인 야릇한 피리 소리가 들려왔다. 밖을 내다보니 갖가지 색깔의 풍선을 꽂아 장대를 든 남자가 피리를 불며 가고 있었다. 긴 풍선을 중간 중간 비틀어 사람 모양, 새 모양을 만들었는데 기형이 소풍 간 날 저런 풍선을 사준 기억이 났다. 이렇게 똑같을 수가 있을까. 풍선 장수는 집집마다 풍선을 사라고 외치고, 골목 끝 집에선 젊은 여자가 아이와 함께 나와 풍선을 샀다. 놀고 있는 아이들이 풍선 장수에게 말을 시키니 무어라 참견하다 피리를 불며 다시 길을 떠나는데, 남자는 아이들과 놀기 위해 풍선을 팔러 다니는 것 같았다. 피리의 멜로디가 아름다워서 귀를 기울이고 있다가 나는 순간 머리를 쳤다. 바로 저 피리 소리 같은 그림을 그리는 거다. 동화적이고 이국적이며 환상적인 그림 말이다. 색채의 섬들을 악어처럼 누비며 꿈의 조각들을 수집해 아라비안 나이트처럼 잇는 거다.

인도에 온 지 한 달이 다 되어갈 무렵 집에서 소포가 왔다. 아내가 보낸 소포였다. 아내는 김부각과 다시마, 옥돔 한 두름, 말린 사과, 말린 배까지 정성스레 보냈다. 내가 인도에 올 때도 젓갈까지 챙겨주었고, 인도에 과일이 많다고 정미가 말했건만 간식거리라며 원형으로 얇게 저민 배와 사과를 꾸덕꾸덕하게 말렸다. 말린 과일까지 만들 생각을 하다니 한국 어미의 정성이었다.

김문숙이란 이름은 결혼 뒤 호적 속에 잠자고, 이평조의 아내와 세 아이의 어미로만 살아왔던 여자. 해방과 함께 일본서 귀국하여 결혼하고 내가 반생을 술로 허비할 동안 사진관을 운영하여 아이들을 키우고, 몇 달이든 돌아오지 않는 남편을 까탈 한번 부리지 않고 기다리기만 한 아내. 자기주장 한번

한 적이 없으니 아내는 여필종부를 운명으로 알고 살았던 것일까. 그런 시대였다. 정미는 엄마 세대와 달리 하고 싶은 공부를 다 했지만 지금도 우리나라에서 보통 여자의 삶은 별 달라진 것 같지 않다. 일부일처제의 미덕이란 남자들이 안정감을 갖는다는 데 있고, 나 역시 누구보다 그 혜택과 기득권을 누렸다.

 소포가 온 날 베란다에 앉아 차이를 마시다 집 맞은편 공터의 벽을 응시했다. 벽돌 벽 한 면엔 짙은 갈색의 소똥이 문양처럼 나란히 붙어 있었다. 여자들은 볕에 말린 소똥을 땔감으로 쓰기 위해 바구니에 넣어 이고 갔다. 소똥까지 이용하는 인간의 지혜와 유사 이래로 화덕을 관리하며 살림을 꾸려온 여자들의 노고에 감탄하다가 저 벽을 화면에 구성해 보기로 했다. 소똥이 발린 벽의 한 면을 허물어뜨려서 벽 뒤편의 세계와 대비시키자. 벽 뒤편은 고대의 잠든 숲처럼 괴괴하다. 몇 천 년 전 인도 선주민의 모헨조다로 유적처럼 남성 성기 링가와 여성 성기 요니, 날개를 펼친 맹금류가 거대한 잎 속에 묻혀 있고, 오른쪽 화면엔 여신 같은 한 형상이 희미한 실루엣으로 서서 부서진 벽면 이편을 돌아보고 있다. 옆얼굴엔 어떤 표정도 나타나 있지 않지만 너울 같은 옥색 쓰개치마를 쓴 여인은 모계 사회의 여신이요, 지구의 어머니요, 나의 아내기도 하다. 허물어진 벽면 한쪽엔 염소 두 마리를 그렸다. 찬란한 번식의 새끼들처럼.

 사십여 년을 살아오면서 아내를 그리기는 처음이었다. 보랏빛 어둠 속에 옆얼굴 선만 연보라색으로 드러나서 아내조

차 자신인 줄 모르겠지만, 내 그림에 인물이 들어간 적이 별로 없고, 인물이 필요하더라도 아내는 일상 자체와 같아서 무의식적으로도 피했던 것 같다. 나는 삶에서도 끊임없이 일상을 벗어나고자 했고, 여자와 연애는 고인 물 같은 일상을 벗어나는 환상의 매개체였다.

 진아를 알면서 이틀이 멀다 하고 만났지만 삼 년 만에 인도로 왔다. 정미를 따라온 것이 아니었다면 인도에 진아를 데려왔을까? 진아가 가고 싶어하는 곳은 정미가 유학 간 프랑스지만 말이다. 나의 욕망이 그러길 원했더라도 나는 혼자 떠났을 것이다. 새로운 그림을 그려야겠다는 욕구가 모든 것을 제압했다. 그 열망 앞에선 진아도 일상이었다. 그때 진아가 나를 떠난다고 했더라도 나 역시 별수 없이 이별을 받아들였으리라. 내가 할 수 있는 일이라곤 이 공백에 대한 최선의 물질적 보상이었고, 진아는 얼마간의 생활비를 당연하게 받으면서도 우리의 별리에 크게 마음 쓰는 것 같지 않았다. 투정조차 하지 않아서 허전할 정도였다.

 인도에 온 지 한 달 만에 두 번의 편지를 진아에게 보냈으나 답장은 이내 오지 않았다. 아침에 눈떠서 잘 때까지 외출할 때를 빼곤 거의 그림 그리는 일로 소일하는데 동경 유학 시절 이래 이토록 집중하여 작업한 적이 없었다. 그 흔한 술집도, 어울려 다니며 술을 마실 패거리도 없고 정미 외엔 말을 나눌 사람조차 없는 고립된 환경이 그렇게 만들었다고 할 수도 있다. 석양 무렵 일을 끝내면 가져온 술을 혼자 홀짝 마시거나 강가를 산책하며 미련은 강에 띄워 보냈다.

아비와의 생활이 어느 정도 자리 잡히자 정미는 타불라를 배우기 시작했다. 크고 작은 두 개의 북을 앞에 놓고 손으로 장단을 맞추는 인도 전통 타악기인데 텔레비전도, 볼 영화도 없고 문명사회와 단절된 듯한 이곳에서 공부 이외의 즐거운 소일거리를 찾고 싶은 듯했다. 나도 적극 권했으나 옆에서 연습하는 걸 보니 놀이가 아니라 고역이었다. 오른손과 왼손의 장단이 전혀 다르고 제대로 치지 않으면 소리가 달라지므로 숙련되기까지 시간을 필요로 할 것 같았다. 아픈 손을 주무르며 하루 몇 번씩 연습하는 정미가 안쓰럽기까지 하여 나는 넌지시 포기를 종용했다.

"세상에 쉬운 게 없구나. 차라리 그림 그리는 게 쉬운 것 같다. 휴식하라고 악기를 배우라 했는데 스트레스 받으면서까지 배울 필요가 있겠나. 카세트를 듣든지 연주회에 가서 들으면 더 즐겁지."

"선생이 치는 타불라 소리만 들어도 좋아요."

정미는 포기하지 않았을 뿐 아니라 하루는 나를 타불라 선생 집에 데려갔다. 릭샤를 타고 십 분 정도의 거리라 가까웠는데 현관 입구에 붙어 있는 가네쉬 상이 먼저 눈에 들어왔다. 힌두교도들이 믿는 신들 중의 하나로 코끼리 얼굴을 갖고 있었다. 안경을 쓴 중년 남자가 문을 열어주는데 정미가 안으로 들어서며 나를 그에게 소개했다. 약간 살이 찌고 수염을 짧게 기른 선생은 격식 없이 나를 반겼다. 나는 훌륭한 구루가 초보자인 정미를 받아주어서 감사하다고 인사했다. 외국인이 취미로 동양화를 배우겠다고 하면 나는 결코 가르치지 않을 것이다.

　선생이 차를 끓여 오겠다면서 잠시 자리를 비우는데 거실 벽면 위쪽에 세 남자의 초상화가 나란히 걸려 있었다. 긴 머리의 청년과 모자 쓴 중년 남자, 구불거리는 긴 머리의 노인 초상화는 현대인들 모습 같지 않았다. 또 벽면 장식장엔 가네쉬 상이 두 개나 놓여 있고 싱싱한 히비스커스가 그 앞에 놓여 있었다. 선생이 차이가 든 컵 두 개를 들고 오고, 언제 나갔는지 정미도 잔 하나와 과자가 담긴 스테인리스 쟁반을 들고 뒤따라왔다. 격식 없는 인도식 소탈한 접대가 나를 편하게 했고, 우유가 듬뿍 들어간 인도식 홍차는 맛이 좋았다. 선생에게 초상화를 가리키며 누구냐고 묻자 삼대를 내려온 타불라 연주자라고 일러주었다. 선생은 긴 머리에 모자를 쓴 노인의 초상화와 장식장에 놓인 남자 사진을 가리켰다.

　"나의 구루는 저분의 손자예요. 세 초상화는 내 구루의 선조들이죠. 인도인들은 스승을 아주 중요하게 생각해요. 16세기의 시인이며 철학자였던 카비르에게 누가 이렇게 물었어요. 구루와 신이 함께 오시면 누구를 먼저 영접해야 하느냐고. 카비르가 답했어요. 구루가 먼저다. 구루가 아니면 무엇이 너를 신에게 인도하겠느냐고."

　"시 같은 잠언이군요. 하지만 진실이에요. 내 스승도 나를 미술의 세계로 인도했지요."

　나는 인도인의 말을 수긍했다. 스승이 일본인이라 하더라도 나는 스승을 부정한 적이 없었다. 이번엔 내가 가네쉬 상을 가리키며 물었다.

"이 집엔 가네쉬 상을 모시는군요. 왜 특별히 가네쉬를 경배합니까?"

"가네쉬는 드럼의 신이에요. 또 장애물을 제거하고 부정한 것을 물리치는 신이죠. 인도인들의 집에 가면 대개 문에 가네쉬 상이 붙어 있어요."

"나도 문에 가네쉬 상을 붙여야겠군요. 한국에선 부정한 것을 물리친다고 부적을 붙여놓기도 한답니다."

"인도인들은 모든 것을 신에게 맡깁니다. 나는 매일 아침 구루와 신 앞에 꽃을 바치면서 하루를 시작합니다."

나는 그날 정미 옆에서 타불라 수업을 지켜보았다. 오른편엔 타원형의 작은 북, 왼편엔 원통형에 가까운 조금 큰 북이 놓여 있었다. 선생은 가르치기 전에 타불라에 대해 일러주었다.

"흔히 타불라는 남자를 위한 악기라고 해요. 손으로 치는 타악기라 힘을 필요로 한다는 거죠. 그러나 나의 구루는 그렇게 생각지 않았어요. 남자는 늦어도 열두 살 이전에 시작해야 하지만 여자는 남자보다 신체적 유연성이 있어서 이십 대에 시작해도 늦지 않아요. 감성적으로도 더 잘 받아들이고. 또 여성적인 것이 조화되지 않으면 좋은 연주를 할 수 없는 악기이기 때문이죠. 오른편은 타불라고 왼편은 다가라고 불러요. 타불라는 다얀이고 다가는 바얀인데 오른쪽, 왼쪽이란 뜻이죠. 오른쪽 타불라는 남자고 시바고 힘을 나타내요. 왼쪽 바야는 여자고 샥티고 미를 나타내요. 시바는 파괴의 신이기도 한데 여성의 힘 샥티를 가진 파르바티와 결혼하면서 부드러워져요. 타블라는 남성적으로 연주하고, 다가는 손으로 밀면서 부드럽게 연주해야 해요."

선생은 세 손가락을 능숙하게 움직이며 타블라를 힘 있게 치고, 왼편의 둥근 다가는 손바닥을 위로 밀어 올리며 동시에 손가락으로 두드렸다. 손바닥의 한 부위로 북 표면을 밀면서 울리는 소리가 물결이 일렁이는 듯 부드러웠다. 두 악기를 남녀에 비유한 것은 음양의 이치와 같지 않은가. 악기에도 음양, 영원불변의 이원론 철학을 부여한 인도인의 슬기에 감탄하면서 정미의 학문 세계는 모르지만 인도를 제대로 공부하는 것 같다고 격려했다.

물에 잠겨 한가한 시간을 보내는 물소 무리 시리즈를 그리면서 시간도 잊었더니 삼월이 왔다. 새벽, 한낮, 석양의 주조로 세 장을 그리려고 400호 대작의 밑그림을 완성했고, 태양이 떠오른 강에 물소 무리들이 잠겨 있는 '새벽'은 완전히 붓을 놓았다. 일곱 마리 물소들이 머리만 내놓은 채 장밋빛 강에 잠겨 있는데, 사실적인 풍경화가 아니어서 검은 물소도 보라, 황색, 자주 등 각기 다른 색채로 구성을 했고, 해도 민화처럼 물체로 그렸다. 민화의 해와 달은 사실적인 자연이 아니라 물체로 그려져서 더욱 회화적이다. 초록 강이 펼쳐지는 '한낮'을 그리면서 약간 더위를 느꼈는데, 삼월이 온 것이다.

삼월 초사흗날 나는 정미를 데리고 대학 안에 있는 비슈와나트 사원에 갔다. 아침에 강가를 산책하고 들어오다가 주인집 부부와 아들 내외를 만났는데 여자들은 붉은 비단 사리로 한껏 단장하고 있었다. 사업가로 일본에 이 년간 체류한 적이 있어 일어를 할 줄 아는 아들에게 좋은 곳에 가는지 물었더니 오늘은 사원에 가는 날이라면서 아내가 시바 같은 아들을 낳게 해달라고 빌 것이라 했다. 보름 전날인 오늘은 시바와 파르바티와의 결혼 축일이며, 미혼의 여자들은 장래에 시바 같은 남편을 만나게 해달라고 기도한다고 했다. 정미도 신에게 기도하라고 일러주어서 그러마 했는데 나도 따라가 보고 싶었다. 우리는 석양 무렵에 집을 나서서 릭샤를 타고 이내 사원에 닿았다.

사원은 인파로 북적거렸다. 사원 입구엔 신에게 바칠 꽃과 헌물을 파는 장수들이 늘어서 있고, 좌판엔 주황색 금송화와 장미들이 담긴 나뭇잎들이 놓여 있었다. 나는 향기 강한 금송화를 골라 정미 손에 들려주었고, 이곳이 이국이라는 생각은 전혀 없이 인파에 섞여 사원을 향해 걸어 들어갔다. 초파일에 절에 가는 기분이었다. 양쪽 정원엔 꽃들이 만발했는데 버드나무처럼 늘어진 잎에 선명한 붉은 꽃들이 피어 있는 열대의 나무가 축제 분위기를 돋우는 듯했다.

사원 안으로 들어서면서 사람들은 바닥에 댄 손으로 이마를 짚으며 신의 성소에 경배했다. 내가 따라 하자 정미도 스스럼없이 따라 했다. 정미는 무종교고 나는 무신론자지만 힌두교 같은 다신교에는 거부감이 없었다. 인도에 오기 전 나는 힌두교에 관한 책을 읽었고, 세계를 창조한 브라마와 세계를 유지하는 비쉬누, 창조자이면서 또한 파괴자인 시바 같은 신들을 상징으로서 이해했다.

매끄러운 대리석 감촉을 느끼며 걸어가니 회랑 양쪽 벽면에서 서늘한 바람이 불어와 얼굴에 끼쳐 오고, 위층에서 타불라와 하모니움을 연주하며 신을 찬미하는 노래가 온 사원에 울려 퍼졌다. 사람들이 사원 안으로 한 단계씩 들어설 때마다 허공에 달려 있는 종을 치니 맑은 종소리도 반주인 양 예불가와 아름답게 조화되었다.

세 번째 기둥을 지나 사원의 중심이 되는 본당 앞으로 다가서니 반원형의 낮은 2단 디딤돌이 있었다. 디딤돌을 밟고 어두운 실내로 들어서자 허공에 걸린 구리 단지와 그 아래 요니(여근) 형상 위에 놓여 있는 검은 링검(남근)이 한눈에 들어왔다. 구리 단지에 장식된 꽃목걸이에서 물방울이 떨어져 링검을 적시는데, 링검에도 신도들이 바친 금송화가 겹겹이 둘려 있었다. 한 중년 부인이 컵에 담아온 물을 링검 위에 붓고, 한 남자는 신의 영험을 자기 몸에 넣듯 링검에 댄 손을 이마에 갖다 대며 입속으로 기도했다. 안쪽 모퉁이에 놓인 탁자 위엔 향과 촛불이 타오르고, 신도들이 꽃을 바치면 사두는 꽃을 링검에 걸고 우윳빛 성수를 신도 손에 떠주었다.

창조자이며 또한 파괴자인 시바. 시바의 영상인 링검은 남성의 지배적 자아가 아니라 창조적 에너지이며 요니와 결합하여 우주의 생명을 낳는다. 신성한 종소리를 들으며 몇 개의 입구를 지나야 도달하는, 가장 중심에 놓여 있는 링검은 생의 출현이며 심연에 묻혀 있는 불꽃이며 죽음 뒤에 찾아오는 부활이고 생의 잠재력에 대한 예찬이다. 나의 중심에 짐승처럼 웅크리고 있는 덩어리는 바로 저 링검이고 내게 신생을 주며 나를 무기력에 빠지게 했다가도 팽창하여 존재의 힘을 과시

하는 에로스의 영혼이 아닌가.

 정미는 사두에게 꽃을 바치고 사두는 금송화 꽃목걸이를 링검에 걸쳤다. 나는 사두가 주는 성수를 받아 마시고 정미에게 좋은 짝을 주십사 기도했다. 힌두인들처럼 나는 링검의 힘을 믿으므로. 링검 뒤로 정원의 뜰이 보여 서쪽 출구로 나서니 복도에 몇 사람인가 벽면에 기대앉아 책을 들여다보고 있었다. 석양이 스름스름한 뜰의 나무 그늘 아래엔 가족이 천을 펴놓고 둘러앉아 음료수를 마시며 한담을 나누고 그 옆에서 개 한 마리가 태평스레 자고 있었다. 사원은 그들의 삶과 분리되지 않은 생활공간이고 신은 늘 그들과 함께였다.

 그날 우리는 태국 승려들의 기숙사 샌굽타 로지에 들렀다. 정미가 개인적으로 산스크리트어를 배우는 태국 승려 아찬 자란을 만나기 위해서였다. 관목 식물로 울타리가 쳐져 있고 야자수 몇 그루가 뻗어 있는 정원을 지나 건물 앞으로 다가서니 이국의 글씨가 쓰인 게시판이 놓여 있었다. 십팔 년 전 태국 정부와 인도 정부가 협약을 맺어 특별히 태국 승려들을 위해 지은 기숙사라고 정미가 일러주었다. 거의가 불교, 팔리어, 인도 철학을 공부하러 온 승려로서 아찬 자란은 인도 철학 박사 과정을 밟고 있었다.

 우리의 갑작스러운 방문에 자란이 놀라는 표정을 지었다. 정미는 내일 공부 시간을 늦추자고 상의했고, 나는 오늘이 시바라티 축제일이라 정미를 위해 기도했다고 말했다. 내 말을 전해 듣고 자란이 슬그머니 장난꾸러기 같은 미소를 지었다.

 "시바 같은 남편을 만나게 해달라고요?"

"인간이 신 같은 남편과 살 수는 없어. 몽크 같은 남편만 만나도 좋겠지."

내 말을 통역하고 정미는 손에 들린 히비스커스를 자란에게 건네주었다. 사원 복도 문턱에 누군가 놓아둔 꽃을 정미가 들고 온 것이다.

"인도인들은 신보다 구루가 더 중요하다고 해. 신에게 꽃을 바치면 구루에게도 꽃을 바쳐야지"

내가 거드니 자란이 환한 얼굴로 꽃을 올려 들었다. 큰 키에 걸친 감색 가사가 젊은 나이임에도 위엄을 주었다. 뜰에 걸린 줄에는 승려들의 가사가 걸려 있고, 오렌지색이 유난히 선명하였다. 인도 사두들이 입는 옷은 엷은 오렌지색인 사프란 빛깔이다.

"타오르는 대지의 빛깔이야. 수도자에게 잘 맞아요."

"미래의 붓다 고타마가 출가했을 때 마침 눈앞에 사냥꾼이 나타나는데 감색 가사를 걸치고 있었어요. 태자 고타마는 기뻐하며 자신의 화려한 옷과 바꾸어 몸에 걸쳐요. 살생을 업으로 삼는 사냥꾼이 왜 출가 수행자의 옷을 걸치고 있었을까. 태자가 물으니 사냥꾼은 먼저 짐승을 안심시키기 위해서라고 답했대요. 걸인이나 당시 인간 사회의 테두리 밖에 있는 자들은 자발적으로 오렌지 색깔의 옷을 입었다는데 애초엔 사형 집행장으로 끌려가는 죄수에게 입혔던 것이라고 해요."

"자기 포기, 죽음으로써 다시 태어난다는 상징의 색깔이었을까."

"인도인들은 사원에 갖가지 색깔의 꽃을 바치는데 색마다

다 의미가 있어요. 꽃은 에너지를 느끼게 하고 에너지는 색에서 나와요. 우리 몸속에 '차크라'라는 생명 에너지의 중심 통로가 일곱 개 있어 명상에 들어가면 각 부분마다 노랑, 파랑, 보라 등의 색을 느낄 수 있다고 합니다."

"난 이론 같은 건 몰라도 에너지가 색에서 온다는 말은 알 것 같아."

삼월 중순이 되자 '홀리' 축제가 열렸다. 물감을 던지며 즐기는 날이었다. 외국인들에겐 위험하다며 나가지 않겠다고 정미가 말하여 실망했더니 아침부터 사방이 시끄러웠다. 정미가 골목 풍경을 본다고 베란다에 나가더니 이웃집에서 던진 물감을 맞고 들어왔다. 베이지 색 티셔츠가 퍼렇게 물들어 내가 웃었더니 주인집 부인이 정미를 부르는 소리가 문밖에서 들렸다. 정미가 무심코 문을 열자 문밖에 서 있던 사람들이 정미를 에워쌌다. 주인집 부인과 여조카, 그리고 4층에 사는 여의사와 어린 아들 시티까지 와서 정미 얼굴에 물감을 발랐다. 갑작스러운 기습에 정미는 피하려다 "해피 홀리." 하고 그들의 인사에 응답했다.

나도 온 얼굴에 물감을 묻히고 그들 손에 이끌려 함께 대문 밖으로 나섰다. 나를 보자 주인집 조카가 내 목에 물감을 다시 바르고, 이웃집에 세 들어 사는 프랑스 여자도 온몸에 물감을 묻힌 채 통에 담긴 물감 물을 내게 부었다. 이웃집 인도 부인도 다가와 정미와 내게 물감을 부었다. 화가에게 물감 세례를 하다니. 온몸이 물감으로 흠뻑 젖었지만 이토록 즐거운 일은 없었다. 주인집과 이웃집에서 튀김 과자를 내와 권하니 모두 하나씩 집어 들고 검붉고 시퍼런 얼굴로 골목에서 즐겁게 담소했다.

홀리의 물감 발린 얼굴들을 가면이나 탈처럼 구성해 볼 수 있을까. 나는 샤워를 하면서 홀리를 그림과 연결시키려 했는데 그날 밤부터 정미는 눈을 뜨지 못했다. 물감의 화학 성분이 눈에 들어간 모양이었다. 잠을 자면 낫겠지 하고 일찍 잠자리에 들었으나 다음 날 아침에도 눈물이 흘러내려 눈을 뜨지 못했다. 비가 약간 내렸지만 정미는 같은 증상을 보이는 주인집 조카와 함께 병원에 가서 약을 처방받았다.

정미가 눈을 뜨지 못해 누워 있는데 아찬 자란이 왔다. 산스크리트어를 가르치는 날이었다. 자란은 정미의 증상을 보고 즉시 나가더니 숙소에 가서 태국 약을 가져왔다. 눈을 씻길 물과 안약을 가져왔는데 인도 약이 강하니 이 약을 쓰라고 했다. 자란은 정미의 눈에 약을 넣으면서 낮게 노래를 불렀다.

"오늘 아침에 바라나시에 비가 왔어요. 내 눈에도 비가 오듯 물방울이 떨어집니다. 자 아이처럼 두 손을 펴고 릴렉스하기. 카우 사두처럼 릴렉스 하기."

차들이 오가는 거리 한가운데 움쩍도 않고 서 있는 소를 보면 정말 도사 같다. 자란이 인도식으로 소 사두라고 말하니 웃음이 났다. 모두가 타이 몽크라고 부르는 태국 승려들은 격식이 없고 성격이 부드러워 친근감을 가질 수 있었다. 네 나라와 국경을 접하고 있어 영토 분쟁이 끊이지 않는다지만 식민지 경험이 없고 열대 기후라 성격이 온순한 것 같다고 정미가 말했다. 산이 많아 척박하고 늘 침략당했던 한국은 파란만장한 역사처럼 사람들의 성격도 복잡해지고, 전쟁과 분열, 독재를 경험하면서 더욱 강퍅해졌다. 나는 타이 몽크의 부드러움을 좋아했고 내 앞에서 정미의 눈에 안약을 넣고 오라비처럼 손을 펴주는 젊은 승려를 신뢰했다.

내가 인도에 와서 배운 좋은 단어가 있다. 릴렉스 하라. 정미는 타불라 연습이 잘 안 되면 릴렉스 하는 방법을 몰라서 그렇다고 스스로 판단했다. 구루가 말하기를 타불라는 릴렉스 하지 않으면 소리가 나지 않는다는 것이다. 인간관계에서도 늘 긴장하면 결국 관계가 끊어지듯이.

나는 인도에 와서 아이처럼, 카우 사두처럼 릴렉스 했다. 베란다에 앉아 차이를 마시며 공터의 소똥 발린 담벼락을 바라보면 어느 날은 원숭이들이 담벼락 위를 기어가며 서로 유희를 즐겼고 어느 날은 버팔로 무리들이 나타나 담벼락 뒤편의 쓰레기터를 뒤적거렸다. 하루는 염소 두 마리가 어디에선가 공터를 찾아와 마른땅의 풀을 뜯어 먹는데, 낮은 담벼락 위로 헝클어진 머리 하나가 솟아올랐다. 원숭인가 보다 생각하고 지켜보니 짚단 같은 머리를 한 작은 아이가 담을 기어올라 공터로 뛰어내렸다. 아이의 머리가 우스워서 계속 지켜보다 눈이 마주쳤다. 아이는 웃으며 손을 흔들었고 나도 마주 손을 흔들었다. 아이도 나도 사심이라고는 없었고 원숭이나 염소처럼 하나의 무구한 생명체였다.

그날도 나는 갠지스 강을 산책했다. 힌두인들은 갠지스에 몸을 담그면 죄가 씻어진다고 믿는다는데 강변엔 죄의 흔적 같은 화려한 꽃이며 플라스틱, 쓰레기들이 밀려와 있었다. 빨랫돌이 늘어선 강가에선 남자들이 빨래를 돌에 치며 물에 헹구지만, 물소는 물에 잠겨 미동도 하지 않았다. 전에 한번 정미와 자란을 데리고 강변을 산책한 적이 있는데 물소는 물에서 무얼 하나? 정미가 물으니 자란이 답했다. 물소도 죄를 씻는 중이라고.

사원이나 건물들은 강변에서 가파른 층계로 연결되어 계단이나 제방처럼 경사진 벽면엔 빨랫감들이 널려 있었다. 각기 다른 색깔과 무늬의 긴 사리나 남자들이 아래에 걸치는 룽기 천도 재미있게 관찰했다. 여자들이 사리 안에 입는 짧은 블라우스도 늘어져 있는데 문득 드 쿠닝의 그림이 떠올랐다. 가슴과 다리 등 여자들의 절단된 신체로 추상 화면을 구성하기도 했던 미국 화가. 드 쿠닝은 붓을 휘두르고 나이프로 문지르면서 여성의 모습을 난도질하듯 그려 '녹아내린 피카소'로 불렸다. 내가 그의 그림에서 본 것은 어머니를 상실한 문명인의 고독이었다.

긴 머리를 사두처럼 늘어뜨리고 강가에 앉아 해시시를 피우거나 땟물이 흐르는 아이들을 앉혀놓고 짧은 힌디어를 주고받는 서양인들, 시티르에 심취해 몇 년째 주저앉아 악기를 배우거나 장애아를 돌보는 자원 봉사자까지 이들 이방인은 문명이 주는 긴장에서 벗어나 소 떼가 사두처럼 거리를 어슬렁거리는 인도에서 휴식하고 있는 듯 보였다. 존재의 불안과 소외감을 씻어주는 것은 하늘 높이 솟은 고딕식 첨탑과 빈틈없이 구획된 문명 도시의 청정한 강이 아니라 죄와 신의 손길, 썩어가는 시체와 꽃이 뒤섞인 갠지스의 혼탁하고 성스러운 강물인 듯했다.

　문명이란 고독한 것이다. 내가 인도 올 때 타고 온 비행기가 생각난다. 비즈니스 클래스의 널찍한 좌석들은 각기 섬 같았다. 스튜어디스는 상냥하고 정중하면서 부지런히 움직였고 기내는 물이 고인 듯 조용했다. 드문드문 들려오는 뒷자리의 인도인 말소리도 늘어지는 듯했고 비디오 화면을 보거나 눈을 감고 자기 세계에 잠겨 있는 모습들이 의지할 곳 없는 인생의 초상화 같았다. 어깨동무를 하고 몸을 섞어도 모두 환영처럼 사라지고 혼자 가야 할 길이 기다리고 있을 뿐이다. 감기 기운이 있었던 나는 아스피린을 청해 먹고 문명의 상징 같은 허공에서 고적하게 잠이 들었다.

　인도에 간 지 석 달 만에 진아의 편지를 받았다. 영등포의 집 주소가 군산으로 바뀌어 있었다. 진아는 왜 군산에 있는 것일까. 사촌언니가 산다는 말을 들은 것도 같지만 편지엔 그것에 대해 한마디의 언급도 없었다. 늘 하듯이 세상이 잿빛이라는 푸념과, 아빠도 떠나고 나니 완전히 버림받은 기분이라는 등 우울한 소리만 휘갈겨 놓았다. 어떤 때 진아는 의지박약아 같았다. 영악스러운가 하면 갑자기 의욕이 꺾이면 옆에 있는 사람까지 나락으로 끌어당기는 듯했다. 나는 인도에서 정미와 함께 무사 행복했고 색채는 봄날의 꽃처럼 화면에서 다투어 피어났다. 나는 인생의 연장자로서, 노련한 정인으로서 진아에게 위무하는 편지를 썼다.

진아 보아라.

 내가 인도로 떠나던 날 공항으로 가면서 길가에 피어 있는 개나리를 보았다. 때는 동짓달, 한겨울에 봄꽃이 피다니 미친 개나리 아니냐. 그러나 나는 유치하도록 샛노란 개나리를 보고 예감을 했다. 나도 때 아니게 미친 듯 만개하리라고. 그 열망으로 노구를 끌고 열사의 나라에 왔고 아직은 더위를 느끼지 않아선지 모든 것이 순조롭게 희망대로 되고 있다.

 아침에 일어나면 대개 동이 트기 전인데 아침잠이 많은 정미는 자고, 나는 우유와 물을 반반씩 섞어 인도식 차이를 끓인다. 차 잎뿐 아니라 계피, 생강, 카드멈, 클로버 같은 향신료도 함께 넣어 끓이는데 이토록 많은 것을 첨가하여 차를 즐기는 사람들이 또 있을까 싶다. 날이 더워지기 시작하면 오직 카드멈만 넣는데 다른 것들은 열을 내기 때문이라네. 차를 인도인처럼 끓이니 바야흐로 인도 생활에 적응하고 있다는 말이지.

 그림을 구상하거나 그리다가 아침 여덟시가 되면 우유 장수가 와서 신선한 우유를 주고 나는 석유 불을 약하게 하여 우유를 끓이며 정미가 일어나기를 기다리지. 우유는 늘 내가 끓이는데 정미는 우유를 올려놓고 잊어버려서 몇 번인가 냄비를 태우고 온 집 안에 타는 냄새가 진동했다. 어쩌다 정미가 일찍 일어나면 제가 우유를 받는데 바이야는 몹시 수줍어하며 도망치듯 가버린다. 바이야란 큰오빠란 뜻이야. 한국인들이 윗사람에게 오빠니 언니니 하는 것과 같지 뭐냐. 집주인이 내게 동생이라고 소개한 여성도 알고 보니 친동생이 아니라 친구 부인이더라. 그만큼 가까운 사이란 뜻이지만 정이 많다고 할까 끈끈

하다고 할까. 인간관계는 두 나라 국민이 닮은 것 같구나.

지난 편지에 아빠는 인도에서 왕족처럼 산다고 말했지만 인구의 절반을 차지하는 극빈자들에 비하면 그렇다는 것이지 생활의 편리함이나 위생 등 기본적인 여건을 생각하면 힘겨울 때가 있다. 바라나시엔 한번 들어가면 절대 빠져나올 수 없을 것 같은 미로가 무수히 많은데, 실타래 같은 좁은 골목마다 소똥과 온갖 쓰레기가 쌓여 있어 끝없이 걸어가다 보면 악몽을 꾸고 있는 기분이 들기도 한다. 샹젤리제 거리의 카페에서 샴페인을 마시고 싶은 진아, 먹어보지 않은 음식엔 입도 대지 않는 진아가 좋아할 나라가 아니다. 그러니 아빠를 혼자 호의호식하러 떠난 이기주의자라고 생각하지 마라. 사랑도 접어둘 만큼 나의 열망은 오직 그림이니. 아무리 어리석다 한들 삼십여 년의 동면 뒤에 찾아온 봄을 어찌 놓치겠느냐.

지금처럼 충만되게 살아본 적이 있었던가. 눈을 뜨면 또 하루에 감사하며 기도한다. 진아에 대한 걱정만 없다면 나의 삶을 완벽하다고 느낄 수도 있다. 완벽이란 건 망상에 불과하겠지만. 진아, 굳이 신을 찾지 않아도 감사하는 마음만 있으면 행복을 느낄 수 있다. 타력에 의존하지 말고 우선 자신의 힘을 키워라.

어젯밤 랑카에 빵을 사러 나갔다가 장사가 노점에서 에그롤을 만드는 광경을 본 것이 잊혀지지 않는다. 짜파티만 한 밀가루 부쿠미 위에 달걀을 깨어선 숟가락으로 달걀을 휘저어 펴고 다른 손으론 긴 저로 부쿠미를 돌리면서 골고루 익히더라. 앞뒤로 구워지면 가늘게 채 썬 양파를 놓고 온갖 양념을 뿌리고 종이와 함께 원뿔형으로 둘둘 말아. 에그롤 장수의 마술같이 능숙한 솜씨를 보고 나는 순간 힘을 얻었다. 아, 나도 에그롤을 팔면 살아갈 수 있겠구나. 그림이 안 팔려 굶을 지경이 된다면 인도에서 에그롤 장사를 하자고. 이렇듯 자력을 믿으면 먹고사는 건 걱정할 필요가 없다. 헛된 욕망만 버린다면 주어진 현실이 원망스럽지만은 않을 거야.

진아. 부디 살펴서 길을 가라. 앞을 똑바로 보지 않으면 부딪치고 진창에 빠질 수 있다. 그 먼 항구 도시에서 무얼 하는지 염려되지만 아빠는 타국에서 마음만 졸일 뿐이다. 편지는 끊지 말고 계속 소식 보내다오. 나도 어느 땐 욕망에 몸이 타오르지만 재회에 대한 희망으로 잘 견디어나가고 있다. 하늘엔 구름 한 점 없고 담 너머로 히비스커스는 대기 속에 붉은 혀를 늘어뜨리고 있다. 곧 날이 무더워지리라.

진아를 염려하는 아빠가

왜 인간은 혼자로 자족하지 못할까. 왜 누군가를 그리워하고 필요로 하는 것일까. 소유를 공표하듯 결혼을 해야 하고, 나처럼 가정이란 보금자리를 갖고도 끊임없이 떠도는 것일까. 영혼의 욕구와 몸의 욕구는 다른 것일까. 인간의 이 복잡한 감정을 단지 뇌의 작용으로 설명할 수 있을까. 내가 알고 있는 단 한 가지는 인간이 완전하지 않기 때문이라는 것뿐이다. 성자나 극소수의 완벽한 인간만이 타인에게서 어떤 것도 구하지 않고 의연하게 자존할 수 있는 것 같다.

하루는 정미가 나갔다 오더니 옷감 두 개를 내게 보였다.

하나는 정미가 산 것으로 베이지와 엷은 초록이 뒤섞인 수제품 면이고, 하나는 인디언 핑크 색조의 기하학적 무늬가 있는 세련된 천이었다. 서점에 가는 길에 정미가 옷감 집에 들렀더니 함께 따라간 자란이 사주었다는 것이다. 한국서 가져온 옷만 입는 정미에게 내가 인도 여자들처럼 쿠르타를 입으라고 권하니 정미가 천을 사왔다. 자란이 천을 잘 골랐다고 내가 칭찬하니 정미는 두 번이나 사양했다고 일러주었다.

"여자와 함께 옷 집에 가서 옷감 하나 안 끊어준다면 그게 어디 남자라 하겠느냐. 빚을 얻더라도 사는 거지."

"아부지도 참, 아참 자란은 몽크잖아요."

"몽크도 신부도 남자는 어디까지나 남자다. 자신들이 남자라는 사실을 잊고 살 뿐이지."

정미가 새로 맞춘 쿠르타는 잘 어울렸다. 원피스처럼 긴 상의에 바지를 입고 긴 스카프를 가슴 앞으로 둘러 등 뒤로 넘기는 인도의 전통 활동복이다. 터진 원피스 아귀 사이로 보이는 파자마며 등 뒤로 휘날리는 스카프가 사리 못지않게 아름다웠다. 인디언 핑크색 원피스에 보라색으로 파자마를 맞추고 보라색 스카프를 두르니 정미도 다른 사람 같았다. 정미가 갖고 있던 딱딱한 면이 양초처럼 녹아버린 듯했고 표정이 드러나지 않는 긴 눈매도 서늘해 보였다. 『아라비안나이트』에 나오는 여자 같구나, 내 말에 정미가 환히 웃더니 "집에서 이 옷 입고 타불라 연습하래요." 했다. 자란의 말인 듯했다. 정미의 변화가 아비에게도 느껴졌다.

인도인의 집에 살면서 이웃들과도 가까워졌다. 4층에 사는 시티는 네 살짜리 꼬마로 여의사의 외아들이었다. 녀석은 장난이 심하여 우리 집 앞을 지나다가 밖에서 문을 잠가버리기도 하고 하녀 루비를 골탕 먹이느라 가방이며 신발을 4층에서 아래로 던져버리기도 했다. 풍족하게 자란 아이라 구김살이라곤 없는데 두 눈썹을 맞대며 웃는 모습은 노인의 마음을 녹일 정도로 사랑스러웠다. 어쩌다 심통을 부릴 때도 시티 한소! 간청하면 녀석은 천사처럼 미소 짓는데 '한소'란 웃으라는 뜻이다. 아이의 웃음이 있는 한 세상의 종말은 오지 않을 것 같다. 시티의 웃음은 세상의 근심을 잊게 하는 천국 같았다.

도빈 미라에 대해서도 말해야겠다. '도빈'이란 여자 세탁부를 말한다. 미라는 일주일에 두세 번씩 집집마다 빨랫감을 걷으러 다니는데, 양말까지 받아들며 1루피니 2루피니 계산하는 걸 보면 아이들 장난 같아 웃음이 났다. 등 뒤로 늘어뜨린 길게 땋은 머리와 깡마른 몸에 휘감은 맵시 있는 옷매며 코에 박은 보석이 유난히 반짝이는 젊은 세탁부는 내 눈에 처음 띈 인도 미녀였다.

미라는 결코 웃는 법이 없지만 그렇다고 어두워 보이지도 않았다. 웃음을 모르고 살아왔다고 할까. 환경이 천성이 된 듯한 그런 모습인데 웃음을 모르는 것이 미라의 매력인지도 모르겠다. 아이는 웃어야 하지만 여자는 웃지 않는 모습이 아름다울 때가 있다. 불행도 신비가 되듯이. 중국의 미녀 서시는 웃지 않는 것으로 신화가 되지 않았나. 하루는 미라가 와서 여전히 웃음 없는 얼굴로 빨랫감을 받아들기에 포도 한 송이를 내주며 말했다.

"중국 월나라에 서시란 미인이 있었는데 월나라 왕 구천이 오나라에 패한 뒤 미인계로 서시를 오나라 왕에게 보냈다. 오왕은 과연 서시에게 혹하여 정사를 돌보지 않다가 다시 구천의 침공을 받고 망하였는데 오왕은 서시의 찡그린 얼굴까지 사랑했다고 한다. 미라는 단 한번도 웃는 법이 없으니 인도의 서시인가 보다."

정미가 힌디어로 일러주어도 미라는 포도 알을 따먹으며 나를 빤히 바라보기만 했다. "한시에." 이번에 내가 아는 힌디어로 웃어보라고 말하니 미라의 입술 끝이 살짝 말렸다. 비웃음 같기도 하고 체념 같기도 한데 그것이 미라가 알고 있는 미소인가 보다. 미라의 남편도 오왕처럼 여자의 찡그린 모습까지 사랑할까. 서시는 위가 나빠서 찡그렸다지. 가난한 세탁부가 아니라 왕의 여자라면 미라도 웃을지 모른다.

그해 삼월 말, 나는 일흔한 번째 생일을 바라나시에서 맞았다. 정미는 제 엄마가 보낸 쌀가루로 떡을 찌고 말린 홍합을 불려 미역국을 끓였다. 자란은 남픽이란 태국 요리를 해와 내 입을 즐겁게 해주었는데 튀긴 생선과 볶은 야채를 찢어 향신료와 생선 소스로 간을 한 태국의 대표적인 요리라 했다. 멸치 액젓 맛이 나는 것 같기도 하고 고추가 많이 들어가 화끈하여 나의 미각을 즐겁게 해주었다.

정미는 생일 선물로 카주라호 여행을 준비해 놓았다. 왕복 비행기표와 사흘간 묵을 호텔을 예약해 놓고 내 목에 장미꽃 목걸이를 걸어주곤 공항까지 바래다주었다. 시험 기간이라 동행할 수 없었지만 정미는 내게 모처럼 혼자 있을 시간을 선사한 것이다. 제 아비가 평범한 노인이 아니라 방랑과 고독을 좋아하는 예술가임을 알고 있었다.

 오토릭샤가 매연을 내뿜는 바라나시에 비하면 숨은 듯 외진 곳에 자리 잡은 카주라호는 처녀지처럼 고요한 마을이었다. 들판이 이어지다가 숲 사이로 사원이 종처럼 솟아 있어 비로소 삶의 자취를 드러내는데 사원마다 안팎으로 조각이 들어차 있어 스케치로 하루를 다 보냈다. 여러 신들의 형상과 동물들, 비천등 여인이 잠자고 일어나 목욕하는 모습, 거울을 보며 눈 화장 하는 모습 등 일상들이 조각으로 나열돼 있었다. 크고 긴 눈과 미소를 머금은 도톰한 입술 등 여인들의 표정이 천진하면서 요염했다. 허리를 한껏 틀고 발에서 가시를 뽑는 조각들은 화가가 감탄할 만큼 곡선이 아름다웠다. 공처럼 팽팽히 솟은 유방과 언덕처럼 풍부한 둔부는 인도인들의 이상적인 여체였나 보다.

 익히 들은 대로 카주라호 사원엔 사실적인 에로 조각으로 가득했다. 다리들이 칡처럼 얽힌 남녀 교합상에는 물구나무 자세부터 여러 체위의 성교가 당당하게 묘사돼 있는데 옆에서 거들어주기도 하며 부끄럽다는 듯 눈을 가린 여자의 모습, 남자들의 호모 섹스도 묘사돼 있었다. 사원을 에워싼 낮은 담벼락에는 전쟁 장면부터 전개되어 코끼리를 끌고 칼을 들고 나아가는 모습, 말과 수간하는 병사와 다음 차례를 기다리는 병사의 모습, 남녀 교합 미투나 상이 요란하게 부조돼 있었다. 나를 따라다닌 일본인 가이드는 "나라의 전쟁이 끝나자 인간들의 전쟁이 시작되었다. 사랑은 욕망만이 아니고 신의 현현이다."라고 시인처럼 말했다.

950년에서 1050년 사이 찬드라 왕조의 전성기 백 년 동안 팔십여 개의 사원이 이 고요한 마을에 세워졌다니 놀라웠다. 이슬람의 침공으로 멸망하고 사원도 파괴되어 동서남쪽에 스물두 개의 사원만 남았다. 적나라한 삶의 이야기들을 양각해 놓고 엑스트라처럼 사라진 고대인들, 무대는 비어 있지만 생의 이야기는 계속되는데 천 년 전의 기념비적 건축들과 탄생과 죽음이라는 이 쉼 없는 행진 앞에 나는 작디작은 한 마리 개미같이 기어가고 있는 듯했다.

우리 선조들은 성에 대해 시끄럽게 왈가왈부했지만 인도인들은 생존 원리로 생각했다. 이미 2,500년 전 전적으로 사랑의 드라마를 탐구하고 성의 지침서 『카마수트라』의 모태가 된 경전을 논술하여 성을 해방시켰다. 카마〔性愛〕는 고대 인도 귀족 사회의 일원들이 교양으로 학습해야 할 세 가지 지혜 중의 하나였다. 쾌락을 고양시키는 생에 대한 수용력이야말로 지혜가 아닌가. 힌두 신화에서도 신은 이렇게 긍정했다. "나는 인간의 삶의 목표——감각의 충족, 번영의 추구, 성스러운 임무의 경건한 성취——는 초월하지만 이들 세 가지 목표를 이승에서의 본연의 임무라고 지적한다."

육체적 욕망을 위장하지 않은 채 솔직하게 드러낸 카주라호 조각, 섹스의 티 없는 환희를 찬미한 그 부드럽고 무절제한 형태의 에로티시즘이 시간 속에 예술로 살아남은 것은 그들의 철학과 연관돼 있기 때문이리라. 살아가는 기쁨의 절정, 그것은 정말 전쟁 같았다. 막막한 세상에서 일순이나마 육체들이 뜨겁게 합일하는 더없이 아름다운 전쟁. 감각의 충족을 임무로 생각하는 본능에 대한 그들의 긍정은 무구했고, 무더운 사월의 태양 아래서 나는 희열로 거의 어지럼증을 느꼈다.

외벽을 돌다가 사원 안으로 들어서니 네 개의 기둥이 세워진 단이 있고 그 뒤에 또 하나의 입구처럼 두 개의 기둥이 서 있었다. 내벽의 양각들을 둘러보며 기둥 뒤의 감실 앞에 다가서니 어두컴컴한 본당엔 검은 링검이 모셔져 있었다. 우주도 존재치 않았고 대양 속에서 모든 잠재력들이 휴식하고 있을 때 우주의 창조자이며 파괴자인 비쉬누와 우주의 형성자인 브라마가 서로 최초의 어버이라고 다투니, 불꽃에 싸인 우뚝한 남근이 대양으로부터 솟아올라 높이를 측량할 수 없도록 무럭무럭 자랐다지. 그 남근의 틈새에서 우주 최상의 힘인 시바가 나타났다고.

링검 앞에는 힌두인들이 바친 꽃들이 쌓여 있었고 나는 주머니에 넣어두었던 불꽃 모양의 붉은 팔라스 꽃들을 링검 앞에 바쳤다. 그리고 기둥 아래 돌바닥에 가만 누웠다. 사원 안엔 나 외에 아무도 없었고 돌의 서늘한 기운이 더위에 달아오른 육체를 식혀주는 듯했다. 내 몸은 둥지에 깃들인 새처럼 편안했고 아득히 들려오는 이국의 말소리가 물소리처럼 스며드는 듯했다. 링검이, 나의 남근이 무한대로 솟아나면서 대양이 넘치는 건지도 몰랐다. 나는 어미 품에 몸을 맡긴 아이처럼 신들의 성소에서 스르륵 잠이 들었다.

사람들의 발소리에 잠이 깨어 밖으로 걸어 나왔을 땐 맨발에 닿는 돌바닥이 뜨거웠다. 목덜미에 닿는 햇볕도 따가운 오후였다. 갖가지 빛깔의 꽃과 나무가 배치된 드넓은 정원엔 종이처럼 얇은 부겐빌리아가 눈부시도록 선명한 진분홍으로 흐드러져 있고, 다가올 여름을 준비하려는지 바짝 마른 갈색의 낙엽들이 풀밭에 깔려 있었다. 가까이 몇 개의 사원들이 솟아 있고, 새들은 생명을 찬미하듯 요란하게 지저귀는데 내 입에서 탄식처럼 "평화"라는 단어가 흘러나왔다.

카주라호에서 돌아오자마자 나는 새로운 구상에 들어갔다. 고고학 박물관에서 허리를 교태스럽게 비틀고 춤추는 가네쉬 상을 보고 영감을 얻었다. 장애물의 제거자이며 세상의 번영과 행복의 수여자인 배불뚝이 부유한 신. 살진 배의 리드미컬한 곡선도 생을 찬미하는 듯했다. 화면 하단에 크고 작은 두 개의 사원을 배치하고 종처럼 솟은 사원의 외선 안에 링검을 그려 넣었다.

화면 한쪽에는 사원을 초승달 모양으로 에워싼 강을 그렸는데 여음인 요니라고 해도 좋다. 황톳빛 사원과 서슬 푸른 낫처럼 사원을 에워싼 강. 화면 상단엔 구름처럼 여체가 가로놓인다. 위로 뻗은 한 팔에 얼굴의 반이 가렸으나 몽롱하게 내리뜬 한쪽 눈과 살짝 벌어진 입술 끝이 보인다. 젖가슴은 버섯코처럼 솟아 있고 무릎을 세운 채 틀고 있는 엉덩이가 허공에 포물선을 그리고 있다. 춤추는 가네쉬는 어두운 배경으로 처리하여 윤곽만 드러나게 했다. 화면 위에 솟은 만월 주위론 민화처럼 파도 같은 구름 문양을 넣었다.

이 그림의 포인트는 여체다. 기원전 5세기에 그리스인들이 주창한 누드 형식은 르네상스기의 첫 백 년 동안 가장 현란하게 꽃피었고 서양 미술사에선 위대한 예술가들이 누드를 집중적으로 다루면서 모든 형태 구성의 모범으로 삼았지만 전통적 동양화에서는 배제되었다. 몸의 수양을 인격의 수양으로 삼은 유교 사회에서 여자의 몸은 남자의 수양에 방해가 되는 매체일 뿐이니 수양 주체인 문인들의 그림에 여자가 등장하지 않는 것은 당연하다.

르네상스의 천재 화가 보티첼리 이후, 천상적이든 관능적이든 조르조네의 비너스부터 티치아노와 그 뒤를 이은 화가들이 그린 여체엔 인습과 그 시대의 도덕률 등 부자유스러운 삶이 주는 억압으로부터의 해방감이 표출돼 있다. 마네의 「풀밭 위의 식사」에 그려진 나부는 얼마나 뻔뻔하게 관람객을 바라보고 있는가. 알몸에 슬리퍼를 신은 채 침대 위에서 정면을 바라보는 「올랭피아」는 태무심한 듯하면서 세상을 깔보는 듯하다. 마네는 이상화된 신화의 허상을 벗기고 관습적인 미술로부터 자신의 작품을 해방시켰기에 회화의 새로운 시대를 열었다.

인도에서 그린 「野」 연작의 첫 작품엔 미라의 영상이 스며 있다. 내 그림 속의 인물에 표정이 드러난 적이 없지만 한 팔을 위로 뻗고 허리를 틀며 다리를 접고 있는 몸의 곡선은 더 없이 관능적이다. 여체는 무언가에 취해 바람이라도 움켜잡으려 한다. 코레조가 그린 「이오」가 반사적으로 떠오른다. 구름으로 둔갑한 제우스의 포옹에 몸을 맡기는 이오의 그 황홀한 표정이. 침상에 앉아 있는 이오의 옆구리로 한 덩이의 구름이 스며들어 애무하니 이오는 한 발을 든 채 고개를 젖히고 열락에 빠지는데 그보다 도취한 여자의 표정을 나는 알지 못한다. 모래 빛깔의 미라 몸에 그 황홀감을 표현하고 싶었다. 웃지 않는 인도의 서시 미라에게 그들의 신이 가르치는 삶의 기쁨을 돌려주고 싶었다.

하루는 오후에 베란다에 서서 골목 아래를 내려다보니 원숭이 두 마리가 옆집 담을 넘어 골목 끝으로 나가고 있었다. 어제 한 녀석은 내가 베란다에 자리를 깔아놓고 낮잠 자는 동안 거실에 놓아둔 바나나를 들고 갔다. 정미가 그걸 알곤 베란다에서 주무시면 안 돼요, 질겁을 했다. 하얀색 긴 스카프가 시야에 들어와서 아래를 보니 정미가 막 모퉁이를 돌아 집으로 돌아오고 있었다. 원숭이와 마주칠 뻔하여 내가 놀랐는데 정미 손에는 오렌지가 들려 있었다. 목이 말랐는지 오렌지를 까먹으며 걸어온 모양이었다. 시티가 어느새 위층 베란다에서 정미를 내려다보고 몽키, 주의를 주었다. 원숭이가 정미 손에 들린 오렌지를 주시하고 있었다. 정미는 후딱 오렌지를 원숭이 쪽으로 던지고 빠른 걸음으로 집으로 들어왔다.

정미는 거실에 들어서자마자 "아찬 아직 안 왔죠?" 물었다. 벽시계가 정확히 네시 오분을 가리키고 있었다. 산스크리트어를 배우는 날이었다. 좀 늦을 수도 있으니 샤워부터 하라고 일러주었다. 정미는 샤워를 한 뒤 배가 고픈지 바나나를 넣은 커드를 가져와 먹었다. 나는 삼 인분의 차이를 끓였고, 정미는 베란다에서 차이를 마시며 계속 골목을 지켜보았다. 그것은 선생을 기다리는 모습이 아니었다. 연인을 기다리는 여자의 모습이었다. 바라나시에 오자마자 산스크리트어 공부를 시작했다니 자란을 만난 지 반년이 되었다. 특별히 친한 친구도 없고 누구를 쉬 좋아하지 않는 아이가 타이 몽크를 사랑하고 있었다.

아찬 자란은 이십여 분 늦게 자전거를 타고 왔다. 정확하게 시간을 지키는 편이지만 교수와 얘기를 빨리 끝낼 수 없었노라며 사과했다. 정미가 차이를 갖다주자 자란은 정미가 입은 인디언 핑크색 쿠르타를 보고 환히 웃었다. 자란이 사준 옷감이었다.

"잘 어울려요. 인도에선 인도 옷을 입는 것이 좋아요. 외국 여자는 눈에 띄고 호기심의 대상이 되지만 자신들의 어머니가 입던 옷, 누이가 입던 옷을 입으면 호감을 갖게 되고 해치지 않아요. 일 년 전에 몽크의 친척인 태국 여성이 바라나시에 왔는데 태국 옷을 입고 다니니까 다가와서 가슴도 터치하고…… 그래서 몽크들이 외출 때마다 그녀를 에스코트했지요. 여기도 관광지라 가끔씩 외국인들이 불행한 사고를 당하는데 조심해야 해요."

"맞는 말이다. 아찬 자란이 보호자처럼 옆에 있으니 든든하다."

아찬은 마스터란 뜻으로 승려 이름 앞에 붙이는 존칭인데 나는 냉동실에 넣어둔 손수건을 꺼내 자란에게 주었다.

"스님께 그걸 목에 두르라고 말해 드려라."

내가 수건을 목에 두르는 시늉을 했으므로 젊은 승려는 말을 이미 알아들었다. "한국인들은 몽크를 스님이라고 부르나요?" 묻기도 했다. 정미가 고개를 끄덕이니 스님이란 호칭을 발음해 보라고 부탁했다.

"스님이라고 부르려니 갑자기 낯설어요. 모든 국어엔 그 나라의 관습과 격식이 담겨 있죠. 한국의 경어체를 쓰니 긴장이 돼요. 난 아찬이란 호칭이 좋아. 스님이라고 부르지 않을 거예요. 여긴 인도니까 한국어를 쓰고 싶지 않아요."

이해할 수 있었다. 자란을 스님이라고 부르고 싶어하지 않는 심리까지도. 정미는 언어학 전공자였고 환상을 깨뜨리고 싶지 않은 거다.

이틀 뒤 우리는 사르나트로 갔다. 붓다가 보드가야에서 깨달음을 얻은 뒤 이레 남짓 걸어 당도하여 다섯 명의 수행자에게 처음 설법한 곳이다. 바라나시에 오자마자 가고 싶었는데 이리저리 미루게 되었다. 마침 자란이 사르나트에 갈 일이 있다 하여 동행하기로 했다. 한 시간 정도의 거리고 도로가 험하다며 정미는 나를 위해 차를 대절했다.

도심에서 벗어나니 녹색이 펼쳐졌다. 바라나시에서 벌써 넉 달을 체류했지만 자연 풍경을 접해야 비로소 인도 같다는 생각이 들었다. 도시의 오물과 먼지에 묻혀 있던 땅의 영적인 기운이 자연 속에서야 그 모습을 드러내는 듯했다. 사슴의 동산으로 불리는 녹야원도 은자처럼 조용히 품을 펼치고 있었다. 기원전 2500년경에 형성된 큰 도시였다지만 아소카 대왕이 세운 중후한 다메크 탑만 풍상을 보여주듯 자리를 지키고, 무성한 나무들이 폐허를 에워싸고 있었다.

한 티베트 승려는 탑을 돌고, 두 사람은 그늘에 앉아 경을 외우는데 우리는 자란을 따라 폐허를 둘러보았다. 당의 현장이 기록한 바에 의하면 이 사슴 동산에는 담장과 중각이 즐비하여 아름답고, 정사(精舍)가 있어 1,500명의 승려들이 수도했다는데, 승방과 정사의 건축물들은 회교도에게 파괴되고 세월에 깎여 빈 터에 초석만 남아 있었다.

아직 오전이나 폐허의 벽돌은 벌써 달아올라 뜨끈했다. 여기저기 관광객들이 몰려다니고 털이 닳은 개 한 마리가 사원 유적 안을 집처럼 들락거렸다. 나는 몇 장의 스케치를 하고 자란을 따라 나무 그늘에 앉았다. 등이 따갑고 후끈했지만 머리 위로 태양이 타오르는 폐허의 정적이 평화로웠다. 문명의 손때가 묻지 않은 2,500년 전의 풍경은 얼마나 고즈넉했을까. 사슴이 뛰놀았을 것 같은 이 평화로운 뜰에서 붓다는 고통에 관한 네 가지 진리〔四聖諦〕를 설법했다.

"모든 것을 누린 싯다르타가 어떻게 삶의 허상을 꿰뚫고 고통을 직시했는지 감탄스럽기만 해. 삶은 고통이다. 태어나고 늙는 것, 병들고 죽는 것, 사랑하는 사람과 헤어져야 하는 것도 괴로움이고 싫은 사람과 만나는 것도, 바라는 것을 얻지 못하는 것도 괴로움이니······."

"그래서 붓다 같은 성인이 세상에 나오기 위해 세 겁하고도 조금 더 걸렸다고 하지요. 붓다와 같은 영적 완성에 이르자면 한 생으론 어림도 없어요. 붓다는 다른 사람들처럼 때로는 축생으로 때로는 사람으로 수많은 생을 거치면서 완성에 이르렀는데 겁이란 세계 체계가 하나 생겼다가 사라지는 데 걸리는 엄청나게 긴 시간이랍니다."

"그러니 나 같은 범인(凡人)은 군자인 체하지 않고 타고난

대로 사는 길밖에."

"고통의 원인을 알고 극복하고자 한다면 업을 줄일 수가 있겠죠. 갈망이 쾌락을 뒤쫓아 가지만 결국 고통으로 되돌아오죠. 갈망이 고통의 원인이니 갈애를 내던지고 그것으로부터 자유로워지라고 붓다는 가르쳤어요."

갈망으로부터 자유로워질 수 있다면 벌써 도인이 되었겠지. 실로 애욕의 본능의 근원은 뿌리 깊고 단단하다고 중세의 한 승려도 말하지 않았던가. 여자의 머리칼로 꼰 밧줄은 코끼리라도 꼼짝 못하게 잡아맬 수 있으니 스스로 꾸짖고 삼가야 할 것은 이 번뇌라고. 갈애가 고통의 원인이라지만 여자를 보고도 감정을 품지 않는다면 그림도 그릴 수 없을 것 같다. 요양원에서 우울증 치료를 받던 뭉크는 자신의 병이 그림을 그리는 데 촉매 작용을 하는 것을 깨닫고 병이 치료되길 원치 않았다. 나도 내 속의 짐승 같은 갈애를 잠재우려 애쓰지 않겠다. 맞은편 나무에 핀 붉은 꽃 무더기를 바라보며 생각에 잠겨 있는데 자란에게 붓다 얘기를 듣던 정미가 혼잣말을 했다.

"내가 그때 태어났다면 붓다를 따라다니며 매일 공양을 올렸을 것 같아. 시시한 남자 밥 지어주느니 붓다 모습을 한 번이라도 더 보는 것이 복되지 않아요. 붓다 옆에 있었던 동시대 사람들은 얼마나 행운인가."

"나도 그 시대가 부러워요. 붓다는 죽음을 앞두고도 '내가 입적한 뒤 찬나에게 중벌을 주라'고 아난다에게 당부했어요. 찬나가 무어라 하든 아무도 그에게 말대꾸나 권고를 해서는 안 된다고. 찬나라는 비구는 거만하고 고집이 서서 이따금 말썽을 일으켰는데 어떤 제자도 소홀히 하지 않는 붓다는 죽음 앞에서도 찬나를 걱정하셨어요. 붓다가 입적하신 뒤 오백 명의 비구들 앞에서 이 통고를 듣자 찬나는 기절해 그 자리에 쓰러졌어요. 이윽고 정신이 들자 찬나는 전혀 딴사람이 된 듯 착실히 수행하여 아라한의 경지에 이르렀어요. 내가 어릴 때 어머니는 찬나 얘기를 해주면서 넌 꼭 고집 센 찬나 같아, 하고 나무라곤 했지요. 난 찬나가 부러워요. 내가 혹시 아들을 갖는다면 이름을 찬나라고 지어줄 겁니다."

"몽크가 아들을 가져도 좋지."

내가 웃으니 정미가 태국의 승려 제도에 대해 말해 주었다. 이 불교 국가에선 모든 국민이 누구나 한 번은 승려의 수행 과정을 거쳐야 하고, 왕도 왕이 되기 전엔 몽크였다고 알려주었다. 수행 과정을 거친 후에 본인의 자유의사에 따라 결혼을 하든지 계속 승려 생활을 한다고.

"모든 국민이 몽크가 되는 과정을 거친다니 정말 좋은 제도 같아. 일찍이 종교적 수행을 하니 말이야. 한국엔 1,600년 전에 불교가 들어왔는데 신라 왕조 때 이차돈이 순교한 뒤 절과 탑이 별처럼 늘어서고 왕도 왕위를 물려준 뒤 비구가 되었어. 신라의 수도였던 경주엔 석굴암, 불국사 등 당시의 찬란한 불교 문화가 남아 있는데 아찬 자란이 한국에 온다면 꼭 보여주고 싶군."

"저도 보고 싶군요."

"아찬 자란은 공부를 마치면 본국에 돌아가 승려가 되든지 결혼하든지 결정해야겠네. 한국에서 승려가 된다는 말은 영원히 승려가 되겠다는 선서와 같지만."

나는 딸이 좋아하는 남자의 미래에 관심을 보였다. 자란은 하늘을 바라보더니 신중하게 답했다.

"내일을 알 수 없으니 말할 수가 없군요. 사랑하는 여자를 위해 사는 것도 인간적인 것 같아요. 붓다만 따르면서 승려 생활을 하여 영원한 평정을 얻는다면 이상적 삶이고요. 미래를 생각하다 갈피를 못 잡을 때엔 붓다의 마지막 말씀을 생각합니다. '모든 현상은 변천한다. 게으름 없이 정진하라.'"

사르나트를 다녀와서 녹야원 그림을 구상했다. 기울어져가는 다메크 탑과 벽돌 초석만 남은 폐허를 화면에 채우고 나니 그림이 정적이었다. 폐허와 어울리는 어떤 상징물이 들어간다면 화면이 생기를 띨 것이다. 순간 사원 유적을 집처럼 드나들던 털이 닳은 개가 떠올랐다. 개는 일상적이고 너무 익숙하다. 보다 야성적인 동물이 좋을 것이다. 같은 과면서 신비한 이리가 어떨까. 폐허의 유적을 어두운 갈색 톤으로 처리해 밤의 그림자를 드리우고, 화면 오른편엔 어둠 속을 헤매다니는 한 마리 보랏빛 이리를 배치하자. 길들지 않는 영혼처럼 눈에 노란 불을 켜고 미몽 속을 헤매는 동물. 욕망의 돌쩌귀를 디디며 갈애의 기침을 뱉는 한 마리 유아독존.

아소카 기둥에 새겨진 고대 문자를 배치해 또 하나의 녹야원 그림을 구상했다. 낙관을 찍는 동양화가라 인장을 팔 때 갑골 문자를 응용해 본 적도 있지만 정미가 언어학을 전공하니 나는 자연스레 문자의 조형에 관심을 가졌다. 인류 최초의 수메르인 그림 문자부터 설형 문자, 이집트 상형 문자, 아라비아 글자와 힌디어까지 눈여겨보곤 했다. 서예가 발달했던 진, 당 이래로 몇몇 화가들이 이미 서예의 용필법을 회화에 결합시켰고, 서예는 중국 회화의 형식미를 형성한 요소 중의 하나가 되었지만 문인화처럼 그림에 시를 쓰는 일은 의도적으로 피했기에 문자 자체만의 구성은 새로웠다.

단순한 고대 문자를 아이들 낙서처럼 배치하기 위해 화면의 삼분의 이는 폐허의 벽돌담을 그리고, 그 위에 아소카 기둥의 문자를 의도하지 않은 채 던져놓아 우연의 구성을 시도했다. 이러한 무의지성은 내가 마지막에 갈 비구상의 세계인데 단순한 문자들은 색채로 재구성 변형시켰다. 화면 아래엔 녹야원에서 발굴된 건물 파편의 꽃문양들을 꿈의 파편처럼 배치하고 부서진 벽면 위로 여체를 구름처럼 떠오르게 했다. 화면 맨 위엔 초승달이 서슬 푸른 낫처럼 걸려 있는데 왼편 모서리엔 붉은 닭 한 마리가 초승달을 마주 보고 있다.

고대 문자들이 은하처럼 떠다니는 폐허의 밤에 두 팔로 얼굴을 고인 채 엎드려 미몽에 빠져 있는 여체. 옆얼굴의 선만 드러나 있을 뿐 표정이 없지만 풀어 내린 미라의 긴 머리가 검은 비단뱀처럼 구불거렸다. 밤의 풍경이라 전체 화면에 어두운 갈색이 덮였지만, 황토색으로 윤곽선을 그린 엎드린 여체는 야광 벌레처럼 연녹색을 띠고 있었다. 내 욕망의 화신이며 그리움의 모체인 살, 붓다가 고통에 대해 설법하신 동산에서도 잠들지 않고 뒤척이는 이 눈부신 죄!

고갱이 타히티를 발견하지 못했더라면, 고흐가 아를을 만나지 않았더라면 미술사가 어떻게 바뀌었을까. 증권 회사의 유능한 중개인이 예술만을 위해 살아가기로 선언하고 "돈 걱정 없이 사랑하고 노래하며 죽는 자유"를 찾아 타히티로 떠났다. 고갱이 타히티의 태양 아래 생을 불태우지 못했다면 원색의 이국적인 장엄한 그림들 앞에서 우리가 원시의 낙원을 동경할 수 있을 것인가.

파리 시절 이미 일본 판화의 영향을 받았던 고흐는 세잔의 도시이며 일본과 유사한 곳이라고 생각했던 남 프랑스로 강렬한 색채를 찾아 떠났다. 고흐는 아를에서 '격렬한 느낌을 주는 노란색'을 얻어내 황금빛 광채의 태양을 화폭에 심었는데, 아를이 아니었다면 교향곡처럼 울려 퍼지는 황금색의 「해바라기」 연작과 「씨 뿌리는 사람」을 인류의 유산으로 가질 수 있었을까. 진홍색 담요가 있는 「빈센트의 방」과 「귀를 자른 자화상」을 보며 예술의 희생을 애도할 수 있었을까.

내가 인도를 만나지 못했다면 나비가 되지 못한 채 미숙의 번데기로 삶을 마감했을지도 모르겠다. 계속 한국에 머물러 있었더라면 오백 년 수묵의 그늘에 가린 채 모래밭을 헤매다 낭인으로 주저앉았을 것이다. 나는 생의 계시나 받은 듯 칠순에 홀연히 한국 땅을 떠났고, 인도에서 색채를 재발견하고 링검의 에너지를 받아 창조의 잎사귀들을 피웠다. 인도에서의 삼 년이란 세월은 다른 사람의 삼십 년 세월과 맞먹을 만큼의 무게를 지니고, 내 인생의 절정이었다고 해도 틀림이 없다. 인도와의 만남으로 화가 이평조는 부활했고 한국 화단은 찬란한 진채를 얻었으니.

인도가 내게 영감을 준 것 중 피의 여신 마더 칼리도 빼놓을 수 없다. 그해 구월 나는 캘커타를 여행하면서 칼리 사원에 들렀다. 좌판이 늘어선 좁은 골목을 지나가니 마더 칼리의 사진들이 수도 없이 눈에 들어왔다. 그중 한 손엔 칼을 한 손엔 잘린 남자 머리를 쳐든 채 남편 시바의 가슴을 딛고 서 있는 사진이 눈을 끌었다. 목에는 잘라낸 머리들로 연결된 목걸이가 걸려 있고 또 한 손엔 잘린 머리에서 떨어지는 피를 받는 두개골 잔이 놓여 있었다.
  여신은 샥티(힘)로 불린다. 생명은 어머니인 대지에서 태어나 대지로 돌아간다. 칼리는 시간을 의미하는 칼라의 여성형으로 칼리의 검은 몸은 일체를 생산하며 일체를 소멸시키는 시간을 나타낸다. 하나의 생물이 탄생하면서 다른 생물은 진흙으로 돌아간다. 칼리는 생명을 낳고 양육하지만 생물들을 다시 삼켜버리기 위해 혓바닥을 날름거리는 파괴의 대리자다. 먹고 먹히며, 창조하고 파괴한다. 힌두의 신들은 창조의 원리와 파괴의 원리가 하나인 것을 보여준다. 여성의 성스러움만 액자화시킨 서양의 성모 마리아에 비해 삶과 죽음, 성과 속, 또는 정(淨)과 부정(不淨)의 양면성을 극화한 칼리의 무시무시한 아름다움은 생명의 긴장을 느끼게 했다.
  그날 나는 피를 보았다. '어느 누구도 신의 존재 앞에 한 줌의 꽃을 헌납하지 않고는 가까이 갈 수 없다.'는 힌두의 가르침에 따라 검은 칼리 상 앞에 꽃을 바치고 인파에 떠밀려 밖으로 나서니 사원 안의 또 다른 성소를 사람들이 에워싸고 있었다. 길고 시커먼 물체가 바닥에 놓여 있고 두 남자가 양쪽에서 잡아당기는 자세로 서 있었다. 여자의 엉킨 머리카락 같아 섬뜩했으나 순간 짧은 비명이 들려왔다. 바닥에 선홍의 피가 쏟아졌고 머리 없는 검은 동체가 그 옆에 뒹굴어 있었다. 속죄양이었다. 선명하게 번지는 붉은 피에 현기증을 느꼈으나 내 속의 불순물이 피처럼 빠져나가 육신도 일순 정화되는 듯했다. 희생이 주는 성스러움일까. 여신에게 바치는 그 피의 의례는 죽음으로의 이행이면서 재생이었다.

생피를 마시는 마더 칼리의 붉고 긴 혀, 생명을 탐식하는 이 검은 여신은 내게 힘을 더해 주었다. 저 함성과 같은 에너지를 취하자. 미의 기존 법칙을 파괴하라. 한국의 전통 동양화는 유교의 윤리관과 생활의 반영으로 고요에 차 있었지만 군자의 법칙을 따를 필요가 없었기에 민화는 무기교의 기교와 좋은 의미로서의 어리석음을 획득하지 않았나. 우리 무속화처럼 민중 속에 잠재된 에너지를 축적한 그림, 고려 불화나 탱화처럼 우주의 영감이 떠도는 듯한 그림을 스승으로 삼자. 마더 칼리와의 만남은 나의 그림에 동적인 충격을 더했고 색채는 요기를 띠었다. 나는 거침없이 화면을 원색으로 채웠으며, 묵(墨)에 대한 부담을 씻어냈다. 그것은 유교의 그림자였다.

인도는 나의 그림만 변화시킨 것이 아니다. 정미도 변했다. 정미는 청결 벽이 대단하여 인도에 와선 가방에 늘 컵을 갖고 다녔다. 주스를 사 마실 땐 노점의 불결한 컵 대신 제 컵에 받아 마셨고, 차이도 일회용 테라 코타 잔에만 마셨다. 코코넛 즙을 마실 땐 빨대 윗부분을 휴대용 칼로 자르고 마셨다. 남이 사용한 빨대를 상인들이 다시 쓰기 때문이다. 유별나게 청결을 챙기던 아이가 어느 날은 먼지 날리는 거리에서 씻지도 않은 사탕수수 주스를 사 먹고, 점원이 미타이를 손으로 집어 주어도 불평하지 않았다. 재킷의 단이 터진 것도 시간이 없다며 핀으로 지르고 다녀서 내가 바느질로 단을 올려주었다.

인도에 온 지 이 년이 지나선가. 하루는 함께 랑카에 나가다가 정미의 조리 끈이 떨어졌다. 집에서 신고 다니던 것인데 낡았나 보다. 나는 집에 가서 신발을 가져오려 했으나 정미는 길거리에 굴러다니는 더러운 헝겊 하나를 주워 떨어진 고무 끈을 묶었다. 나는 그것을 보고 놀랐다. 묵은 먼지에 절은 헝겊은 금방 삭을 것같이 너덜거렸다. 예전의 정미라면 그토록 더러운 헝겊을 주울 생각조차 하지 못했을 것이다. 나는 안도의 숨을 쉬었다. 이제 정미는 전쟁터에 가도 살 수 있다고. 정미는 청결에 대한 관념을 버리고 인도의 생존법을 따르고 있었다. 그것도 성숙이었다. 청결도 어떤 한계이며 불편한 것이다.

정미의 또 다른 변화는 사랑하는 여자의 변화였다. 자란의 영향이겠지만 불교 책을 보기 시작했고 타불라 연습도 즐기며 몰입하곤 했다. 말수는 더 적어졌지만 표정은 온화하고 빛이 났다. 그토록 고양된 정미 모습을 본 적이 있었나.

우리는 사월 하순이면 더위를 피해 인도 동북부 다르질링에 갔다. 본격적인 무더위가 시작되면 태국 몽크들은 다르질링으로 주거를 옮겼고, 자란의 권유로 나도 함께 갔다. 정미는 자란 옆에서 산스크리트어 공부를 계속할 수 있었고, 많은 티베트인들이 거주하는 다르질링에서 나는 밀교의 그림들을 접하고 영감을 받았다. 우리 부녀는 시간을 알차게 보내며 만족했는데, 인도 생활이 끝나갈 무렵 자란은 내게 한 가지 허락을 구했다. 정미가 인도를 떠나기 전 함께 자이살메르로 여행을 가고 싶다고 했다. 정미도 원하는 바이니 허락해 주십사고.

"저는 몽크 신분이라 낯선 곳에서도 일반인보다 안전합니다. 정미는 제가 잘 보호하겠습니다."

나는 잠자코 있다가 여행 기간이 얼마나 되는지 물었다. 자란은 라자스탄의 도시들을 차례로 돌아본다는 계획을 말하며 이 주일 예정이라고 답했다. 나는 내 딸을 사랑하는가? 묻는 대신 아찬 자란을 믿는다고 말했다. 두 사람이 라자스탄으로 떠나는 날 나는 기차역 플랫폼에서 연꽃 향과 만 루피를 자란에게 여행 선물로 건네주었다. 자란은 나를 포옹했고, 정미는 예술가 아버지를 사랑한다고 영어로 말했다. 사실 정미는 대학생이었을 때만 해도 아버지가 예술가인 것을 싫어했다. 불안정한 나의 낭인 생활이 아이의 눈에 비정상적으로 보였던 거다.

그날 젊은 연인들을 배웅하고 집으로 돌아오다 장례 행렬과 마주쳤다. 들것에 실린 시신은 주황색 천으로 싸였고 천 위엔 꽃들이 둘려 있었다. 이십여 명의 사람들이 시신을 뒤따르며 북 치고 나팔 불며 "람 남 사짜 헤."라고 외쳤다. 신의 이름은 진실이다, 죽음은 진실이란 뜻이다.

피할 수 없는 죽음, 모든 살아 있는 것들이 맞이해야 할 숙명인 죽음. 내 생명도 언젠가 마더 칼리의 검은 가슴에 삼켜질 터인데 사랑할 시간이 많지 않구나. 순간 두 연인을 자이

살메르로 떠나보낸 것이 내가 아비로서 한 일 중 가장 잘한 일이라는 것을 알았다. 모든 것은 강물처럼 흘러간다. 사랑도 순간을 놓치면 지푸라기처럼 흘러간다.

나는 그날 랑카에서 사프란색과 초록으로 무늬가 짜인 실크 사리 한 벌을 샀다. 다음 날 오후 미라가 세탁물을 가져왔고 나는 빨랫감을 내주는 대신 사리를 주었다. 그동안 미라는 몇 번이나 나의 모델 노릇을 했다. 나는 미라를 수십 장 크로키 하고, 그때마다 충분한 모델료를 주었다. 인도의 서시 미라는 웃는 법이 없지만 이후로 나를 경계하지 않았고, 사리를 받아들고서도 눈인사를 하듯 나를 바라보았다.

나는 미라를 욕실로 안내하고 비누와 타월을 건네주었다. 샤워를 하고 사리를 입어보란 뜻이었다. 나는 욕실문을 닫았고 세찬 물소리가 한동안 들려왔다. 얼마가 지났을까 미라가 젖은 머리를 풀어뜨린 채 사리를 입고 내 앞으로 걸어왔다. 블라우스가 없기에 미라는 사리만 몸에 걸쳤다. 그건 벵골 식인데 미라는 벵골 여자였다. "순다르." 나는 감탄하며 말했다. 아름답다는 힌디어였다. 사프란 색 비단 사리는 미라를 위해 짠 옷감 같았다.

나는 미라를 침상 위에 앉히고 미색 우유에 담긴 라스말라이를 갖다주었다. 연인의 유액처럼 감미로운 미타이를. 미라는 눈을 내리뜬 채 천천히 그것을 떠먹었다. 이상한 그림을 그리는 외국 노인의 호의가 무엇인지 캐내려는 듯. 계급사회의 세탁부가 비단 사리를 입고 침상에 앉아 여왕처럼 남자의 시중을 받다니 꿈인가, 자문하듯. 나는 미라의 발목에 은장식을 채워주고 두 발을 내 가슴에 갖다 댔다. 나의 여왕임을 확인시키듯.

그날 일은 더 이상 말하지 않으련다. 세상에는 불가능할 것 같은 일도 벼락처럼 성사될 때가 있다. 각자에 따라 행운이랄 수도 있고 마술에 씌었다고 말할 수도 있다. 사리는 입기엔 까다로워도 사과 껍질보다 벗기기 쉬웠다. 카마수트라의 황홀경에서 시간을 망각하고 있을 때 미라가 당신 딸은 어디 갔느냐고 물었다. "오야시라즈 고시라즈." 나는 여자의 등에 얼굴을 묻은 채 혼잣말을 했다. 일본 문학의 고전『주신구라〔忠臣藏〕』에 나오는 지명으로 부모도 애도 모른다는 뜻이다. 남녀의 연으로 규방에서 속삭임을 나누다 보면 부모도 애도 생각이 안 나지.

바라나시를 떠나기 전날 나는 정오에 간단한 점심을 먹고 혼자 아시 가트에 갔다. 강가의 마지막 산책이었다. 내일 인도를 떠나면 다시는 저 갠지스를 볼 수 없으리라. 무더위가 시작된 사월이었고 태양이 끓어오르는 한낮이라 강가는 비어 있었다. 헌데가 난 개 한 마리만 간이 찻집의 그늘에 앉아 있고 장사도 관광객도 보이지 않았다. 강 건너 백사장은 하얗게 타오르고 녹색의 강도 고여 있는 듯 미동이 없었다. 강변에서 산비탈처럼 뻗은 층계 위의 사원들도 정적에 싸여 있었다. 움직임이라곤 걸음을 옮길 때마다 후끈 끼쳐오는 열기가 전부였다. 나는 그것이 연인의 손길이나 되듯 얼굴을 내맡기며 미소 지었고, 삼 년간 혹서의 계절을 극기한 끝에 인도의 뜨거운 대기를 사랑하게 된 것을 알았다.

온 얼굴에 스카프를 두른 서양 여자와 마주쳤을 뿐 백일몽처럼 홀로 강변을 걸어가니 순간 시야가 흐려지면서 뜨거운 바람이 불어왔다. 불길이 신기루처럼 흔들리며 시야에 다가서는데 하리첸드라 가트였다. 시신을 태우는지 두 군데서 장작이 타오르고 시신 하나는 들것에 실린 채 강가에 놓여 있었다. 흰옷을 입은 상주가 죽은 자의 얼굴에 덮인 천을 벗기더니 강물을 떠와 몇 번이나 끼얹었다. 에테르, 공기, 불, 물, 흙이라는 다섯 원소의 수대로 의식을 행한다고도 하는데 인도인들은 시신을 불태우는 희생을 통해 니르바나로 간다고 믿었다. 옆에 서서 구경하는 일본인 두 사람에게 인도인 가이드가 일어로 설명했다.

"보통 사람들은 화장을 하지만 다섯 부류의 시신은 그냥 강물에 보낸다. 사두와 아이, 뱀 잡이, 태어날 때부터 손가락이 없다든가 하는 비정상인과 임산부다. 그들은 죄가 없는 무구한 사람이기 때문이다. 뱀은 시바를 수호하고, 임산부는 신처럼 아이를 가졌기에. 시신은 보통 세 시간 정도 타지만 남자는 심장이, 여자는 히프가 잘 타지 않아서 타다 남은 것은 물고기에게 보시하기 위해 강에 던진다. 모든 것이 흙으로 바람으로 돌아가고 윤회한다."

어디서 왔는지 염소 두 마리가 시신 옆에서 금송화를 게걸스레 먹고 있었다. 시신 위에 장식된 꽃이었다. 가까이 불타는 장작더미에선 죽은 자의 머리가 벗겨진 채 엉겨 있는 것이 눈에 들어왔다. 죄가 타고 있었다. 죄가 타면서 정화되고 있었다. 불어오는 바람에 불길이 얼굴로 끼치니 내 머리도 타들어 가는 듯했다. 순간 현기증을 느끼며 나는 둥근 철책을 잡았다. 철책은 태양에 달구어져 뜨거웠고 나는 손을 떼면서 휘청거렸다. 괜찮습니까? 옆의 일본인이 물었고 나는 모자를 고쳐 쓰며 괜찮다고 답했다.

그때 배 한 척이 강 가운데로 미끄러져 왔다. 천막을 친 배에 사람들이 둘러앉아 있고 주황색 옷을 입은 사두가 뱃머리에서 만트라를 외웠다. "크리슈나 크리슈나 하레 크리슈나 크리슈나 크리슈나 람람 하레 하레." 고요의 물살을 가르며 나타난 배의 승객들은 현실의 사람들이 아니라 신의 사자들 같았다. 나는 배가 지나가는 것을 하염없이 지켜보다가 사원 건물이 그늘을 드리운 층계에 올라가 주머니에서 엽서를 꺼냈다. 인도에서 귀국하기 전에 조각가 윤원에게 짧은 글을 띄우고 싶었다.

나는 인도에서 영원을 보았네. 지구의 모든 것이 끝나도 인도는 끝나지 않을 듯하이. 인도의 정치 경제, 무질서, 가난, 이런 건 표면에 나타난 현상일 뿐 그 정신의 물줄기는 도도히 땅속을 흐르고 있어. 후회 없이 죽으려면 인도에 가보시오. 인도인들은 아무것도 두려워하지 않고 살고 있는 것 같아. 태어나는 것은 죽기 위해서고 내세에 다시 태어난다고 믿고 있어. 나도 내세를 믿고 싶어졌어. 생이 이대로 끝난다니. 이젠 영원으로 이어지는 그림을 그릴 수 있을 것 같다네⋯⋯.

오는 날이 있으면 가는 날이 있고, 만나면 헤어진다. 내게 다시 작별의 시간이 왔다. 나는 정미와 델리에서 헤어져 혼자 한국으로 돌아왔다. 정미는 인도에 있을 때 한국에 다녀왔으므로 곧장 프랑스로 떠났다. 원래 계획대로 학업을 계속해야 했다. 삼 년 만의 귀국이건만 어떤 설렘도 없었다. 캘커타 초대전에서 인도인들의 극찬을 받았고, 여러 채의 빌딩을 갖고 있는 부호는 인도 물가보다 몇 배 비싼 한국 가격으로 새벽, 한낮, 석양의 물소 그림 시리즈를 기꺼이 구입했다. 어디서든 살 수 있다는 자신이 생겼지만 나는 진채를 펼치기 위해 한국에 돌아가야 했다.

 김포 공항에 닿아 실내로 들어서니 창백한 형광등이 썰렁하게 켜 있었다. 군데군데 서 있는 공항 직원들은 어딘지 경직되고 근엄했고 입국자들도 한결같이 무표정했다. 대한민국 공항에 들어서는 순간 그렇게 감염이라도 되듯. 나는 사람들 틈에 로봇처럼 줄을 서서 입국 심사를 마치고, 카트를 끌고 출구로 나서자 공중전화부터 찾았다. 아내에게 전화하기 위해서였다. 아내는 내가 당부한 대로 공항에 나오지 않았다. 나는 아내에게 나의 귀국을 누구에게도 알리지 말라고 부탁했다. 삼 년의 외유였으나 잠깐 나들이 갔다가 돌아오듯 소리 없이 귀가하고 싶었다. 인도에 있는 동안 몇 번이나 통화를 했건만 아내는 내 목소리를 듣자 코를 훌쩍였다. 칠순의 할머니가.
 "피곤한갑네요. 목소리가 잠겼네요."
 "응, 감기 기운이 있어."
 한국의 사월 날씨는 쌀쌀했다. 차창으로 불어오는 바람이 내가 바라나시에서 탔던 퍼스트 클래스의 기차 에어컨 바람처럼 선뜩했다. 순간 갠지스에서 불어오던 뜨거운 바람이 그리웠고, 피부에 끼치는 선뜩한 바람의 촉감이 싫어 차창을 올렸다. 야릇한 슬픔도 느꼈다. 진창의 거리에 사두처럼 앉아 있던 소들도, 골목길을 사람처럼 걸어다니던 염소도, 시티의 천국 같은 웃음도, 웃지 않는 서시 미라도 더 이상 볼 수 없었다. 인도의 모든 것이 꿈인 듯 아련하면서도, 꿈의 물살을 헤치고 나아가면 다시 실체를 잡을 수 있을 것 같아 가슴이 차올랐다.

왜 나의 그리움은 늘 먼 곳에 있는 것일까. 가족과 정인이 있는 고국에 돌아왔건만 나의 가슴은 닫혀 있었다. 가도에 피어 있는 벚꽃도 종잇장같이 보였다. 육교에 걸려 있는 88올림픽 구호도 외국어처럼 무의미했다. 지루한 아스팔트와 차들, 가로수까지 눈에 보이는 모든 것이 무생물처럼 스쳐갔다. 환상이 없는 현실이었다.

성북동 집에 도착하니 집 앞의 벚나무가 나를 맞았다. 나무 아래로 꽃잎들이 무수히 흩어져 있고, 꽃잎이 떨어진 붉은 꽃받침들과 연록의 잎 사이로 벚꽃 몇 송이가 채 지지 않고 피어 있었다. 나를 기다린 듯. 나는 가냘프게 몇 송이 남아 있는 꽃가지 하나 꺾어들고 집으로 들어갔다. 대문이 열려 있었고 복술이와 아내가 동시에 나를 맞았다. 반갑다고 끙끙대는 복술이의 검은 털을 한참 쓰다듬어주고, 아내와 몇 마디 나눈 뒤 물을 청해 아스피린 두 알을 먹었다. 그리고 벚꽃을 머리맡에 놓고 보료에 누워 고적하게 잠이 들었다.

여름은 다시 돌아오지 않으리

 나뭇잎이 일렁인다. 누가 장난을 하는지 빛에 반사된 거울이 나무 사이로 숨바꼭질하듯 돌아다니다 단풍 든 잎에 부서진다. 여러 사람이 모여 앉아 도시락을 먹고 나는 술잔을 들고 있다. 술 냄새에 취했는지 웃음이 자꾸 번지는데 누가 다가와 내게 일러준다. 닐바나 호텔에서 약속했잖아요, 하고. 그렇지. 약속이 있었다. 소풍을 나와 놀다가 잊어버릴 뻔했다. 나는 그제야 자리를 털고 일어나 길을 나선다. 하얀 꽃나무 그늘 아래 음식을 펼쳐놓고 담소하는 사람들을 등지고 숲길을 나아간다. 대로가 이내 나타났지만 시야에 세 갈래 길이 펼쳐져 있다. 나는 머뭇거리다 주머니에서 지도를 꺼내 본다. 내가 서 있는 숲은 초록으로 인쇄돼 있으나 글씨가 보이지 않아 지도를 읽을 수가 없다. 호텔을 찾을 수가 없다. 어쩌나 약속 시간에 늦으면.

햇살이 스름스름한 걸 보니 어느새 석양이다. 약속 시간에 늦어 조바심이 났지만 천장이 시야에 들어오자 꿈을 꾼 것을 알았다. 점심을 늦게 먹고 그림을 거의 마무리하고서 잠깐 선잠이 들었다. 집엔 아무도 없는지 인기척 없이 조용하다. 정미는 아직 학교에서 돌아오지 않았나? 고요 속에 몸도 가라앉는 것 같아 나는 누운 채 눈을 감는다. 소풍 간 일도 까마득하건만 소풍 꿈을 꾸었다. 꿈에서조차 즐거웠지만 약속이 있다고 일러준 사람이 누구였더라. 얼굴은 보이지 않았지만 조용한 몸짓이 아내가 분명하다. 아내가 세상을 뜬 지 삼 년이 되어가지만 꿈에 모습을 보인 건 이번까지 단 두 번이다. 생전에 지아비로 인해 진을 빼서 내 앞에 나타나기 싫은 것이 아닐까. 아니 그것보다 내자로서 할 수 있는 모든 것을 다했기에 더 이상 미련을 두지 않은 탓이다. 내가 지금까지 아내에게 미안한 마음을 갖고 있는 것과는 반대로 말이다.

그런데 호텔서 만나기로 한 사람은 누구였나. 아내는 분명히 닐바나 호텔이라고 했다. 만나지는 못했지만 꿈에 약속한 사람은 여자가 아닐까. 아마도 진아겠지. 우리는 늘 그런 장소를 드나들었으니까.

진아를 못 본 지 한 달이 다 되어간다. 여수로 시집간 정미 시누이가 장마 때 집에 머물러서 나도 외출을 삼가다가 사흘 만에 유림장에 들르니 문이 잠겨 있었다. 그냥 발길을 돌리는데 입구에서 마주친 여관 주인이 진아가 퇴실했다고 일러주었다. 나는 올 겁니다, 했지만 여관 주인은 진아가 완전히 짐을 싸서 택시에 싣고 갔다고 알려주었다. "어르신이 아시는 줄 알았는데요." 나는 순간 당황했지만 짐짓 태연히 "급한 일이 있었나. 연락이 오겠죠." 대꾸하고 여관을 나섰다. 그 며칠 전에도 진아는 방이 답답하다고 불평했을 뿐 나간다는 소리는 하지 않았다. 하긴 진아 옆에 있으면 돌발적인 일이 곧잘 일어나므로 말없이 사라진 것도 놀랄 일이 아니다. 곧 연락이 오겠지, 하고 편하게 생각했다.

목이 말라서 자리에서 일어나니 때마침 벨이 울린다. 복슬이가 짖는 소리가 들려서 마당으로 나서며 누구인지 묻는다. "선생님, 저 영진 엄맙니다." 아, 나는 그제야 오늘 약속을 상기하고 문을 연다.

"내가 깜박 잊었네. 오늘 오시기로 한 걸."

"원래 오전에 오기로 했는데 시간을 바꾸어 죄송합니다. 혼사를 앞두고 정신이 없어요."

"자식 혼사보다 더 중한 일이 있겠습니까. 들어가시죠."

영진 엄마는 내 외가의 먼 친척 되는 강릉 사람이다. 명망 있는 검사의 부인으로 내가 인도에 가기 전 호랑이 병풍을 구입해 갔다. 내 호랑이 그림이 기가 강하여 집안을 보호해 주는 것 같다고 하니 미술 애호가라기보다 부적처럼 그림을 걸어두는 셈이지만 그것도 소박한 감상이라고 할 수 있다. 영진 엄마는 기사를 시켜 맥주 두 상자를 집 안으로 나르게 하고 통에 담아온 양념 갈비를 냉장고에 넣는다. 아내가 세상을 뜬 뒤로 집에 손님들이 올 때면 홀아비가 염려되어 늘 음식을 챙겨온다. 며칠 전엔 후배 화가가 뱀탕을 고아 왔다. 영진 엄마는 맥주와 백김치, 젓갈 그릇까지 쟁반에 담아 방으로 들고 온다.

"그렇지 않아도 목이 말라서 맥주를 마시려던 참인데."

"온종일 그림 그리시니 일 끝나면 맥주라도 드셔야죠."

영진 엄마는 맥주를 따라주고 내가 건네주는 잔도 받는다. 나는 잔을 비우고 백김치를 한입 먹다가 놓아두고 오징어 젓갈을 집어 든다. 음식을 짜게 먹는 나를 위해 정미가 김치까지 싱겁게 담가 내 입에 맞지 않다. 내 식성을 아는 영진 엄마가 백김치를 먹어보더니 참견한다.

"김치가 맛이 들었네요. 약간 싱거운 듯하지만 아삼삼하구먼. 선생님 너무 짜게 드시지 마세요. 건강에 나쁘다는데."

"음식을 맛으로 먹지 건강으로 먹나. 난 김치도 싱거우면 간장에 찍어 먹어요."

"젊은 날부터 그렇게 술 마시고 음식도 짜게 드시면서 건강하시니 타고난 복이에요. 그러니 지금까지 좋은 그림 그리시는 거예요."

영진 엄마는 벽에 기대놓은 그림을 보더니 일어나서 가까이 다가선다. 원숭이 두 마리가 담장을 내려오는 그림이 완성되어 보름 전에 표구해서 갖다 놓았다.

"저 그림 제가 사야겠어요. 우리 영진이 새로 살림할 집에 걸어주려구요."

"원숭이 그림을 좋아할까? 젊은 사람들이 말이야."

"사위가 잔나비띠예요. 잘됐지 뭐예요. 저렇게 새끼 낳고 재미있게 살라고 덕담하면서 그림 주면 큰 선물이죠."

"사위가 우리 정미랑 나이가 같으니 늦장가 가는구나. 저 그림 정미 임신 소식 듣고 그린 그림이에요."

 그림 값도 적지 않을 터인데 영진 엄마는 다른 것은 보지도 않고 결정한다. 기쁜 소식을 듣고 그린 그림이라 행운을 가져올 거라고 좋아한다. 행운이란 말에 내가 슬며시 웃으니 고개를 흔든다.

 "애 넷 키우면서 늘 조마조마 살았어요. 첫째한테 생긴 일 막고 나면 둘째 놈한테 일 생기고 애들이 잘 큰다 싶으면 영감한테 일이 생기고. 부처님 말씀이 맞아요. 삶은 고(苦)라고. 선생님 앞에서 이런 말 하니까 공자 앞에서 문자 쓴 격이 됐지만 죽는 날까지 살피면서 좋은 일만 생기길 빌어야죠."

 "이날까지 살아왔는데 더 이상 걱정할 일이 있어요. 행도 불행도 오는 대로 맞으면서 희로애락에 춤출 뿐. 어떻게 보면 인간들은 인생이라는 무대에서 주어진 역을 하다가 사라지는 꼭두각시 같아."

 "그러니 선생님 같은 예술가는 선택받은 사람이에요. 예술가는 사라지는 꼭두각시가 아니라 연출가잖아요. 화가는 화면을 연출하고 안무가는 무대를 연출하면서 작품을 세상에 남기잖아요."

 "남고 안 남고는 뒤의 일이고. 개미가 천성으로 일하듯 환쟁이는 그림을 그리는 거지."

 시끄러운 것을 싫어하여 텔레비전은 거의 보지 않지만 저녁 식사 후 정미가 좋아하는 사극을 틀어놓아서 옆에서 함께 본다. 대사는 건성으로 흘리고 옛 의상이나 생활용구 같은 것을 눈여겨보는데 공주가 가마 타고 가는 장면이 눈을 끈다.

봉건 시대 여인네들이 혼사를 치를 때나 나들이 갈 때 탔던 가마, 구한말 어머니는 꽃가마 타고 시집 왔다지. 나의 아내도 흰 휘장을 두른 가마 타고 영동고개를 넘었다. 정미는 웨딩드레스를 입고 자동차로 식장에 갔지만 옛 식대로 연시곤지 찍고 폐백을 드렸다. 개울이 만나 강을 이루듯 여인네들과 함께 가는 우리들의 삶.

가마가 머리에서 떠나지 않아 책을 보고 스케치해 본다. 가마 행렬을 그려보자. 늘 길을 떠나는 우리 인생. 산이 가로막을지 태풍이 등을 밀지 알지 못하면서 때를 기다리다 나서는 길. 드라마에서 본 대로 맨 앞엔 말을 끄는 마부. 뒤에는 말을 탄 부마. 그 사이에 가마를 배치한다. 화면 아래엔 가마를 호위하며 걸어가는 세 명의 대신들을 그린다. 가마 위로 구름 두 개를 문양처럼 놓아 사내들의 근엄한 행렬에 서정을 준다.

순지에 스케치를 옮기고 분채 물감을 들여다보다 유리병 속에 든 파란 군청을 집어 든다. 모든 색이 다 아름답지만 요즘 들어 군청을 자주 쓴다. 깊이 모를 바다 속 빛깔, 가장 비싼 물감이었다는 울트라 마린이 '바다 건너편'이란 뜻이라지. 재료인 청금속의 원산지를 가리키는 말이지만 얼마나 아름다운 이름인가. 먼 바다 빛, 어둠을 밀어내면서 열리는 청정한 새벽 하늘빛, 온갖 욕망으로 얼크러진 가슴도 이 무한의 느낌을 주는 청색을 마주하면 정화되는 것 같다. 이 신성한 색채를 염원했던 인류는 오래전부터 햇볕에 잘 바래지 않는 파랑 색소, 인디고를 사용했다. 시간을 '영원히 지속하는 파란 것'이라 불렀던 이집트인들은 인디고 블루로 염색한 천으로 미라를 감았다는데 파랑의 정기라면 시신의 부패조차 막지 않을까.

　화면 가운데 있는 가마와 아래의 두 남자 관복을 군청으로 칠한다. 바탕 화면에 먹물로 발묵시켜서 군청에 농도를 주면 단순한 진채에 깊이를 더할 것이다. 루이 14세 당시 파랑이 궁정에서 유행하자 가장 아름다운 파랑에 '왕의 파랑'이란 이름을 붙였다는데 내가 즐겨 쓰는 군청에 '이평조의 파랑'이라 이름을 붙이겠다. 누구도 나처럼 화선지에 강렬한 군청을 쓰지 않았으니 특허를 받아도 되지 않을까.

　그림을 완성한 다음 날 진아의 전화를 받다. 여보세요, 진아의 갈라지는 목소리를 듣자 안도의 숨을 쉰다. 나를 찾는 불안정한 목소리. 숨바꼭질을 좋아하는 진아. 여관에서 말없이 나간 이래 세 번째 전화다. 진아는 더 이상 만나지 않겠다고 선포했지만 떼를 쓰는 것만 같다. 나는 진아에게 대뜸 어디냐고 묻는다. 진아는 잠자코 있다가 시큰둥 내뱉는다.

"알 필요 없다니까."
"어디야. 내가 갈게."
"지옥이야."
"어차피 지옥에 갈 사람, 미리 구경하는 게 좋겠다."
　이번엔 진아가 피식 웃는다. 나는 진아를 옆으로 불러달래야겠다고 생각한다.
"진아, 집에 와라. 정미는 시아버지 생신이라 신랑이랑 오늘 일찍 시가에 갔다. 내일 밤에나 돌아올 거야."
"내가 거길 왜 가."

"전화로 어떻게 시비를 가릴려구. 나도 할 얘기가 있어. 꼭 봐야 해."

진아가 침묵해서 기다린다, 말하곤 전화를 끊는다. 이럴 때 똑같이 전화기를 잡고 있다간 밤을 새울 것이다. 나는 스케치한 것을 밀어두고 진아를 기다리며 술을 마시기로 한다. 낮에 충분히 일했으므로 휴식을 취한다. 냉장고를 열어보니 맨 위 칸에 정미가 내 저녁 반찬을 통에 담아 넣어두었다. 그중에서 장조림과 박나물, 부추김치를 꺼낸다.

맥주와 함께 반찬을 쟁반에 담아오니 진수성찬이다. 이렇게 맥주를 마시면서 안주를 곁들이면 훌륭한 저녁이 된다. 어제는 안주로 마른 멸치를 고추장에 찍어 먹다가 목에 걸린 듯 넘어가지 않아서 술을 많이 마셨다. 지난주에도 고기를 먹다가 목에 걸렸는데 노인티를 내는 것 같아 정미에게도 말하지 않고 오래 씹었다. 이빨은 아직도 성하지만 딱딱한 음식은 피하기로 한다. 장조림은 부드러우니 천천히 씹으면 된다. 혼자 맥주를 마시며 저물어가는 여름 뜨락을 창으로 바라보는데 복술이가 헉헉거리는 소리가 들린다. 누가 왔나 보다. 복술이가 반가워하는 낯익은 누군가가.

"누가 오셨나." 창을 향해 큰 소리로 말하니 진아가 어느새 창 앞을 스쳐간다. 전화한 지 십 분도 안 된 것 같은데 진아는 집 가까이 있었나 보다. 진아는 번질거리는 합성 섬유의 보라색 블라우스에 청색 바지 차림으로 방에 들어선다. 색에 대한 저 무신경, 진아가 멋대로 입는 옷 색깔을 보면 어느 땐 색치 같다. 화가의 정인이 색치라니. 진아는 방에 주저앉자 윗목에 펼쳐둔 그림을 힐긋 본다. 그림의 윤곽선을 주색으로 두르고 어제 끝낸 가마 행렬도다.

"저건 무슨 그림이야. 꼭 저승사자 같아."

나는 너털 웃는다. 세 남자의 관복과 가마에 칠해진 강렬한 군청, 깊은 바다 속 같은 청색이 다른 세상 풍경같이 보일지도 모르겠다. 그렇더라도 나오는 대로 내뱉는 진아의 버릇은 사랑스럽지 않다. 나는 진아에게 잔을 건네며 맥주를 따른다.

"저승사자가 올 날도 머지않았지. 그림에 취하고 여자에 취해서 잊고 살 뿐이지."

"아빠, 섹스는 즐기는 게 아닌 것 같아. 그건 죄야."

"죄? 그러나 가장 아름다운 죄야."

느닷없는 말 때문일까. 갑자기 술이 넘어가지 않는다. 뱀이 개구리를 삼키듯 서서히 맥주를 삼키는데 진아가 어이없다는 듯 눈을 흘긴다.

"대화가 안 돼. 진실 결핍증이야."

"몸이 진실 아닌가?"

"그 타령 하자고 나 여기까지 오랬어?"

"진아가 원하는 것 주려고."

나는 주머니에서 백만 원권 수표 두 장을 꺼내놓으며 아파트 전세 계약을 하라고 말한다. 진아의 시위 때문이 아니라 여자의 입장을 수긍해서다.

"며칠 전 그림이 하나 팔렸다. 곧 돈이 들어올 거야. 일단 계약하고 돈이 들어오면 잔금을 치르자."

"나, 잡으려고 이러는 거지."

나는 호호 웃는다.

"박진아는 두 발이 없나? 머리가 없나? 제 생각대로 할 거고 가고 싶은 대로 갈 건데 잡는다고 되나. 단지 진아가 원하는 걸 하려는 거야. 할 수 있는 여건이 생겼을 때. 나도 남자 아닌가."

"아빠 믿고 있다간 단무지처럼 노랗게 쩌들 것 같아 보험이라도 하려고 했어. 방 한 칸도 없으니까 생존권이 박탈된 것 같아. 이제 나도 진이 빠졌지만 아빠가 도리를 하겠다면 그렇게 해."

심각하게 대꾸했지만 맥주잔을 비운 진아 얼굴이 홍조를 띤다. 돈이 있으면 여자를 행복하게 해줄 수 있다. 물질의 충족이 정신까지 충족시킨다면 돈이 좋은 것이긴 하지만 그것만으로 완전히 만족하지도 못한다. 인간의 갈망은 한이 없으니까. 진아는 고조되어 아파트를 얻으면 밤새워 공부해서 전문대학이라도 들어가겠다, 다짐한다. 진아답지 않은 대학 콤플렉스는 무엇을 욕구하는 것일까.

함께 맥주 세 병을 비우고 진아는 다시 나긋한 정인으로 돌아가 내 옆에 눕는다. 투정은 속옷처럼 던져두고, 매끄러운 큰 입술을 벌려 거머리처럼 내 혀를 빨아 당긴다. 기나긴 고통의 삶에서 찰나와 같은 이 합일의 순간을 누리는 것이 죄라구? 자연의 신이 준 유일한 몸의 희열이 아닌가. 인간은 섹스로 삶의 치열한 모습을, 불꽃을 추구할 뿐이다. 진아 말대로 그것이 죄라면 우리는 죄를 지으며 공생한다. 그것이 우리 두 사람의 공통점이다. 나는 생의 활력을 찾을 젊음이 필요하고 진아는 자신이 원하는 것을 타산 없이 줄 수 있는 나 같은 늙음, 혹은 포용이 필요한 것이다. 어떤 종류의 나비들은 규칙적으로 썩어가는 악어를 빨아 먹는다고 한다. 강한 냄새를 풍긴다는 것은 질소가 들어 있음을 암시하는데 나비에게는 바로 질소가 부족하기 때문이다. 나의 질소는 보잘것없는 돈인가? 명성인가? 섹스인가?

나의 혀가 흥분으로 곤두선 여자의 돌기를 애무하니 진아의 숨소리가 가을 밤 벌레 소리처럼 끊어졌다 이어지고 리듬을 만든다. 나는 신호를 알아듣고 포로처럼 옥문으로 들어선다. 진아가 탄식하듯 긴 숨을 내쉬어 얼굴을 더듬으니 눈가가 젖어 있다. 손으로 가만 훔치니 눈물샘을 건드린 듯 주르륵 흐른다. 우는 건가? 오랜만의 만남에 감각이 더욱 예리해진 것일까. 희열의 눈물 같기도 하고 수치의 눈물 같기도 하다. 죄에 대한? 몸은 남자를 받아들이기 위해 으름처럼 벌어졌건만. 질 속을 부드럽게 휘저으며 감응하던 나는 분열을 잠식시키듯 폭포처럼 낙하하며 진아의 숨을 덮쳐버린다.

처서라고 하여 달력을 보니 전시회까지 한 달 보름 남았다. 지금 그리는「감은사」를 마무리하면 그동안 완성된 그림들을 모두 표구사에 넘길 것이다. 『삼국유사』에 나오는 경주의 사찰을 연작으로 그린다는 계획인데, 늦봄에 진아와 경주에 갔을 때 문무왕 수중릉이 있는 대왕암과 감은사지를 보았다. 김유신의 누이 문희와 김춘추 사이에서 태어나, 삼국통일의 위업을 완성했고, 죽은 뒤엔 큰 용이 되어 나라를 지키겠다고 했던 영주, 감은사(感恩寺)는 대왕의 은혜에 감사하는 뜻으로 지어진 이름이다. 아들 신문왕 때 동해 가운데 작은 산이 감은사를 향하여 떠다녀서 왕이 배를 타고 산에 들어가니 용이 옥대를 바쳤다는 설화가 『삼국유사』에 실려 있다. 선왕 문무왕이 시켜 보낸 것인데 젓대를 만들어 불자 적병이 물러가고 병이 낫고 장마가 그치므로 만파식적이라 했다. 거센 물결을 잠재우는 젓대라는 뜻이다.

삼국통일의 기운이 서린 힘찬 쌍탑을 화면 가운데 나란히 배치하고 그 사이에 사찰을 상징적으로 놓았다. 화면 상단엔 작은 산이 포물선을 그리고, 산마루로 해가 떠오르고 있다. 화면 아래론 들판과 바다가 펼쳐지는데 단조롭지 않게 물결 같은 곡선으로 바다를 처리했다. 오른편 아래에 서 있는 사천왕상은 갑주를 입고 한 손에 칼을 든 채 서 있다. 산마루 위로 떠오르는 해와 사찰의 기둥은 붉은색, 산과 들판, 바다가 있는 화면은 녹색과 황색, 남색이 주조를 이루고 있다.

그림을 마무리하고 있을 때 달마 화랑의 문 사장이 왔다. 전시회 건 때문에 일주일 전 방문을 약속했다. 문 사장은 방에 앉자 바닥에 펼쳐놓은 「감은사」 그림을 보며 감탄한다.

"색채가 화려해서 동화의 세계 같으면서 장엄해요. 힘찬 쌍탑이 땅을 제압하는 듯합니다."

"헌헌장부 같은 탑이죠. 문무대왕 같고 김유신 같잖아요. 살아서나 죽어서나 백성을 생각했던 왕과 장군이죠. 그들 영웅을 경배하며 그림을 그렸어요."

"『삼국사기』까지 갖다 놓았군요."

문 사장이 창가에 놓인 『삼국유사』와 『삼국사기』를 힐긋

보며 묻는다.

"그림도 공부하고 그려야 돼요. 대왕의 은혜에 감사하기 위해 세운 절이니 문무대왕에 대해서 알아야 그림 속에 그의 정신이 깃들지 않겠어요. 미술사학자 고유섭 선생은 경주에 가거든 구경거리로 쏘다니지 말고 문무대왕의 위대한 정신을 기려 대왕암을 찾으라고 기행문을 썼지요."

나는 돋보기를 끼고 『삼국사기』에서 문무왕 편을 펼친다. 백제와 고구려를 멸망시킨 뒤 당과 적대 관계로 돌아선 신라는 열여덟 번의 크고 작은 전투에서 거대한 당을 이기고 물리치는데, 당의 총관 설인귀가 신라의 항당 정책에 항의하며 보낸 편지와 문무왕의 답장이 사기에 기록돼 있다. 나는 눈에 띄는 한 부분을 낭독한다.

웅진에 머물러 지키는 당나라 군사들이 집을 떠나온 지가 오래되자 옷가지가 해져 몸에 온전하게 걸칠 것이 없으므로, 우리 신라 백성들을 독려해 철에 맞는 옷을 지어 보내기도 하였다. 웅진 도호 유인원이 멀리 고립된 성을 지키는데 사방이 모두 적들뿐이라 늘 백제에게 포위당하고, 그때마다 우리 신라의 구원을 입곤 하여 일만 명의 당나라 군사가 사 년 동안 신라 것을 먹고 입었으니, 유인원 이하 병사들까지 모두 가죽과 뼈야 비록 중국 땅에서 났을지라도 그 피와 살은 하나같이 신라에서 기른 것이요, 당의 은택이 비록 가이 없다 하나 우리 신라가 바친 충정 또한 가련하게 여길 만한 것이었다.

"이렇게 편지는 신라의 희생, 백제와 고구려를 평정하기까지의 크나큰 전공, 당나라 정책의 부당함에 이르기까지 작은 나라의 고통과 입장을 도도히 밝히는데, 이 명문의 답장을 읽으면 총명하고 지략이 많았다는 통치자로서의 문무왕 면모를 보게 되어 감동하게 돼요."

"그림을 그리다가 역사에까지 빠지셨군요."

문 사장이 허허 웃는다.

"죽어서도 나라를 보호하고자 용이 되어 만파식적을 보내는 왕. 이런 통치자를 가진 백성들은 복되지요. 백성을 어여뻐 여겨 훈민정음을 만들었다는 세종대왕, 백성의 이익을 중시한 통치 이념으로, 가난한 사람들에게 죽을 나누어줄 때도 혹시 냉죽을 먹이지 않을까 염려하여 직접 먹어보았다는 정조 같은 현군이 그리워요. 내가 한일 합방 뒤에 태어났으니 일제 때부터 광복, 6·25와 군사 독재를 거치면서 이날까지 정치적으로 안정이라는 걸 모르고 살아왔어요. 작년엔 대학생 몇 명이 분신자살을 해서 무슨 세상이 이런가, 내가 너무 오래 살았나 싶었어요. 그런 사회적 불안정이 화가가 그림에 몰입하도록 만드는지도 몰라요. 피안의 세계가 있다는 건 구원이에요."

"예술가들은 본질적으로 자유주의자이며 머나먼 곳을 동경하는 자예요. 그래서 그들이 살았던 당대와 늘 불화했어요. 시대와 화해하며 살았다면 그만큼 범속했다는 얘기지요. 색채의 세계에서 살 수 있는 화가는 예술가 중에서도 행복한 것 같아요. 이 찬란한 색채를 보세요. 마티스도 선명하고 화려한 색채를 사용했죠. 마티스가 사용하는 색상들이 너무 눈부신 것이라 의사는 작업할 때 반드시 색안경을 끼라고 권유했대요. 피안의 세계라지만 선생님도 작업할 땐 색안경을 쓰셔야 될 것 같은데요."

"눈에 물감을 넣으래도 넣겠는데 색안경을 끼겠어요."

문 사장이 입을 벌린 채 머리를 끄덕인다.

"하긴 그렇게 미쳐야 예술이 나오죠. 저 같은 문외한도 물감을 보니 빠져들고 싶은걸요. 눈으로 보기엔 똑같지만 화학 물감과 천연 물감의 색감이 아무래도 다르죠?"

"인간이 아무리 색을 잘 내도 자연을 어떻게 따라가겠어요. 장미색 물감이 아무리 고와도 잎 가운데로 물이 통하는 살아 있는 장미색과는 비교할 수 없어요."

"화가는 색채의 연출자면서 화폭의 재정 관리인이에요. 가난했던 고흐는 값비싼 카드뮴 노랑 물감을 사지 못해 크롬의 노랑으로 그렸는데 유독성 물질인 크롬 물감은 다양한 노랑을 만들어내지만 시간이 지나면 바래기 때문에 고흐는 특히 두껍게 덧발랐다고 해요."

"옛날 절에서 단청 할 때도 안료 값이 비싸서 막 사용하지 못했어요. 송록(松錄) 같은 건 수입을 했고 진사나 노랑이나 색깔별로 시주한 사람의 이름이 기록돼 있어요. '용의 피'라고 불린 진사는 값비싼 것이 다 그렇지만 안질이나 화상의 치료에 처방되기도 했어요. 이천 년 전 마왕퇴한묘에 묻힌 이창 부인의 시신이 발굴 당시 완벽에 가까운 상태로 보존돼 있어서 세계를 놀라게 했지만 관 속에 방부제로 넣었던 진사가 액화하여 시체 보존에 도움이 됐다는 설도 있어요."

나는 붉은 칠을 마감하고 입으로 붓을 거듭 빨아 접시에 뱉는다. 문 사장이 놀라는 눈으로 나를 바라본다.

"아니 왜 붓을 입으로 빠십니까?"

"값비싼 진사라 다음에 쓰려고 뱉어놓는 거죠. 진사 쓸 때마다 그렇게 했어요."

"아무리 천연이래도 방부제로도 쓰였다는 물감을 입으로."

"해로울까 봐서? 이만큼 살았는데 물감이 해를 주면 얼마나 주겠어요. 화가라면 물감의 독으로 죽는대도 괜찮지. 나폴레옹도 좋아했던 녹색 때문에 죽었다는데."

나폴레옹은 녹색을 가장 좋아하여 세인트헬레나 섬에 유배됐을 때 온통 녹색으로 꾸몄다지. 그것이 그의 운명을 결정지었다. 유배지의 습한 기후 때문에 녹색 카펫과 녹색 가구, 가죽의 독이 용해되어 나폴레옹은 쉰둘 나이에 만성적인 비소 중독으로 죽었다. 전에 서양에서는 구리 조각을 초에 담가 생기는 녹에다 접착제를 섞어 녹색을 만들고, 또 비소에 용해시켜 진한 녹색을 생산했다. 나폴레옹 얘기를 듣고 문 사장이 고개를 끄덕인다.

"죽음조차 평범하지 않군요. 위인이나 예술가나 역사적 인물들의 삶을 보면 거의가 평범과는 멀어요. 드라마틱하고 파란이 많아요. 큰 바위에 큰 파도가 치는 겁니다. 파란도 그걸 감당할 그릇에게 가는 거예요. 고흐가 그저 물감으로 그림을 그렸겠어요? 자기희생과 상처받은 영혼으로 그림을 그린 겁니다. 고흐란 큰 바위에 큰 고통이 파도친 거죠. 그러니 예술가는 고난을 친구처럼 상대해야 해요. 선생님도 그렇게 파도를 넘겼잖습니까."

"붓을 들 수 있는 날까지 이제 아무 일 없이 그림만 그리고 싶어요. 파도를 감당하기엔 나도 늦었어요. 나의 수호천사가 만파식적을 불어주었으면."

어제 영진 엄마가 그림 값을 보냈는데 이날 진아가 전화하여 집으로 불렀다. 진아는 청파동에 있는 작은 아파트를 얻었다면서 방에 들어서자마자 계약서를 보여준다. 주인이 갑자기 외국에 가게 되어 내놓은 전세라 잔금을 치르는 대로 당장 들어갈 수 있다고 한다. 그림 값 이천만 원이 고스란히 들어가지만 진아가 원하는 것을 주니 마음이 가볍다. 내가 사는 동네와 가까운 삼선교나 혜화동에 방을 얻기를 원했지만 진아는 학원과 가까운 대학가에 얻었다고 해명한다. 거리가 가깝지 않으므로 옆에 있을 때처럼 매일 갈 수는 없을 것 같다. 나도 투정을 해본다.

"일부러 멀리 얻은 것 아닌가. 나 보기 싫어서."

"보기 싫으면 아예 도망가지 뭣 하러 집을 얻어. 아빠와 떨어질 생각도 했지만."

"손주가 배 속에서 할애비한테 효도한 거야. 그림이 안 팔렸으면 애인도 놓쳤어."

정미의 태몽을 그린 그림이 팔렸다고 일러주니 진아가 피식 웃는다.

"태몽 한 번만 더 꾸면 나 궁궐에 살겠네."

진아가 점심을 차려 와서 함께 먹다가 국만 마시고 수저를

놓는다. 요즘 계속 가슴 안쪽에 음식이 꽉 걸린 듯하고 목에서 음식이 잘 넘어가지 않아 거북하다. 만성 소화 불량 증세인가. 혼잣말을 하니 진아가 밥을 먹으며 짐짓 걱정하는 체한다.

"한 달 안 본 동안 살이 많이 빠졌어. 장사처럼 감기 한번 안 걸리더니 이젠 정말 할아버지야. 식욕도 없고."

"전시회 준비하느라 힘들었나 보다. 아는 분이 뱀탕을 갖다 주어서 먹고 있으니 괜찮다."

"병원엘 가야지 무슨 뱀탕이야. 누굴 잡으려고."

돈을 받아서 기분이 좋은지 진아가 눈을 흘기며 대꾸한다.

"다음 주면 아빠가 청파동 아파트에 올 수 있을 거야. 그날 아빠가 좋아하는 명란으로 알탕 끓여서 점심 해줄게."

"앞으로 진아가 해주는 밥 먹겠구나. 벌써 먹은 것처럼 배부르고 노곤하다."

진아가 귀를 후벼주겠다며 누우라고 한다. 전에 몇 번 귀를 후벼달라고 한 적이 있었다. 여자 무릎을 베고 누워 늦더위를 삭이는데 귓속으로 살금살금 파고드는 성냥알 감촉이 간지러워 목의 통증도 잊혀진다. 탄탄하면서 출렁이는 허벅지 촉감을 느끼고 있으려니 어떤 기억이 밀려온다. 하얀, 하얀 모시. 뺨을 시원하게 했던 까슬한 모시 치마, 치마 아래로 전해져 오는 허벅지의 뭉클한 감촉. 성냥알의 감촉이 간지러워 가늘게 눈을 뜨니 귀지를 파느라 열중해 있는 까만 눈동자가 다가왔다.

옥비녀를 찌른 기품 있는 중년 부인이었다. 어릴 때 한동네서 자란 친구의 고모였다. 친구에게 둘째 기형의 돌잔치를 알리느라 집에 들르니 친정 오라비 집에서 요양하고 있던 고모가 대신 나를 맞았다. 장성한 두 자녀의 어미였으나 고모는 청년 화가에 대한 추억을 간직하고 있었다. 어떻게 내가 그녀에게 귀를 맡기고 누웠는지 선명하진 않지만 유혹의 달콤한 기운은 지금도 되살아난다. 고모는 내 귀지를 자기 손에 담으며 동경 유학생 시절부터 너를 꿈꾸었다고 고백했다. 오십 대 후반의 여자였으나 몸의 사랑을 갈망하는 고백은 감미로웠고, 나는 기꺼이 그녀를 품에 안았다. 지금은 지하에 묻혀 있을 옛 여자의 체취를 늦여름의 정적 속에 떠올리니 긴긴 꿈을 꾼 것만 같다.

꾀꼬리 노래에 봄 버들가지 따뜻해지고 매미 울음소리에 가을 잎이 서늘해진다…….청의 옹정제가 황제의 정원 원명원(圓明園)을 읊은 시라던가. 매미의 금속성 소리가 아직도 귓가에 생생한데 가을을 재촉하는 비가 내리니 시간이 강물처럼 흘러가는 것을 눈앞에서 보는 듯하다. 아침에 정미가 바래다주어 표구사에 마지막 그림을 넘기고 나니 추수를 끝낸 듯 홀가분하면서 가을비에 감상을 느낀다. 일단 매듭을 지었지만 전시회까지 계속 그림을 그릴 것이다. 내 머릿속엔 경주 사찰 시리즈와 남산 등, 앞으로 그릴 그림들이 가득 차 있으니 휴식 같은 건 없다.

호쿠사이가 생각난다. 일본의 상징 같은 목판화 '후지산'을 그린 호쿠사이는 90세까지 수명을 누렸지만 죽을 때 이렇게 말했다지. "하늘이 나에게 십 년 더 목숨을 주었다면 진정한 화공이 되었을 텐데." 호쿠사이는 팔십 세까지 그린 것은 습작이라고 선언하고, '그림에 미친 노인'이란 호도 지었다. 하늘이 내게 십 년 더 목숨을 준다면 나도 지금까지 그린 것은 다 습작이라 선언하고, 그림에 미친 노인이 되리라.

병원에 들어서니 미전은 히포크라테스 동상 옆에서 기다리고 있다. 적갈색 원피스에 백군(白群)색 스카프를 멋지게 두르고 우산을 든 채 서 있다. 연한 남색 스카프가 미전의 서늘한 눈매와 잘 어울리는데 내가 다가서자 조용히 인사한다.

"표구사에 그림 넘기셨어요? 한숨 돌리셔도 되겠네요."
"그림이 모이면 그때그때 표구사에 맡기는걸. 한꺼번에 맡기면 시간에 쫓기고 허술한 데가 생기지."
"전시회 준비로 신경을 많이 쓰셨는지 야위셨어요."

미전이 걱정스러운 듯 내 얼굴을 찬찬히 훑어본다. 어제도 목에 음식이 넘어가지 않아 동네 이비인후과에 갔더니 육안으론 별 이상이 없으니 종합 병원에 가보라고 권했다. 미전의 오빠가 종합 병원 의사라는 말을 들은 기억이 나서 미전에게 전화해 상황을 말했더니 한 시간 뒤에 연락이 왔다. 특진을 예약했고. "같이 가줄 테야?" 나는 응석 부리듯 말했고 미전은 순순히 "그럼요." 했다.

예약 시간이 십여 분 남아서 대기실에 앉아 있으려니 과마다 기다리는 사람으로 가득하다. 팔순을 바라보지만 치과에서 이빨을 해 넣은 것 외엔 병원 신세를 진 적이 거의 없고 감기 기운이 있을 때 아스피린을 먹는 것이 고작이다. 자식을 둘이나 먼저 떠나보냈지만 아직도 몸 성히 그림을 그릴 수 있다는 건 하늘에 감사할 일이다. 미전도 환자들로 가득한 실내를 둘러보고 한마디 한다.

"선생님이 건강하시니까 전 걱정 안 해요. 별일 아닐 거예요."

"그래야지. 난 할 일이 많아. 머릿속에 있는 그림은 다 비워야 하잖아."

"진아 씨는 건강식품 팔지 말고 옆에서 선생님 건강부터 챙겨야겠네."

미전이 눈을 가늘게 뜨며 혼잣말을 한다.
"건강식품이라니. 진아를 언제 만났나?"

"일주일 전에 집에 왔어요. 크로키 하는 날이에요. 진아 씨는 요즘 아르바이트 하느라 바쁜가 봐요."

처음 듣는 소리여서 내가 캐물으니 미전이 들려준다.

"그날 진아 씨가 집에 오자마자 쇼핑백에서 건강 보조 식품들을 꺼내놓더니 몸에 아주 좋은 거라고 설명을 한참 해요. 난 그런 것 안 먹는다고 말했지만 사라고 자꾸 권해요. 나도 필요 없다고 거듭 사양했죠. 그것으로 끝난 줄 알았더니 내가 크로키 한 뒤에 또다시 건강식품을 권해요. 외판을 하나 본데 세 번씩이나 권하다니, 그렇게 집요한 사람인 줄 몰랐어요. 그러면서 나더러 고집이 세대요. 생활이 그렇게 어려우면 모델료를 올려줄까 싶어요."

"풍족하지야 않겠지만 어렵다고는 생각하지 않아. 욕심이 많아서겠지."

나는 속으로 한숨쉬고 진아를 만나면 외판을 그만두라고

말하자 다짐한다. 아파트에 이사한 진아가 점심을 해놓겠다고 여주인처럼 초대 전화를 했다.

　진찰실에 들어서자 얼굴이 넓고 눈이 서글한 장년의 의사가 나를 맞는다. 어딘지 낯이 익다 했더니 영화배우 김승호와 닮았다. 아내가 좋아했던 영화「마부」의 배우. 나는 노배우와 닮은 의사에게 친근감을 느끼며 안심한다. 의사는 인간미가 느껴지는 깊은 눈빛으로 나의 증세를 묻는다.

　"목에 가시가 걸린 것처럼 음식이 잘 넘어가지 않아요. 이따금씩 가슴이 막힌 듯해서 소화제를 먹기도 했지만 자꾸 그래요."

　"언제부터 그런 증상이 있었습니까."

　"두어 달 됐나? 의식하진 않았지만 그전에도 가끔씩 그랬던 것 같아요."

　"체중은 그대롭니까? 빠진 것 같지 않아요?"

　"나이가 들어선지 좀 빠졌어요."

　의사는 서랍자를 들어 혀를 누르고 라이트로 목을 들여다보더니 기구들을 내려놓는다.

　"목에는 이상이 없지만 식도나 목 아래쪽에 이상이 있을지 모르니까 정밀 검사를 해야겠어요. 입원을 하시죠."

　"입원을요?"

　"연세도 많으니까 종합적으로 검사받는 것이 좋을 것 같습니다."

　"입원하고 검사해야 합니까. 오늘은 진찰 받으러 와서 아무 준비도 안 돼 있어요."

내가 난처한 기색을 하니 의사가 스케줄 표를 들여다본다.

"좋습니다. 그럼 이번 주 금요일에 오셔서 내시경 검사를 하죠. 아침 식사를 거르고 오셔야 합니다."

"결과는 언제 나옵니까?"

"이삼 일 뒤면 알 수 있습니다."

내시경 검사는 삼십 분 만에 끝났다. 목에 이물질이 들어가니 욕지기가 날 듯했지만 그 정도로 엄살을 부릴 수는 없다. 기다리는 정 서방에게 검사를 잘했다고 보고하니 그제야 웃음을 띤다. 정미의 강의 시간과 겹쳐 대신 정 서방이 동행했다. 임신부라 정미가 신경 쓰지 않도록 첫날엔 아무 말 않고 미전과 동행했지만 정밀 검사를 한다니 어차피 알아야 했다. 걱정하는 정 서방을 회사로 보내고 청파동으로 향하는데 하늘은 더없이 맑다. 택시에서 여가수의 트로트풍 가요가 귀 아프게 울리지만 유치한 곡조가 활력을 주는 것 같다. 너무 고상하여 무거운 것보다 유치한 것이 마음 편할 때도 있지. 전에 미전의 화실에서 차를 마시던 백자 잔이 생각난다. 제품같지 않게 형태가 넉넉하고 품격이 있었으나 들기에 무거웠다. 나는 생강차를 마시며 "찻잔이 고상한데 무거운 게 흠이야." 했다. 찻잔이 주인을 닮았다고 생각하면서. 플라스틱 그릇 같은 진아. 풍선 같은 진아를 만나러 가니 근심도 날아가는 것 같다.

여대 앞을 지나 주택가 골목 안에 세워진 빌딩으로 들어서 3층으로 올라가니 304호실이 보인다. 층마다 네 개의 호실이 있다. 304호실 벨을 누르니 이내 문이 열리고 알록달록한 홈

드레스 차림의 진아가 잇몸을 드러내고 나를 맞는다. "웰컴 파파." 진아의 들뜬 모습에 나까지 웃음을 흘리며 구두를 벗는데 선정적일 만큼 번들거리는 보라색 에나멜 부츠가 눈에 띈다. 연예인이나 신을 수 있을까.

"저 부츠 신고 어딜 갈꼬. 보라색이 예쁘긴 하다."

"옛날에 선물받은 거야. 이젠 신지도 못하니까 버리려고 밖에 내놓았어."

구제품 같은 저런 신을 누가 사주었을까. 보라색 부츠를 신고 구부정한 어깨로 질척거리는 골목을 걸어가는 진아 모습이 영화 장면처럼 언뜻 눈에 떠오른다.

"너무 튄다. 무난한 게 좋잖아."

"방황의 부츠야. 젊을 때 무슨 짓을 못하겠어."

"새집에 이사 왔으니 새 마음으로 잘 살아야 해."

내가 세제를 건네주며 넉담을 하니 진아가 받아들고 집 안으로 안내한다. 방이 두 개 있는 18평 빌라인데 작은 공간이지만 생활의 모든 것이 갖추어져 있으니 편리하기 짝이 없다. 아내는 내가 인도에서 귀국할 즈음에야 연탄보일러를 기름보일러로 갈았다. 인도로 갈 때 보일러를 갈라고 당부했건만 혼자서 비싼 기름을 땔 필요가 없다면서 낡은 주택에서 불편을 감수하더니 나의 귀국전까지 마무리하고 세상을 떴다. 생활의 편리를 누리지 못한 마지막 세대였다.

주방과 연결된 거실엔 패널이 걸려 있다. 바다를 배경으로 날개를 단 전라의 여인이 말에 기대앉아, 뱀처럼 구불거리는 천을 휘감은 채 한 손을 올려 들고 있는 그림이다. 바다엔 물고기 꼬리가 치솟아 있고, 뒤로는 범선 한 척이 다가오고 있는데 뿔 달린 말과 기괴한 물고기 형태가 신화시대답게 기괴하다. 열린 방문 사이로 책상 위에 놓인 진아 사진과 벽에 걸린 흰옷의 예수 초상화 액자도 눈에 들어온다.

"교회 다니는 친구가 진리의 선물이라면서 어제 가져왔어."

진아가 애교스럽게 설명하여, 신앙을 가져도 좋지, 대꾸한다. 옆방에는 숲에서 여자들이 손을 잡고 도는 강강술래 그림이 걸려 있다. 유화인데 치졸하여 이내 외면한다. 옛날에 어느 가난한 화가에게서 모델료 대신 그림을 받았다더니 저 그림일까. 집을 보면 주인의 취향을 알 수 있다. 침대에 덮인 요란한 꽃무늬 이불이며 이 집엔 전체의 조화 같은 건 없고 액자 하나도 제멋대로다. 영락없는 진아 집이다. 진아는 나를 식탁에 앉히고 맥주부터 꺼내놓는다.

"이사하자마자 액자집 가서 저 패널 샀어. 멋있지 않아?"

"난 진아가 아빠 그림 걸어놓을 줄 알았지."

"이사 기념으로 새로 그려줘야지. 내가 붓이랑 다 준비해놓았어. 방 하나는 아빠가 그림 그릴 방이야."

"진아가 화실까지 내주니 그림을 많이 그려야겠는데, 잘 되겠지. 지금 병원서 식도 내시경 검사 하고 오는 길이야."

진아는 두꺼운 쌍꺼풀을 껌벅이며 잠자코 있다가, "노인이 아니라 장산데 무슨 병." 장담하며 술을 따른다. 검사 후 두 시간 안에는 음식을 삼가라고 했지만 긴장이 풀리니 맥주 한 잔은 마시고 싶다. 진아가 땅콩과 멸치 안주를 내오기에 손을 내젓고 술로 목을 적시니 "오늘 이상하게 덥지?" 하고 일어선다. 열대의 더위를 넘긴 사람이지만 맥주를 삼키니 콧등에 땀이 솟는 것 같다. "잠깐만 기다려, 진짜 좋은 안주 내올게." 진아는 화장실로 들어가다 나를 향해 소리친다.

검사가 힘들었는지 맥주잔을 비우고 맥없이 앉아 있으려니 화장실 문이 열리면서 진아가 나온다. 진아는 그림 속의 여신처럼 알몸이다. 샤워를 했는지 머리카락에서 물이 뚝뚝 떨어지고 있다. 진아는 양손을 올려 들곤 격렬하게 몸을 흔들고, 젖은 몸에서 떨어지는 물방울이 바닥에 흩어진다. 젖가슴은 숙성된 반죽처럼 출렁이고 나는 뜻밖의 즉흥쇼에 입을 다물지 못하는데 진아가 춤추듯이 다가와 식탁 위에 앉는다. "누드쇼 어때?" 진아가 뻐기듯 다시 허리를 흔드니 피가 아랫도리로 몰려오는 것 같다. 나의 그로테스크이며 희열인 진아. 나는 진아의 둥근 무릎에 양손을 얹고 사제가 제단에 엎드리듯 살에 엎드린다.

엊저녁에는 비가 내리더니 이날 아침은 화창하다. 동창으로 쏟아지는 맑은 햇살을 바라보다 분황사탑 스케치를 들여다본다. 이틀 동안 내내 스케치를 했다. 오늘 병원에 갔다 와서 분황사 밑그림을 시작하겠다. 이날 조직 검사 결과가 나온다. 조심하여 천천히 씹기는 했지만 어제는 음식을 삼키는 데 아무 문제가 없었다. 일시적인 증세였을까. 화창한 날씨가 희망을 주지만 내시경 검사가 심리적 압박감을 주었는지 꿈자리는 뒤숭숭했다. 꿈에 친구의 옛 집에 갔다. 십 년 전 간경화로 죽은 술친구였다. 집을 기웃거렸으나 친구는 없고 '영달이가 보고 싶으니 옆에 와서 살아야겠다.' 생각했다. 하긴 언젠가 망자들 옆으로 가겠지.

쾌종이 여덟 번 치자 전화벨이 울린다. 수화기를 드니 "저 미전이에요." 한다. 걱정이 되어 전화했나 보다. 미전은 안부 인사를 하곤 오늘 경복궁 박물관에 갈 일이 있으니 병원에 먼저 들르겠다면서 몇 시에 가는지 묻는다.

"열시에 예약이 되었지만 바쁜데 올 필요 없어. 정미가 있잖아."

"저도 알아야 하니까 갈게요."

"그럼 끝나고 경복궁에 같이 갈까. 나도 오랜만에 박물관에 가보고."

"그러세요. 결과가 좋으면 선생님이 점심 사세요. 데이트도 하구요."

미전은 이따 뵐게요, 하고 전화를 끊는다. 데이트란 말에 마음이 밝아진다. 사위가 해준 회색 양복을 꺼내 입고 병원에 도착하니 예약 시간보다 이십 분이나 이르다. 특진 의사는 회진에서 늦어져 아직 오지 않았고, 다른 환자들과 함께 기다리다 나는 슬그머니 일어선다. 화장실에 갔다 오겠다고 정미 내외에게 말하고, 실내가 갑갑하여 잠시 바람을 쐬기로 한다. 나도 환자일지 모르지만 환자만 가득한 병원 공기가 찐득하게 목덜미에 들러붙는 것 같다. 밖으로 나서니 나무부터 눈에 들어오는데, 늘 보는 초록빛이 유난히 신선하다.

길을 따라 무작정 걸어가니 화단 앞에 벤치가 놓여 있다. 시간이 있으니 벤치에 잠시 앉자. 집에서 나설 때만 해도 초연했지만 병원에 들어서면서 갑자기 가슴이 뛰었다. 혹시 결과가 나쁘다면? 정미에겐 전혀 내색하지 않았지만 초조했고 한시라도 빨리 병원을 나서고 싶었다. 화단 앞에서 한 남자가 담배를 피우며 왔다 갔다 한다. 문득 담배 한 개비를 피우고 싶다는 욕구를 느낀다. 술 냄새는 가실 날이 없어도 담배는 젊어서부터 손에 대지 않았지만 이런 때 피우는 것 같다.

허공에 흩어지는 담배 연기를 들이마시며 남자 옆을 지나 화단 뒤로 가니 차 한 대가 세워져 있다. 주차장이 복잡해서 차를 이곳에 세워두었나. 화단 뒤는 포장이 되지 않아 잡풀이 돋아 있고, 어제 비가 내려서 나뭇잎들이 흩어져 있다. 아직 구월이지만 노란 낙엽이 드문드문 흩어져 있다. 여름이라고 더위를 느낀 것 같지도 않은데 벌써 가을이라니.

땅을 내려다보려니 중후한 검은 승용차 하단의 스테인리스 장식이 눈을 끈다. 스테인리스에 땅이 반사되어 차 안에 풀밭이 있는 것 같다. 스테인리스가 투명한 창 같은 착시 현상을 일으키는데 차 안에 시트처럼 깔린 낙엽이 관을 연상시킨다. 문명 속의 폐허, 달리는 죽음. 누가 내 쪽으로 다가오는 것 같아 고개를 돌리니 갈색 옷을 입은 미전이 걸어오고 있다. 병원에 들어오다가 내가 벤치에 앉아 있는 것을 보았나 보다. "거기서 뭐 하세요?" 미전이 내 앞에 서자 팔을 잡으며 안색을 살핀다. 나는 차를 눈으로 가리키며 담담히 말한다.

"「대부」를 생각했어."

"영화 「대부」요?"

"저 차 꼭 「대부」 같잖아."

"낙엽이……."
말하다 말고 미전은 허공을 바라본다.

　삼나무에서 푸드득 날아오르는 저녁 바람 속 까마귀가 크도다,라는 노래가 있지만, 여기 창에서 내려다보이는 삼나무 숲 앞에는 오늘도 잠자리 떼가 흐르고 있다. 저녁이 깊어지면서 잠자리들의 흐름도 다급하게 속력을 내는 것 같았다.

　시마무라는 출발 전 역 매점에서 새로 나온 이 지역의 산 안내서를 사왔다. 그것을 눈에 띄는 대로 읽고 있자니, 이 방에서 내다보이는 국경의 산들 중 어느 한 정상 부근에는 아름다운 못과 늪을 잇는 오솔길이 있어 일대의 습지에서 다양한 고산식물들이 흐드러지게 꽃을 피우고, 여름이면 고추잠자리가 무심히 노닐다가 모자나 사람 손, 때로는 안경테에까지 날아와 앉아, 그 한가로움이 도시의 잠자리와는 비할 바가 못 된다고 씌어 있었다.

　그러나 눈앞의 잠자리 떼는 뭔가에 쫓기고 있는 듯 보인다. 날이 저물수록 거무스름해지는 삼나무 숲 빛깔에 제 모습이 사라질까 초조해하는 것 같다.

　먼 산은 석양을 받아, 봉우리에서부터 단풍져 내리는 것을 뚜렷이 알 수 있었다.

　"사람은 참 허약한 존재예요. 머리부터 뼈까지 완전히 와싹 뭉개져 있었대요. 곰은 훨씬 더 높은 벼랑에서 떨어져도 몸에 전혀 상처가 나지 않는다는데." 하고 오늘 아침 고마코가 했던 말을 시마무라는 떠올렸다. 암벽에서 또 조난사고가 있었다는 그 산을 가리키며 한 말이었다.

    곰처럼 단단하고 두꺼운 털가죽이라면 인간의 관능은 틀림없이 아주 다르게 변했을 것이다. 인간은 얇고 매끄러운 피부를 서로 사랑하는 것이다. 그렇게 생각하며 노을 진 산을 바라보노라니, 감상적이 되어 시마무라는 사람의 살결이 그리워졌다.

    미전의 가라앉은 비음이 『설국』의 풍경과 그럴 수 없이 잘 어울린다. 미전의 숨소리에 삼나무 숲의 바람 소리가 묻어나는 것 같다. 내가 그만 읽으라고 손짓하니 미전은 책을 덮고 물끄러미 나를 바라본다. 왜 가와바타의 『설국』을 좋아하는지 알겠다는 공감의 눈빛이다. "아름답지?" 내 말에 미전은 단정하게 "네." 답하고 시선을 창밖으로 돌린다. 수액제 병을 달고, 볼이 팬 얼굴로 누워 있는 노인 모습을 마주보기 힘든가 보다.

    조직 검사를 하고, 항암주사 투여와 방사선 치료를 받느라 이십여 일간 병원에 입원했다. 머리카락이 빠져서 머릿속이 허옇게 들여다보이지만 그런 것에 신경 쓸 겨를이 없다. 항암 치료를 시작하면서 음식을 토하고 밥뚜껑만 열어도 무언가 식도로 올라올 것 같았지만, 책도 읽고 빨리 집에 돌아가 그림을 그려야 한다는 생각에 기도하듯 경건하게 치료를 받았다. 이틀 뒤면 퇴원하지만 미전은 이날도 병실에 들러 나의 청대로 『설국』을 읽어주었다. 입원할 때 챙겨온 책이다.

    "사람은 정말 허약한 존재지? 병으로 누워 있으니까 내 몸이 잠자리 날개보다 쉽게 바숴질 것 같아."

"그러면서 정신은 또 얼마나 강해요. 의사도 그러지 않았어요. 환자의 의지가 강해서 상태가 호전되고 있다고. 선생님은 병을 이기실 거예요."

"그렇게 생각해? 병원에서 나가면 탕에 들어가 목욕부터 해야지 생각했어. 전시회를 준비해야 하고. 전시회 끝내고 치료가 마무리되면 올 겨울엔 에치고 유자와〔越後湯澤〕에 가고 싶어. 『설국』의 무대가 된 온천 지대야. 도쿄에서 신칸센으로 한 시간 이십 분이면 간다던데. 같이 가줄 테야? 미전에게 보여주고 싶어."

"완치만 되세요. 제가 업고 설국에 갈게요."

미전은 환자에게 용기를 주려고 북돋는다. 아이를 다독이듯. 사람의 살결이 그리운 거야, 나는 혼잣말을 하며 내 앙상한 양손을 마주 잡는다.

퇴원하는 날 정미는 수속을 마치고 내 목에 장미꽃 목걸이를 걸어준다. 인도에 있을 때 내 생일에 걸어주었던 꽃목걸이다. 암세포를 죽이기 위한 항암주사를 맞고, 뼈조차 녹아내리는 듯한 방사선 치료를 해냈으니 다시 태어난 것과 다를 바 없다. 내가 장미에 코를 묻자 정미가 내 팔을 부축하며 속삭이듯 말한다.

"아부지, 오래오래 사셔요."

"그럼, 오래 살아야 우리 손주도 업어주지."

"손자가 될 거예요. 병원에서 알려줬어요."

나는 기뻐서 가던 길을 멈추고 웃는다. 손녀가 태어나도 기쁘긴 마찬가지나 한국 같은 유교 사회에선 사내아이 키우기가 더 쉬울 것 같아 안심하는 거다. 풍성한 원피스를 입었지만 정미 배가 약간 부르다. 나는 출산 달을 떠올리다 손자 이름을 즉흥적으로 생각해 낸다.
"우리 손주 이름을 아난다로 지으면 어떨꼬. 부처님을 마지막까지 수발했던 제자 이름이고, 기쁨이란 뜻이라는데. 정 서방도 싫어하진 않을 것 같아."
"찬나로 짓고 싶어요. 그렇게 약속했어요."
정미의 시선이 허공에 있다. 부처님이 돌아가실 때 중벌을 주라고 명했다는 통고를 듣고 기절한 찬나, 그 뒤 수행하여 아라한의 경지에 이르렀다는 이 제자의 일화를 들려주면서 아들을 갖는다면 찬나라 이름 짓겠다고 자란이 말했지. 뒤돌아보니 정 서방이 밝은 얼굴로 가방을 들고 따라오고 있다. 나는 한 손으로 정미 어깨를 감싸며 이른다.
"첫사랑이구나. 첫사랑은 영원한 꿈 같아시 언세나 가슴 한 모퉁이를 지키고 있지."
병원에서 집에 돌아오니 모든 것이 내가 방에서 나갈 때 그대로 놓여 있다. 접시에 고여 있는 갖가지 색깔의 물감과 붓들과 분황사 스케치가 나의 영혼처럼 자리를 지키고 있다. 몸은 병원에 있어도 영혼은 화실에 있었지. 나는 주머니에서 『설국』을 꺼내 창가에 밀어놓는다. 병실에서 고통을 잊기 위해 거듭 읽었다. 『설국』이 놓이니 비로소 이 방의 정물화가 완성된다. 햇살이 가득한 방에 쓰다 남은 물감 접시들이 페튜니아 꽃처럼 다채로이 피어 있다. 한옆엔 동해안 해일이 보도된 헌 신문지도 놓여 있다.

집에서 오랜만에 목욕한다. 공중탕에 가고 싶었으나 정미가 만류하며 욕조에 물을 받아놓았다. 유자향이 나는 따끈한 물에 몸을 담그고 있으니 제왕이 부럽지 않다. 살이 빠져서 몸이 절로 떠오를 것 같지만 물이 부드럽게 몸을 압박한다. 정미가 부엌에서 뜰로 나서며 "국화가 시들기 전에 좀 따야겠네." 혼잣말하는 소리가 들려온다. 나는 새도 둥지가 있으니 모든 생물은 보금자리가 필요하다. 죽음이 곰팡이처럼 피어나는 병실에서 나의 보금자리로 돌아오니 천국이 따로 없다.

입원해 있는 동안 병동에서 두 번 주검을 보았다. 얼굴이 노란 내 옆의 간암 환자가 피가 엉킨 입술로 시트에 덮여 실려 나갔다. 앞이 잘 보이지 않는다고 호소하여 부인이 새 옷을 갈아입힌 날이었다. 먼 길로 떠날 줄 알았던가. 가족들의 통곡을 들으며 나는 환자가 쏟아내던 핏덩이가 동백꽃처럼 붉다고 생각했다. 피를 뿌리듯 후드득 꽃이 지는 거야. 흙으로 돌아가는 거다. 옆방의 어린 처녀가 숨을 거두었을 땐 허공에 흩날리는 벚꽃을 생각했다. 바람으로 돌아가는 거라고. 나는 찬연히 떨어지는 꽃을 머릿속에 그리며 병실에 떠도는 죽음의 냄새를 지웠다.

전시회는 대성황이다. 식도암 선고를 받은 노화가의 전시회라고 매스컴에서 크게 다루어 더욱 주목받는 듯하다. 병 얘기라 내 입으로 말하지 않았건만 화단 사람들이 하나 둘 병원에 들르면서 소문이 났다. 오픈날 초대상도 조촐하게 차렸으나 몸이 부딪칠 정도로 사람이 밀려들자 달마 화랑의 문 사장이 나의 병 경과를 알리면서 인사말을 하고 격려의 박수를 유도한다. 나도 한마디 하지 않을 수 없다.

"감사합니다. 전시회를 빌려 친지와 친구들을 다시 보게 되니 무어라 말할 수 없이 기쁩니다. 올해 일흔일곱, 염라대왕이 부를 나이라면 할말이 없지만 산전수전 다 겪고 덧없이 세월 흘려보내고 이젠 남은 시간 속죄하듯 그림만 그리자 했더니 새옹지마라, 갑자기 병에 걸렸습니다. 그러나 지금 이렇게 다시 여러분 앞에 서 있으니 희망은 죽지 않나 봅니다. 다행히 작업을 거의 마무리하고 진단을 받아서 전시회엔 지장이 없었지만 앞으로 어떤 일이 닥쳐도 마지막 순간까지 붓을 꺾지 않을 겁니다. 이제 겨우 버들에 물이 올랐달까, 새봄 만난 듯 그리고 있는데, 도중하차란 있을 수 없어요. 제 투혼을 지켜봐 달라고 부탁하고 싶어요."

내가 말을 마치자 사람들이 박수를 치고, 문 사장의 제의로 술잔을 든다. 건배를 하기 전 시인이며 미술평론가인 안재호가 한발 앞으로 나선다.

"저는 오늘 전시장에 들어서면서부터 입을 다물지 못하고 있습니다. 치열한 혼들처럼 뿜어내는 원색들, 고행 같기도 하고 쾌락 같기도 한 화려치밀한 구도(構圖), 귀기가 서린 듯한 일흔일곱 노화가의 그림 앞에 전율마저 느끼는데, 식을 줄 모르는 예술에의 정열 앞에 숙연해집니다. 또 얼마 전 암투병을 하고도 이토록 밝은 모습으로 우리 앞에 서 계시니 언젠가 책에서 읽은 얘기가 생각납니다. 뒷날 주교가 된 그리스 지식인 시오네스의 편지에 400년대 당시의 사람들이 작은 배를 타고 어떻게 여행했는지 기록돼 있는데, 한밤에 폭풍 같은 바람이

거세게 몰아치자 화물선에 타고 있던 군인들이 검을 뽑아들더랍니다. 자신들은 영혼을 바닷물에 휩쓸리게 하기보다는 갑판 위에서 하늘을 올려다보는 걸 더 좋아한다고. 이 용감한 군인들을 지켜본 시오네스는 그 사람들이야말로 호메로스의 참된 후예라고 생각했지, 하며 감동하여 썼어요. 침묵하는 한국화 화단에 진채의 찬란한 꽃을 피운 칠순의 화가도 영혼을 암이라는 폭풍에 휩쓸리게 하지는 않을 거라고 저는 생각합니다. 노익장은 검같이 붓을 쳐들고 화선지 위에 모든 의지를 쏟아 부을 것입니다. 당부하신 대로 우리 모두 선생님의 투혼을 지켜보겠습니다."

이 년 만의 전시회다.「인도에서 돌아오다」,「에밀레종」,「감은사」등 400호가 넘는 대작 여러 점과 십장생이 그려진 여섯 폭 병풍 2점, 또 크고 작은 30여 점의 작품이 걸렸다. 그중 몇 점은 표구한 것을 일주일 전에 다시 손질했다. 완벽할 수는 없지만 최선을 다했기에 아쉬움은 없다. 젊은 평론가의 말대로 주, 황, 청의 원색들이 혼처럼 뿜어져 나와 공간을 휘돈다. 이평조의 원색들, 민화와, 단청, 불화 같은 민중의 그림 속에 살아 있는 진정한 한민족의 색채.

그토록 좋아하는 술을 마실 수 없다니 즐거움의 핵심이 빠진 듯하지만 관람객들의 찬탄과 덕담이 나를 위무한다. 정미는 물론이고 진아까지 내 옆에 붙어 서서 즐거워한다. 진아는 그림이 많이 팔리기만 바라지만 내 그림은 진아가 바라는 것만큼 팔리지 않는다. 수묵화만 동양화라고 생각하는 사람도 있고, 원색이 정신을 시끄럽게 한다고 싫어하는 부류도 있다.

하긴 그림이 팔린다고 치부할 것인가. 오십여 년간 화가로 살아오면서 숱하게 그림도 팔았지만, 밑 빠진 독에 물 붓기처럼 돈이 어디론가 새어나가서 일평생 저금이라곤 해본 적이 없다. 비가 새는 집에 살아도 주머니에 돈을 그득 넣고서야 외출하여 행복했으니, 술값만 낼 수 있다면 족하다.

"인도에서 돌아오신 뒤 세 번째 전시횐데 이번엔 흰색이 보이고 황토를 많이 썼어요. 흰색도 강렬해요."

안재호가 옆으로 다가와 법당 문살에 앉은 나비 그림을 가리킨다. 나는 의식하지 못했지만 미술평론가답게 예리한 눈을 가졌다. 에밀레종의 아이와 어미의 흰옷은 눈이 시리다.

"정화의 빛이랄까. 영원의 빛이랄까. 고구려 벽화에 많이 쓰인 황토는 가장 좋은 한국 물감이에요. 중국엔 옥이 많아 돈황의 동굴 벽화에도 비취 가루가 많이 채색돼 있어요. 한국엔 흙이 좋아서 적토, 황토색이 잘 나와요. 고구려 벽화의 토황색은 시간이 흐르면서 자연히 변한 색인데 중용의 빛깔이에요."

"색채 속에 살아서 그렇게 젊으신 거죠. 피카소도 그렇고 미로, 모네 등 장수한 화가들이 많아요. 늘 화가들을 가까이 보지만 화가처럼 행복한 직업이 없는 것 같습니다."

"올해 재벌 총수가 정치 하겠다고 선언하지 않았어요? 부만 있으면 세상에 부러울 게 없을 것 같지만 그것만으로도 충족이 안 되는 거예요. 너도나도 권력을 찾지만 정치처럼 가장 행렬이 많은 게 있습니까. 정치는 조삼모사(朝三暮四) 히면서 현실만 따라가지만 예술은 우주의 원리를 따라가는 것이라

차원이 다르죠. 내가 행복한 것은 이 세상에서 가장 아름다운 것을 추구하고 있기 때문이에요."

사람들 속에 묻혀서 이런저런 말을 나누려니 낯익은 한 남자가 서양인을 데리고 내 앞에 선다. "저 평민일보 민 기잡니다." 하고 인사하는데 언젠가 인터뷰하러 집에 온 적이 있었던 미술 담당 기자다. 내가 반가워하니 민 기자가 서양인을 소개한다.

"이분은 후안 바트랭 씨. 스페인 미술협회장입니다. 이번에 한국에서 열린 스페인 화가전에 맞추어 내한했다가 한국적인 그림을 보고 싶다고 해서 오늘 모시고 왔더니 굉장히 좋아합니다."

"안녕하세요."

바트랭 씨는 언제 배웠는지 한국말로 인사하고 원더풀을 연발한다. 뚱뚱한 거구이지만 복숭앗빛 피부와 안경 너머로 보이는 눈빛이 아이처럼 천진하다. 영어로 무언가 말하니 민 기자가 통역해 준다.

"먹으로 그린 한국화들이 정적(靜的)이라고 생각했더니 이토록 동적이며 강렬한 한국화를 보고 놀랐대요. 한민족의 역사와 전통을 파격적인 구도로 현대화했다구요."

"이것이 진정한 한국의 색입니다. 한국 전통화에 관심이 있으면 민화를 찾아보세요. 형식에 얽매이지 않는 천진함이며 자유로운 채색을 보면 민화야말로 진정한 한국화라는 걸 알게 될 겁니다. 나는 현대의 민화를 그린다고 생각해요."

"에너지가 넘치는 노화가의 작업을 보니 90세까지 물감을 놓지 않았던 미로가 생각납니다. 미로가 태어난 바르셀로나에서 내년에 그의 100주년 행사가 대대적으로 열릴 겁니다."

"미로와 피카소 같은 위대한 예술가를 가졌으니 스페인은 행운입니다. 마드리드의 프라도 미술관에선 고야 그림을 보고 압도되어 발을 떼지 못했어요. 건강이 허락한다면 내년에 미로 100주년 전을 보러 바르셀로나에 가고 싶군요. 피카소, 달리, 타피에스도 태어난 예술가들의 고향이라 공기조차 다를 것 같아요."

"환영합니다. 가능하다면 스페인 사람들에게 이 토속적이고 역동적인 동양 그림을 보여주고 싶군요. 내년 미로 100주년을 맞아 세계 화가들의 초대전을 계획하고 있는데 당신을 한국 화가로 초대하겠습니다. 올해 꼬레아의 마라토너 황영조가 바르셀로나 올림픽에서 금메달을 따서 꼬레아를 많이 알고 있어요. 노화가의 눈부신 한국 진채에 더 큰 관심을 가질 겁니다."

바트랭 씨와의 우연한 만남이 뜻밖의 기회를 주는 것 같다. 전시회 초대 일정은 내게 과제를 주어 일에 더욱 전념하도록 할 것 같다. 경과가 좋다고 의사도 말했지만 일에 몰두한다면 병마도 물러가지 않을까. 갑자기 힘이 솟는다. 진아는 옆에서 듣고 있다가 그들이 자리를 뜨자 맥주잔을 비우며 은근히 말한다.

"나도 스페인 갈 거야."

"모시고 가야지."

잇몸을 드러내고 웃는 진아에게 오늘 밤엔 청파동에서 잘 거라고 말해 준다. 진아는 고개를 끄덕이다 걱정된다는 듯 묻는다.

"아빠, 안 피곤해?"

"축하한다고 온 사람들인데 행복하게 맞아야지. 피로는 진아가 풀어주겠지."

정미 부부는 걱정했으나 오늘 하루만 친구들과 놀겠다며 먼저 집으로 보내고 진아 집으로 향한다. 퇴원 뒤 그림 그리는 것 외엔 죽염과 생수, 현미오곡을 상식하며 충분히 자고 휴식을 취했지만 오랜만에 사람들과 대면하여 나른하다. 좋아하는 맥주 대신 생마 뿌리가 우러난 법주를 주머니에서 꺼내 홀짝 마시니 친구들도 그제야 환자를 의식하고 아무것도 권하지 않았다. 거의 두 시간 쉴 새 없이 사람들을 맞이하고, 내가 나서려니 문 사장이 진아에게 잘 모셔다 드리라고 당부했다.

진아 집에 가자마자 탕 속에 물을 틀어놓고 앉아 있다가 진아가 끓여놓은 꼬리곰탕을 마시고 침대에 몸을 누인다. 인조 이불의 감촉이 차서 옆으로 밀쳐놓지만 병실이 아닌 여자 집에 누워 있다니 행복하다. 항암 치료를 할 때 온몸이 아프고 기운이 없었지만, 간호사가 주사를 교체하러 올 때마다 의도적으로 여자를 품에 안는 상상을 했다. 여자를 다시 안을 수 있다면 나는 살아난 것이라고. 그래 퇴원하고 닷새 뒤 진아에게 가서 나의 남성을 시험했다. 뼈만 앙상한 몸에 머리카락은 옥수수염만큼도 되지 않지만 두 다리 사이의 활은 건재했다. 여체의 계곡을 누비자 누군가의 조종이라도 받듯 그것은 성급하게 일어나 외눈을 뜬 채 정찰병처럼 음습한 수풀로 육박해 들어갔다.

어느 화가가 말해 주었다. 페니스는 라틴어로 황소 꼬리, 또 화필을 지시하는 단어라고. 나의 그것은 화필처럼 여체의 들판을 휘저으며 환희의 길을 내고 구름도 얹어놓고, 바람도 일게 하고 절정의 색채를 칠한다. 그 육필이 닿는 곳마다 여자의 몸은 포돗빛으로 자지러지는데 나는 복수하듯 몸을 빼고 진아의 눈을 뜨게 한다. 저 혼자 열락에 빠져 있는 자폐의 눈을.

"넌 내가 아니면 만족을 못해. 그렇지?"

전시회 기간 동안 병원을 오가며 남은 방사선 치료를 마무리하고 다시 그림에 몰입한다. 향기 나는 왕의 사찰, 분황사(芬皇寺)란 이름이 나를 매혹한다. 선덕여왕 때 창건된 사찰이라 그런 이름이 붙여졌나 보다. 나는 병원 침대에 누워서도 분황사를 구상했다. 솔거가 그린 관음보살이 있었고, 원효가 죽은 뒤 아들 설총이 그 유해로 소상을 만들어 안치했다는 역사적인 사찰이다. 경덕왕 대엔 30만 근의 약사여래입상을 만들어 봉인했다는데, 1960년대에 분황사 뒷담 가까이 있는 우물에서 불두들이 잘린 채 출토되었다. 유교를 받드는 조선 시대에 당한 수난이리라.

삼층만 남은 검은 모전석탑을 화면 한가운데 배치하고 오른쪽 윗화면엔 녹색과 청색의 구름 문양을, 맞은편엔 초승달을 그린다. 석탑 안에 약사여래불을, 부처 발치의 하단에 남색의 돌사자 한 마리가 화면 밖을 보고 앉아 있도록 한다. 아래 화면엔 잘라진 불두들이 놓여 있고, 달빛을 받아 희뿌연 불두들 사이로 구슬이 흩어져 있다. 석탑에서 나왔다는 공양물이다.

 분황사에서 스케치해 온 약사여래불을 석탑 속에 그려놓고 황토를 칠한다. 병자를 낫게 해준다는 여래이니 기도하는 마음으로 그린다. 저승에 가서 업경대(業鏡臺) 앞에 서면 나 역시 털어놓을 죄가 많겠으나 여래여, 병을 거두어주신다면 가문 숲에 비 뿌리듯 아름다운 그림들을 세상에 바치겠습니다. 내 가슴은 온통 그림으로 차 있으니 추수를 끝내면 빈 들판처럼 이 육신을 비우리라. 마지막 생명을 화폭에 불태우도록 하늘이여, 도우소서.

 삼 주마다 항암 주사를 맞아야 하므로 다시 나흘간 병원에 입원했다. 퇴원하는 날 미전이 와서 간병인과 정미 내외를 돌려보내고 경복궁으로 향한다. 치료 뒤라 나들이가 힘들지만 바깥 공기가 그립고, 휠체어를 타더라도 완연한 가을색을 만끽하고 싶다. 중앙청 앞길엔 은행잎이 물들어 있고 경복궁 뜰에 무리 지어 핀 작은 황국은 시들어가고 있다. 생생한 꽃가지 하나를 꺾어 코에 대니 싸아한 향이 코를 자극하고, 나는 가벼운 현기증을 느낀다. 스러져가는 가을의 독이 국화의 강한 향기에 묻어 있는 것 같다. 국화를 미전의 상의 포켓에 꽂아주니 미전이 웃으며 "오랜만에 박물관 구경하시겠어요?" 묻는다. 나는 고개를 가로젓는다.

 "살아 있는 풍경들을 보고 싶어. 단풍 든 나무, 여자······."
 평일이라 고궁은 한적한데, 미전은 내 한 팔을 부축하고 천천히 걷는다. 잿빛 공기가 짓누르는 병실에서 나서니 마음은 날아갈 듯하지만 가을 햇살이 나른하기도 하여 미전에게 팔을 맡기고 있다. 곳곳에 탑이 놓여 있으나 나는 무심하게 스치며 민속박물관 쪽으로 걸음을 옮긴다. 휴게실을 지나니 연못이 눈에 들어오는데 수련 잎이 덮여 있어 나는 못가의 벤치를 가리킨다. 미전이 자리 잡으며 혼잣말을 한다.
"올해는 수련 꽃도 못 보고 지냈네요. 제가 한때는 수련 잎에 미쳐서 내내 수련만 스케치하러 다녔어요. 원의 일부분이 베어진 잎 형태가 재미있어요."
"수면에 고요히 떠 있는 수련 잎을 보고 있으면 정말 세상이 이렇게 평화로운가 싶어. 또 꽃은 그다지도 청순할까."
"수련은 여름이 다시 돌아오지 않으리라는 것을 의미한다, 하더니 얼마나 함축된 구절이에요. 꽃이 피면서 여름이 갔어요."
내 인생의 여름은 벌써 갔다. 다시 돌아오지 않으리라. 나 이제 겨울산으로 들어섰으니 할미꽃이 필 무덤가에 자리 잡겠지. 나는 당대의 기녀 두추랑(杜秋娘)이 연인을 위해 지었다는 시를 미전에게 들려준다.
"금실로 수놓은 옷을 아끼지 말기를, 젊은 시절을 소중히 여기길. 꽃이 피어 꺾어야 할 때는 반드시 꺾어야 하니 꽃이 다 질 때까지 기다리지 말기를."
"꽃이 피어 꺾으면, 젊음을 한껏 누리면 아무 회한이 없을까요. 인간이란 불안한 존재가 순간순간의 충족으로 평온을 찾을까요."

미전은 경복궁 담 너머로 솟아 있는 산봉우리를 올려다보다 오른편에 있는 목조건물 옆의 빈터를 가리킨다.

"저기가 민비가 시해된 장소라 해요. 일인들이 왕후를 불태웠죠."

"약소국의 시해된 왕후, 이 비극 속에 무언가 꽃다운 데가 있어. 참혹한 불길이 아름답기도 하고. 왕후가 시해된 것이 언제지?"

"1895년이에요. 100여 년 전이네요."

"삼국유사 시리즈를 그리고 나면 역사적 인물들을 소재로 해서 그려볼까. 최제우, 안중근 의사, 유관순 등. 물론 기록화 같은 건 아니야. 어디까지나 구도(構圖)를 위한 그림이지. 왕후 시해 100주기에 맞추어 삼 년 뒤 역사화 전시회를 하면 좋겠네."

"선생님, 정말 대단하세요."

나는 가만 고개를 젓는다.

"위대한 화가들을 보면 작업량이 초인적이야. 들라크루아도 방대한 수의 작품을 남겼지만 자신은 이후로도 400년간 그릴 수 있는 작품의 구상을 가지고 있다고 했다잖아."

"지치지도 않고 샘솟는 창작력은 예술가를 위대하게 만드는 필연의 덕목이에요. 건강만 하세요. 세상에 예술가와 예술이 없다면 모래벌판처럼 삭막할 것 같아요."

어제 오랜만에 중국화집에서 송의 휘종 그림을 보았다. 제왕적이고 섬세한 휘종의 그림을 얼마나 좋아했던가. 그는 비범한 예술가였으나 후세에 방탕한 군주로 평가받았고, 그의 재위시 북송이 멸망했다. 휘종의 예술에 대한 사랑이 몰락을 재촉했다. 당의 마지막 황제 리위(李熠)도 사정이 비슷하다. 리위는 유명한 시인이자 음악, 무용, 회화의 일급 감식가였다. 그는 가장 총애하는 비에게 금칠한 연꽃 조각 위에서 자신의 음악 연주에 맞추어 춤추도록 했다지. 그 역시 무능한 통치자로 비판받았고, 그의 섬세한 예술이 왕조의 몰락을 더했다. 현실과 예술은 이처럼 양립하기 힘드니 예술가란 어쩔 수 없이 꿈을 먹고 사는 종족인가 보다.

"허망하고 가난하더라도 내가 예술가인 것이 좋아. 어렵게 한세상 나와서 이익과 아둔한 행복을 추구하며 살고 싶진 않아. 미전이도 자신이 예술가인 것을 자랑스러워해야 해."

"예술은 구원이면서 고통이군요. 그것 없이는 못 살 것 같지만, 들어가려 하면 벽이고 벽이에요. 감당할 수 없는 애인 같아."

"잠시 눈을 감아봐."

미전은 내 뜻을 헤아리려다 눈을 감는다. 나는 눈 감은 여자 모습을 바라보다가 눈에 가만 입술을 댄다. 내 식은 입술의 촉감에 미전이 눈을 뜨자 나는 가을 햇살에 반짝이는 수련 잎에 시선을 돌린다.

"눈에 키스한 여자는 처음이야. 그건 정신에 한 거지."

시한부 종말론자들이 종말이 온다고 떠들어 뒤숭숭하더니 그들이 주장한 휴거일인 오늘도 쾌청하기만 하다. 어느 교회의 출입구에는 '천국에서 만납시다'란 플래카드가 내걸렸고, 기도원에 합숙한 신자들이 몸을 흔들며 광적으로 기도하는 모습이 어젯밤까지 텔레비전에 방영되었다. 병든 사회 병든 종교의 반영이다. 종교도 이성적으로 믿어야 하지만 앞날의 희망이 없는 소외층들은 사이비 종교에 빠질 수 있겠지. 내가 살아온 세월의 등허리에도 찬바람이 숭숭 불어왔지만 예술이 있기에 구원을 걸었고 종교에 의존하지 않았다. 내일 지구가 멸망한다 하더라도 오늘 한 그루의 사과나무를 심겠다는 철인이 있었지만 세상에 종말이 오더라도 나 역시 그 순간까지 그림을 그리든 사랑을 하든 예술가로서 할 일을 할 뿐이다.

　병원에 입원하면서부터 간병인을 두었지만 정미는 아침에 민물장어 수프를 가져와 내가 먹기를 기다린다. 소나기 따라 올라간다 하여 힘이 좋다는 민물장어를 어제 시댁에서 보내와 밤새 중탕하여 만든 것이다. 뼈도 통조림처럼 삭아 거의 씹히는 것이 없고 고소한 맛이 나는데 퇴원한 지 사흘 후부터야 음식을 제대로 먹었다. 장어 수프를 한 대접 마시고 나자 전화가 울린다. 전화기 바로 옆에 있던 정미가 전화를 받더니 잠시 후 내게 건네준다. "정미 씨가 있네." 진아의 갈라지는 목소리가 수화기에 울려서 "아, 박 선생." 나는 평상시대로 반가워한다.

　"상태가 어때. 차도가 있는 것 같아요?"

　"좋아지는 것 같아. 음식 삼키는 것도 아무 문제 없어."

　진아는 이번에도 병원에 왔고, 지금까지 병세를 지켜보았다.

　"뿌리째 뽑아야지, 겉으로 보기에 나은 것 같으면 뭘 해. 암 고치는 기도원이 있다는데 나랑 같이 가봐. 안수기도로 온갖 병 다 고친대."

"박 선생이 그렇게 생각해 주니 고맙다. 그러나 지금 잘 돼 가고 있어요. 호전되는 걸 몸으로 느껴."

"할아버진 그게 틀렸어. 병에 좋다면 무어든 매달려봐야지 왜 기도를 피해, 사탄처럼. 기적을 알려줘도 안 한다니 나도 더 이상 어떻게 할 수가 없네."

"만나서 상의해. 안 그래도 부탁이 있어서 전화를 기다렸는데."

"알았어. 저녁엔 나가니까 네시 전에 와요. 기다릴게."

정미가 옆에 있으니 진아도 눈치껏 말하고 끊는다. 진아는 요즘 교회에 빠져 있다. 이번 입원 때 병실에서 마주친 정미에게 "예수님을 믿으세요." 하고 전도사처럼 말했다. 정미는 대꾸도 하지 않고 간호사를 찾는 척 슬그머니 나갔다. 내색은 하지 않지만 정미는 진아를 좋아하지 않고 늘 피한다. 전화를 끊고 나니 정미가 기다렸다는 듯 한마디 한다.

"항암 치료는 정기적으로 입원해야 하니까 진아 씨는 이제 병원에 안 와도 되잖아요."

"병문안 오는데 고마워해야지."

"진아 씨만 오면 사람들이 쳐다봐요. 어딘지 모르게 유별난 데가 있나 봐요."

"그렇게 이상한 사람은 아닌데 자신을 꾸밀 줄 모르지."

"솔직해서가 아니라 지성이 없어서 그런 거 아닌가요."

정미는 정곡을 찌르고, 언젠가 진아가 서화랑에 갔을 때의 얘기를 내게 들려준다.

"서화랑 여사원이 화장실에 들어가는데 진아 씨가 뒤따라

오더래요. 여자 화장실이 하나밖에 없어서 뒤에 기다리겠지, 하고 안으로 들어서려는데 뒤에서 밀치면서 제가 후딱 들어가더래요. 진아 씨가 말예요. 사정이 급했는지 모르지만 말도 않고 남을 밀쳐내다니. 그건 본능적인 어린애들이 하는 짓이잖아요."

나는 잠자코 있는다. 봄에 진아를 서화랑에 데려간 적이 있었다. 그때 일을 여직원이 정미에게 말했나 보다. 진아의 행동이 튀어서 보는 사람마다 고개를 갸웃한다. 진아가 유아적이고 천방지축인 건 사실이다. 그런 만큼 나는 치밀하지 않으면 안 된다. 정미는 내 지갑에 돈을 넣고 나가고, 나는 오후에 나갈 생각으로 그림을 그리기 시작한다.

외출할 때 외엔 전처럼 종일 그림을 그리지만 피로를 자주 느낀다. 산야초와 건해삼가루와 참기름으로 볶은 생선부레가루 등 몸에 좋다는 약재는 다 상용하지만 토할 듯 속이 메슥거리기도 한다. 일에 몰두하면 거의 의식하지 않지만 마치고 목욕하면 갑자기 기운이 떨어져 일찍 잠자리에 들기도 한다.

외출하려고 양말을 갈아 신으려니 뼈만 남은 발에 건반처럼 박혀 있는 발톱들이 눈에 들어온다. 가느다란 발가락을 바라보려니 우울해지지만 윤기 없는 발톱이 보석처럼 여겨진다. 한 뼘밖에 되지 않는 이 두발로 한반도와 세계를 헤매 다니며 생을 탐닉했다. 머리에 삶의 기억들을 담아 두 손으로 화선지를 바다처럼 펼쳐놓고 우주의 원리를 그렸다. 육신의 위대함이여. 그러나 이 주인을 겸손히 받들지 않았던가, 만물을 흡수하는 식도에 암이 싹을 틔웠으니 나는 다만 의지로써 최선을 다하며 이겨내려 할 뿐이다. 언젠가 오고야 말 죽음을 어찌 피하겠는가.

불현듯 함에 넣어둔 수의가 생각난다. 내가 인도에서 돌아온 다음 해에 아내가 장만해 놓은 수의다. 아내는 예감이나 한 듯 윤달에 내외의 수의를 만들어놓고 그해 여름 세상을 떠났다. 수의를 만들기 전날 팥죽과 음식을 장만한다고 잔칫집에라도 가듯이 강릉으로 떠나던 아내. 그래, 아내가 숨을 거두자 나는 꽃분홍 명주치마에 삼회장 노란 저고리를 입히고 볼에 연지를 발라 하늘나라로 시집보낼 차비를 했다. 가시밭길 세상에 잠시 귀양왔다가 다시 하늘나라로 올라가는 선녀같이.

무엇에 이끌린 듯 다락에 올라간다. 다락엔 옛날 트렁크와 헌책이 쌓여 있고 손수건만 한 창이 있는 벽면엔 함이 고즈넉이 놓여 있다. 아내가 세상을 떠난 뒤 처음 열어보는데 명주로 만든 도포가 맨 위에 얌전히 개키어져 있다. "맹지가 비단"이라 저승에서 영생토록 입을 옷이라고 아내는 삼베 대신 명주로 만들었다. 밑에는 속바지가 있고, 명목(暝目), 악수(幄手), 오낭(五囊), 또 버선과 신발이 들어 있다.

장자가 죽으려 할 때 제자들이 성대히 장사지내려 하자 나는 천지를 관곽으로 삼고 해와 달을 두리옥으로 삼고, 만물을 장례에 쓰는 갖가지 물건으로 삼을 것이라 했다지. 흙으로 돌아갈 몸이지만 도인이 아니니 세속이 하는 대로 따랐다. 천으로 얼굴과 양손을 싼다니 벌써 숨이 막히는 듯하지만, 신발을 손에 들자 마음이 가벼워진다. 옛 식으로 만들어달라고 내가 특별 주문한 신발이다. 죽는다는 건 또 어딘가로 여행을 떠나는 것 같아. 배 같은 신발을 신고 이승에서 저승으로 건너가는 거야. 거대한 신발 같은 배.

 4,500여 년 전 한 이집트 왕이 기자에 세운 가장 큰 피라미드 곁에는 밀봉된 석조 도랑 같은 통로가 파묻혀 있고, 진짜 배 한 척이 분해된 채 쌓여 있었다지. 7세기 북구 지역에선 배에 시신을 태워 바다로 띄워 보냈다는데 죽음이란 유한의 세상에서 무한의 세계로 떠나는 것 같다. 만다라처럼 화려하면서 정적이 햇빛처럼 고여 있는 어떤 세계, 갠지스 강에 울리던 만트라처럼 미지의 내세로 나를 데려갈 가죽신을 물끄러미 들여다보는데 아래에서 괘종이 세 번 울린다.

 진아가 기다리겠다. 그제야 어둑한 다락의 냉기를 느끼고 수의를 다시 넣는다. 팔에 힘이 빠지는 것 같지만 나를 기다리는 여자가 있다고 생각하자 가슴이 차오른다. 저린 손으로 저승함을 닫고 서둘러 다락을 내려오니 하오의 햇살이 미세한 폭포수처럼 여체가 그려진 진채 위로 쏟아지고, 물감 접시들은 찢어진 꽃처럼 주위에 어질러져 있다. 영혼의 난교장이다. 나는 벽에 걸린 양복을 걸치며 안주머니를 더듬어 돈을 확인하고, 뮤지컬 영화의 바람둥이 주인공처럼 스틱을 잡고 세속으로 나선다.

 그간 잊고 있었더니 스페인에서 정식 초청장이 왔다. 내년 미로 100주기에 맞추어 마드리드에서 열리는 세계 화가 초대전이다. 이미 나에 대한 자료를 보고 초대전을 결정한 화랑 주인은 화랑과 자기소개서를 보냈다. 사십 년의 전통을 가진

화랑이고 피카소와 달리, 마티스 같은 대가들의 기획전도 열었다. 정미의 설명을 듣고 나는 흡족했고, 그들의 요청대로 화랑 입구에 걸 800호 대작을 제작하기로 한다. 전시회는 내년 사월이다. 그려놓은 작품들이 있으니 대작들만 첨가하면 된다. 정미는 무리할까 봐 걱정하는 눈치지만 나는 힘이 솟는다.

"그림이 오히려 나를 살릴 거야. 신체적으로도 인간이 진선미에 관계되는 일을 할 땐 그것을 방해하는 물질이 분비되지 않는다더라. 뇌내 모르핀이 계속 분비되어 나온다고. 몸이 얼마나 신비로워. 설사 과로가 무리를 가져온다 하더라도 그림을 그리다 죽는다면 화가로서 더 이상 바랄 게 없어."

"전 예술의 경지를 잘 몰라요. 단지 아부지가 오래오래 사시길 바랄 뿐이에요."

식사조차 생략하고 싶을 정도로 시간이 아깝다. 스페인에서 전시회 일정이 잡히자 머릿속에 온통 그림 생각뿐이다. 얼마 전부터 구상했던 황룡사지 밑그림을 새벽부터 그리고 아침식사를 하는데 간병인 아주머니가 손님이 왔다고 일러준다. 달력을 보니 오늘 날짜 밑에 **일보 인터뷰,라고 써놓았다. 이번 전시회로 숱하게 인터뷰를 했건만 시인인 문화부장이 인터뷰하여 한 면에 싣겠다고 몇 차례나 연락했다. 건강을 핑계로 거절했으나 가장 상태가 좋을 때를 기다리겠다. 누워서 인터뷰해도 된다고 간곡하게 요청해서 마지막 인터뷰라 생각하고 응했다.

김 부장은 생각보다 젊어 보이고 시인이어선지 얼굴이 맑다. 나는 호감을 느끼며 반기는데 아주머니가 민물장어 수프를 갖다 준다. 내가 대접을 비우니 부장이 묻는다.

"약입니까?"

"민물장어를 밤새 중탕한 거예요. 고소해요. 이것뿐 아니라 누에, 초가삼간을 헐어 채집했다는 구더기까지 먹었어요. 날 생각하여 어렵게 구해 오는 걸 어떻게 마다하겠어요. 온갖 좋다는 보양식은 다 먹으니 호강하는 셈이지요. 살 만큼 살고도 이러니 탐욕 같겠지만 목숨 자체에 대한 욕심이라기보다 그림에 대한 욕심에서 건강해야겠어요."

"고흐가 보낸 편지가 생각나네요. 예술은 질투가 심하다, 가벼운 병 따위에 밀려 두 번째 자리를 차지하게 되는 건 좋아하지 않는다고요. 저토록 화려한 진채를 보고, 화가가 투병 중이라는 걸 누가 믿겠어요. 예술의 질투가 병을 누른 겁니다. 선생님은 전혀 환자처럼 보이지 않아요. 이렇게 정정하게 앉아서 말씀을 다 하시잖아요."

예술의 질투라, 재미있는 말이다. 예술은 질투가 심하여 자신을 받드는 것 외에 모든 것에 희생을 요구한다. 사랑조차 밀려난다. 예술이 병마를 제압하기를. 김 부장이 전시회에 대해 말을 꺼낸다.

"이번 전시회도 반응이 대단하데요. 이런 동양화, 한국화를 본 적이 없으니까요. 인도 귀국전 때 기사를 보니까 인도에서 색채를 되찾았다고 하던데요."

"나의 그림을 인도 이전과 이후로 나눌 수 있겠죠. 색채는 생리적으로 좋아하여 동경 유학 시절부터 썼습니다만, 본격적으로 꽃핀 것은 인도에서라고 말할 수 있겠죠. 화가로서 제2의 인생이 시작된 거예요."

"기존 한국 동양화는 수묵 중심이지 않았습니까. 해방 이후 진채가 자취를 감추고, 추사 김정희가 받아들였던 상남패북(尙南敗北)식 문인화 사조의 유행에 이어 수묵회화를 높은 경지로 받들었던 조선조의 전통을 한국화의 정체성으로 세우려 했죠. 선생님은 산수화, 문인화를 싫어한다고 어디선가 말했던 것 같은데요."

"조선조 사대부들이 정신성을 추구하면서 여기로서 묵화를 즐겼지만, 그림에 사상이나 감정을 담는 남화류를 나는 좋아하지 않아요. 회화적으로 보다 엄격한 북화가 체질에 맞아요. 산수화도 중국의 당시 철학에서 나온 그림 아닙니까. 유교가 지배적이었던 한(漢)과 북위엔 인격 도야를 상징하는 인물화가 성행했고, 당나라 중엽부터 선종이 유행하자 오대(五代)와 송에 와선 학자나 예술가들이 승려나 도교의 은둔자를 겸하면서 산수화와 화조화가 발달했어요. 도교는 인간의 마음을 세상사로 돌리지 않고 새로운 이상향을 자연에서 찾도록 했어요. 이런 철학에서 나온 산수화를 20세기 물질주의 시대에 형식만 그린다면 껍데기 아닙니까. 오창석, 제백석이야 위대하지만 우리는 흉내만 내고 있어요."

"독창성이 없다는 말인가요."

"일본의 우키요에는 마네나 고흐 같은 화가들에게 영감을 줄 정도로 독자적이었어요. 비서구권 미술로서 유럽 미술계에 영향을 준 최초의 예입니다. 유럽 화가들은 일본 판화에서 평면적이고 원근법이 결여된 화면, 밝은 채색법들을 본받았어요. 우리는 수묵으로 정체성을 세우려 하지만 겸재나 단원이 한국화의 전부냐고 묻고 싶어요. 한국의 진정한 그림이 있다면 고려 불화나 이름 없는 쟁이들이 그린 민화라고 말하겠어요. 그 우아하고 생명력 넘치는 채색들을 보세요. 전통이란 껍질로 본받는 것이 아니라 피와 살로 챙겨내는 것입니다. 나도 화가로서의 수련은 일본서 받았지만 방법만 배웠을 뿐 정신은 한국적인 것에 뿌리박고 있어요. 일본화의 특징은 골격 없는 부드러운 선이지만 도서민적인 나약함이 있어요. 신명이 없달까, 나는 생리적으로 강한 그림을 좋아해요."

"오십여 년간 화가로 살아오셨는데 내 땅에서 예술가로서 제대로 평가받고 혜택받았다고 생각하십니까?"

"나는 한국에서 혜택받은 것이 아무것도 없어요. 혜택이 있었다면 내가 인삼 뿌리처럼 강한 토양에서 태어났다는 것이 혜택이라고나 할까."

창가에 놓인 통에서 해삼가루를 덜어 먹는다. 불현듯 바다 내음이 입안에 고이면서, 해삼이 먹고 싶다고 생각한다.

"선생님은 여태 묻혀 살아오신 것 같은데 왜 이렇게 묻혀 사십니까."

"못난 사람이니까요. 자신이 잘났다고 생각하는 사람은 앞에 나서서 설치지만 나는 왜소한 사람이라 번잡한 것이 싫어요. 그 떠들썩함 속에 있는 허위가 눈에 보여요."

김 부장이 방안을 둘러보더니 안쓰럽다는 표정을 짓는다.

"그림은 큰데 방은 작군요. 이 집에서 오래 사셨죠."

"이십 년 넘게 살았어요. 작년엔 비가 새서 고쳤는데, 그릇에 빗물을 받는다니까 한 친구가 가야금을 갖다 주겠다고 농담해요. 우륵처럼 가야금을 치라고. 보다시피 가진 게 없지만 내가 가난하다고 생각한 적도 없고 부자가 되고 싶은 마음도 없어요. 잠잘 보금자리 있고 그림을 그릴 수 있고, 술을 살 수 있는데 무얼 더 바라겠어요. 돈 많으면 좋은 집 짓고 골동품 사들이고, 여자한테 보석도 바치고 싶을 텐데 그림이나 제대로 그릴까."

김 부장이 하하, 웃더니 넌지시 묻는다.

"예술가들은 자유로워서 연애사건도 많이 벌이죠. 선생님도 로맨티스트로 알려져 있던데요."

"세상에서 좋은 건 역시 사랑이고 여자야. 동물은 다 같아, 그게 자연이야. 공자 같은 성자는 오히려 더 순조롭게 세상을 살아가는 사람 아닌가. 규범을 지키니까. 나처럼 벌거숭이로 사는 사람은 성인이 못 돼요."

"예술과 사생활과의 관계는 어떻게 생각하십니까. 영국의 시인 셸리의 경우, 전기가 차라리 나오지 않았더라면, 하고 안타까워하는 사람도 있는데, 예술가의 삶이 단죄되면 작품까지 폄하되기도 하거든요."

"어디선가 읽은 적이 있어요. 한 예술가의 작품과 그 사생활과의 관계는 아이를 분만하는 여자와 거기서 태어나는 아이와의 관계 같다고. 태어난 아이는 관찰해도 좋지만 여자의 치맛자락을 들치고서 피가 묻었나 보는 일은 하지 말아야 한다고. 그건 야비한 짓이니까. 청량제인 성자를 제외하고 인간은 결함의 존재요. 서양의 한 철학자도 말했듯이 진리의 소유자이면서 불확실한 오류의 시궁창이로다! 예술가도 마찬가집니다. 뜨거워서 죄도 짓고 갈지자로 걷기도 하고 아이 같아서 실수도 하고 후회도 하고 잡티가 있죠. 그러나 이 불완전한 영혼도 예술을 통해 자신과 세상을 고양시키니 그것만으로도 용서할 만하지 않은가?"

인터뷰는 끝났다. 세상에 나서는 마지막 인터뷰일 것이다. 벗겨진 민머리에 털모자를 쓰고 그림 그리는 장면까지 보여 주고 배웅하니 김 부장이 뜰에 심어진 향나무를 올려다보며 감탄한다.

"이거 꽤 오래된 것 같은데요."

"이 집에 이사 오고 그림을 팔아 들여온 나무예요. 이렇게 멋지게 자라 겨울에도 잎이 무성하니 향나무 아래 서면 눈을 맞지 않고 설경을 즐겨요."

"제가 작년에 일본에 갔을 때 박물관서 본 17세기 일본 화가 그림이 생각나요. 화면 가득 소나무가 뻗어 있는 동양화예요. 진시황제가 사냥하던 중 비를 만나 소나무 아래서 비를 피했는데 그 일로 소나무는 장군의 지위를 얻었대요. 바로 그 고사를 그린 그림이었어요. 저 향나무는 유명 화가가 눈을 피했으니 대신의 지위를 얻어야겠네요. 혹시 모르죠. 뒷날 누가 눈 오는 날 향나무 아래 서 있는 노화가 이평조의 모습을 그릴지. 선생님은 향나무까지 영광을 입을 정도로 불멸의 예술가가 될 겁니다."

십일월의 투명한 햇살을 받으며 닷새 만에 진아 집에 간다.

택시를 타면 먼 거리도 아니지만 무리를 하지 않기 위해 산보하듯 나흘에 한 번씩 외출한다. 욕탕에는 매일 들어가지만 산책은 시간이 아까워서 진아 집에 갈 때만 조금씩 걷는다. 이 날도 청파동 입구에서 내려 여자들의 옷가게며 커피숍, 식당을 들여다보며 젊음의 활기가 넘치는 대학가를 지나간다. 바로 앞으로 물감 박스를 든 여대생이 걸어오는데 머리를 틀어올리고 스웨터에 청바지를 입은 모습이 개성적이라 미대생이라고 직감한다. 동경 유학 시절에도 화학생(畫學生) 미대생들은 물감이 마구 발려 있는 '푸르스'라 부르는 작업복을 입고 무정부주의자처럼 장발로 대학가를 활보했다. 사생첩과 화구를 메고 야외 사생을 하러 다니는 화학생들은 제국 시대에도 낭만적인 여성들에게 인기였다. 예술가들의 자유로운 모습에서 관습으로부터의 해방감을 맛보는지도 모른다.

　진아 집 앞에서 벨을 누르니 아무 기척이 없다. 어제 오기로 한 날이지만 밑그림을 순지에 옮기다가 중단할 수가 없었다. 오늘은 새벽부터 채색을 했고 점심 뒤 낮잠을 자고 또 한 차례 작업하고야 집에서 나섰다. 의욕만 있으면 밤에도 작업할 것이다. 하루 열 시간 이상 일해야 충족감이 든다. 투병 중이라 사람들이 놀라지만 그림을 그리면 모든 것을 극복할 수 있을 것 같다. 다시 벨을 누르니 잠시 후 안에서 진아 목소리가 울린다. "미불입니다." 내가 아뢰니 진아가 문을 열며 눈을 동그랗게 뜬다.

　"할아버지, 웬일이세요. 연락도 없이 들르시고."
　"할아버지가 되면 그 정도는 다 보이지."

진아가 정색을 해서 나도 농담하며 들어서는데 거실에 누가 서 있다. 나와 눈이 마주치자 남자가 엉거주춤 인사한다. 거무튀튀한 얼굴의 이십 대 남자다. 학생 같기도 하고 기술직 사원 같기도 한데 청춘의 풋기가 보인다. 진아가 내 옆에 다가와 남자에게 나를 소개시킨다.

"학수 씨. 우리 할아버지 화가셔. 요즘 투병하신다고 힘들어."

"아, 전에 병문안 간다고 하던……."

"응, 학수 씨는 나와 같은 학원에 다니는 고시생이에요. 워드 프로세서를 누가 주었는데 사용법을 몰라서 가르쳐준다고 집에 왔어요."

오가는 말이 꽤 친한 사이 같다. 내가 주춤한다.

"아, 내가 방해한 건 아닌가."

"아뇨, 막 일어서려던 참이었어요. 쾌유하시기 바랍니다."

남자는 꾸벅 고개 숙이곤 흔쾌히 돌아서고 진아가 따라나가 문을 닫고 들어온다. 나는 식탁 의자에 앉아 마실 것을 청한다. 진아는 끓여놓은 보리차도 없다면서 "콜라 줄까?" 묻는다. 암 환자에게 탄산음료를 마시라고. 진아가 식탁 위에 놓인 콜라 병을 가리킨다.

"나도 콜라 잘 안 마시는데 아까 그 학생이 사온 거야."

"남자 친군가? 나이는 어려 보이던데."

"친구는 뭐, 누나 누나 하고 따르는 애야. 나이는 어려도 조숙해. 지네 아빠가 꽤 큰 중소기업 사장인데 외아들이라 후계자야. 아빠 회사 들어가면 다른 건 못한다고 그 안에 하고 싶은 것 다 하겠대. 나도 부자 아빠 있으면 그렇게 멋지게 살겠다."

나는 갈증을 느끼며 소리 없이 웃는다.

"부자 남편 만나면 되지. 나야 갈 사람이지만 진아는 젊으니까 뭐든 할 수 있어."

"간다고 나 몰라라 하지 말고 남은 사람 좀 더 살펴주면 안 돼? 우리 이모부 친구는 암에 걸리니까 미리 유언장 만들어놓고 죽었는데 애인한테도 부인과 똑같이 재산을 나눠줬대."

"내 평생 부와는 담을 쌓고 살아서 가진 거라곤 비 새는 낡은 집 한 채야. 죽는 날까지 붓을 들 정신만이 내가 가진 유일한 재산이야."

"그럼 그림 그려주면 되잖아. 종이는 준비돼 있으니까 여기 그려."

진아는 해죽 웃으며 방으로 들어가더니 벼루와 붓, 물감을 들고 나온다. 그것을 내 발밑에 놓고 다시 들어가 이번엔 화선지 두루마리와 접시를 가져온다. 다 전에 내가 쓰던 것인데 튜브로 된 동양화 물감 두 통은 노란상회(老蘭商會)와 길상(吉祥) 것이다. 진아는 내 팔을 이끌어 마루에 앉히고 화선지를 펴놓은 채 벼루에 먹을 간다. 웃을 수밖에 없다. 전에도 진아에게 작약이며 물고기 등 십여 점이 넘는 그림을 그려주었다. 진채도, 대작도 아닌 수묵 소품들이지만 진아는 그것을 어디다 처분했는지 가지고 있지 않다. 미술에 대한 소양도 관심도 없이 그림의 상품 가치만 알고 있다.

맥을 놓고 앉아 있는 내게 진아가 붓을 내민다. 나는 붓을 받아들고 진아를 바라보다가 먹을 묻혀 화선지에 선을 내리 긋는다. 드센 광대뼈와 각진 얼굴, 우둔함과 교활함이 함께 깃든 굵은 쌍꺼풀, 약자의 구부정한 어깨, 삶에게 나누어준 듯 수세미처럼 늘어진 젖가슴, 남자를 받아들이려 번쩍 쳐드는 탄탄한 장딴지와 의존적인 작은 발.

 화단의 망명객 이평조가 반란의 거리에서 만난 집시, 이것이 나의 여자 박진아를 그리는 마지막 그림이리라. 죽음이 다가오면 우리 인연도 구름처럼 흘러가려니 진시황의 소나무처럼 불멸할 필요는 없다. 피카소 그림에도 스쳐간 여자들이 등장하지만 그림은 불멸의 사랑이 아니라 불완전한 인간의 사랑을 보여주는지 모른다. 나는 즉흥적으로 진아를 스케치하고 백록 물감을 접시에 덜어 물을 타고, 여체에 칠한다. 박제된 이끼 빛깔을.

 황룡사 채색에 들어간다. 화면 전체는 주춧돌이 가지런히 놓인 폐허의 들판이나 한쪽 화면에 당간지주가 서 있고 거북 하나가 화면 아래에서 당간지주를 향해 머리를 돌리고 있다. 양식화된 소나무 한 그루에 새 두 마리도 가지에 앉아 있다. 왼편 화면엔 한 팔을 올리든 장육존상이 서 있고 그 아래엔 팔찌가 뒹굴고 있다. 선덕여왕의 팔찌. 화면 위엔 달과 구름이, 허공에는 사실적이기보다 동화적인 용 한 마리가 비상한다.

 밤의 들판은 어두운 적색을 띠도록 먼저 발묵하고 그 위에 대자(岱赭)를 칠할 것이다. 달은 농황(濃黃)을 담채로 네다섯 번 칠해 깊이를 보이도록 한다. 구름도 부드러운 느낌을 주도록 담채로 하고 주황으로 윤곽선을 긋기. 주춧돌은 달빛이 반사돼 은근하고, 장육존상엔 금분을 칠한다. 소나무는 남(藍)으로 실루엣 처리를 하고 새는 노랑과 양홍 무늬로 어둠 속에서 화려하게 드러나게 한다. 마노 빛깔의 팔찌도 구층탑을 세운 여왕의 꿈처럼 찬란하게, 진흥왕이 이 터에 새 대궐을 지으려 하자 누런 용이 나타나므로 절을 지었다. 용은 토황색 몸체에 검은 비늘을 바늘처럼 세우고 밤의 들판을 신화처럼 비상하도록 한다.

  황룡사를 거의 마무리하고 또 한 차례 항암 치료를 하러 병원에 닷새 입원했다. 치료받는 동안은 역시 음식을 먹지 못했지만 컴퓨터 촬영 결과는 좋았다. 의사는 암세포가 많이 줄었다고 알려주며 항암제 반응을 잘한다고 낙관했다. 그토록 좋아하는 술도 끊고 매일 현미죽에 해초, 지인의 집에서 기른 무공해 야채와 개고기 사골까지 몸에 좋다는 건 모두 섭취하고 정성을 기울인 결과이다. 환자의 의지가 강하여 투병을 잘 극복할거라며 의사는 나를 격려했다. 생명에 대한 애착이 강한 것일까. 내년 사월 마드리드에서 열릴 전시회 준비가 나로 하여금 육체의 악조건을 이기게 만든 것 같다.

  퇴원 날 김영삼 대통령후보가 당선자로 확정되어 들뜬 분위기 속에 병원을 나선다. 알 수 없는 정치지만 내 생전에 군인 시대가 마감되고 민간인 대통령이 나온다니 기뻐할 일이다. 5·16 쿠데타부터 지금까지 삼십여 년간 군사독재를 했으니 반생이 넘는 세월이다. 역사는 자유를 향한다고 했으니 희망을 가질 법하다. 억압이 없는 세상, 증오가 사라지고 전쟁과 데모와 최루탄이 필요 없는 세상, 남녀가 서로 사랑하고 아이들이 평화를 누리는 그런 세상을 기다리는 거다.

퇴원한 다음 날 사돈 마님이 가물치를 고아 서산에서 올라왔다. 칠십 노인이 아들의 장인을 위해 먼 걸음을 하다니. 뽀얀 국물에 기름이 떠 있어서 내가 걷어내니 사돈이 옆에서 일러준다.

"기름이 많이 떠 있지요. 가물치 세 마리를 참기름 한 병으로 다 볶았어요. 산 놈을 달군 냄비에 올려놓으니 펄쩍 뛰어서 아미타불, 아미타불 염불 외면서 볶았어요. 거기다 물을 부어 한 뼘이 줄 정도로 밤새 고았는데, 발 고운 가재에 바쳐서 낸 국물이에요."

"그 정성으로 만든 약이니 병도 나을 것 같습니다."

나는 무어라 감사를 표할 수 없어 한 그릇을 비우고 불자처럼 합장한다. 정성을 다했다는 말에도 꾸밈이 없어 정 서방을 비롯하여 사돈댁네 품성들이 진실한 것을 알겠다. 시어미가 저토록 인자하니 정미를 두고 가더라도 안심이다. 자식이란 늘 애 같아서 병석에서도 걱정이다.

본격적인 추위가 닥쳐와 기온이 영하로 떨어졌고, 며칠간 작업만 하다가 날이 풀리자 진아 집에 가기로 한다. 입원하기 전날 진아 집에 갔으니 근 열흘 만이다. 퇴원 뒤 전화로 안부를 전했지만 이날 아침 불현듯 진아에게 전화하여 저녁 식사 뒤 밤에 가겠다고 했다. 어젯밤 크리스마스 이브였으니 오늘은 시내도 조용하리라. 정미가 알면 언짢아하겠지만 오랜만에 여자 옆에서 자고 싶다. 단 하루라도 환자가 아닌 보통 남자로 지내고 싶은 것이다. 의사도 놀랄 만큼 병이 호전되지 않았나. 삶이 침전된 잿빛 병실 공기를 더 이상 마시고 싶지 않다. 여자 옆에서 그 해방감을 맛보리. 그리고 내일 예약된 대로 병원에 체크하러 가면 검사 결과가 좋아질지도 모른다.

종일 밑그림을 그리며 구상하다가 네시 반에 집을 나선다. 간병인에겐 잠깐 산보하러 간다고 일러두었다. 진아에겐 밤에 간다고 했지만 작업도 끝냈고, 점심 초대를 받아 나간 정미 내외가 돌아오기 전에 나서는 것이 좋을 것이다. 가물치 수프를 보온병에 담고 해삼가루며 약도 챙겼다. 정미에겐 이따 전화하여 친구 집에서 하룻밤 자겠다고 알리겠다. 진아는 종일 교회 일로 바쁘지만 다섯시 안에 돌아와 청소하고 기다린다 했으니 더 이상 전화하지 않아도 될 것 같다.

택시를 타고도 공연히 마음이 급해 꼬불한 골목을 돌아 진아네 빌라 앞에서 내린다. 모처럼의 외출인데 대학가를 걸어도 좋으련만. 산보는 새벽에 진아와 하기로 하자. 진아가 여관에서 투숙할 때 산보하듯 새벽마다 들른 것이 불과 몇 달 전인데 문득 아득한 옛일같이 느껴진다. 그사이에 나는 암을 선고받고 투병했다. 팔십의 생에도 이렇듯 해일이 밀려온다. 인생의 파도에 잠식되지 않고 이날까지 살아온 것이 기적만 같다. 민머리에 모자를 쓰고 지금 여자를 만나러 가는 것도.

크리스마스트리가 있는 일층 복도에서 천천히 층계를 올라가서 삼층으로 들어서려니 진아 집 문 앞에 누가 서 있다. 우체부인가? 저녁에 우체부일 리가. 의아하여 걸음을 멈추려니 반쯤 열린 문틈으로 진아가 손을 뻗어 남자 얼굴을 만진다.

배웅 같은데 아쉬움과 교태가 섞여 있다. 내가 반사적으로 몸을 숨기고 서 있으니 진아의 들뜬 목소리가 들려온다.

"나갈 약속이 없으면 자고 가도 되는데. 내일 학원서 봐."

"갈게요."

남자의 발소리가 들려서 나는 사층 층계로 올라간다. 검은 외투를 입은 젊은 남자가 복도를 지나 이내 층계를 내려간다. 전에 진아 집에서 만났던 학원생이다. 거무튀튀한 얼굴의 부잣집 외아들. 순간 다리가 휘청거리는 듯하여 난간을 잡는다. 창으론 어둑한 거리 풍경이 들어오는데, 땅거미가 깔린 시가지에 불이 요술처럼 점점이 켜진다. 병실에서 창으로 야경을 바라볼 땐 불꽃들이 사방에서 비눗방울처럼 터지는 듯했다. 어서 나가서 축제 같은 삶의 거리를 활보하려 했더니 여자 집까지 달려와 문 앞에서 다른 남자와 마주치다니.

갑자기 눈이 부셔 뒤돌아보니 복도에도 불이 들어와 있다. 적나라한 형광불빛이 감상을 깬다. 더 이상 서 있을 수 없어서 층계를 내려오니 304호는 굳게 닫혀 있다. 나를 거부하듯. 오기로 한 시각에 왔어야 했다. 여자가 허용한 시간에. 진아를 나만의 여자로 착각한 것이 아닌가.

밖으로 나서자 무작정 걷는다. 감기는 금물이라고 의사가 누누이 말해서 외출 시엔 목도리를 둘둘 목에 말고 마스크와 장갑까지 착용한다. 숨을 쉴 때마다 차가운 공기가 콧속으로 들어오지만 싫지 않다. 아이 때부터 여름보다는 겨울을 좋아하여 얼음이 언 강에서 썰매를 치며 종일 놀았다. 뺨을 후려치는 매서운 바람도 정신을 번쩍 들게 해서 싫지 않았다. 추위도 강렬해서 좋아했던 나.

 크리스마스캐럴이 울리고 화려한 장식으로 번쩍이는 가게들을 스쳐 여대 앞을 지나 택시를 타려다 효창공원으로 걸음을 옮긴다. 내일 새벽에 산책하려 했으니 나선 김에 혼자서 공원에 가보자. 사실은 마음이 번잡하여 이대로 돌아가고 싶지 않다. 크리스마스라지만 겨울에다 밤이라 공원은 한적하고 파카를 입은 한 중년 남자만 벤치에 앉아 있다. 초췌한 행색을 보니 화려한 이국의 축제일과는 무관한, 갈 곳이 없는 사람 같다. 아니면 나처럼 심란하여 마음을 다스리려 앉아 있는지 모른다.

 나는 어슬렁 거닐다가 높이 서 있는 동상 앞으로 걸음을 옮긴다. 원효 동상이다. 둥근 얼굴에 호인 같은 미소를 띠었지만 최고의 고승다운 정기가 없어서 좋은 조각이라는 생각은 들지 않는다. 동상 뒤편에 작은 바위가 있어 걸터앉으니 도심에 우뚝 서서 저잣거리를 내려다보는 동상의 등이 시야를 가린다. 원효가 당나라에 유학 가려고 의상과 함께 길을 떠나 겪었다는 얘기가 떠오른다.

 두 사람이 바닷가에서 비를 만나 동굴에 머물렀는데 자고 일어나니 고분 안이고 해골이 옆에 있었다. 비가 내려 다시 하룻밤 머무니 귀신들이 오락가락하여 원효가 생각했다. 어젯밤에는 동굴이어서 편하게 잤는데 오늘 밤 잠자리에서는 귀신 소굴이라는 생각에 저주가 많구나. 동굴과 무덤이 둘이 아니니 이 세상은 오직 마음먹기 나름이요, 온갖 법은 오로지 인식하기 나름이다. 마음밖에 달리 법이 없거늘 어찌 밖에서 구하리요. 원효는 이 깨달음에 당 유학을 포기했다지.
 모든 것이 마음에서 비롯된다. 누구나 아는 진리지만 범인이 마음 다스리기가 쉽지 않다. 이 쓰디쓴 맛은 질투인가, 배신감인가. 내 여자라는 믿음을 저버렸기에? 나는 진아를 언젠가 보낼 사람이라고 생각해 왔다. 그렇다면 단순한 소유욕이 아니라 진실에 대한 배신감이 아닐까. 나는 진아에게 무슨 진실을 기대했나? 나에게 성실하기를? 불순하지 않기를. 동물이든 인간이든 수컷은 성적 호의를 나누는 짝에게 물질적 보답을 하기 마련이지만, 진아가 젊음을 보상받고자 내 곁에 있다면 쓸쓸한 일이다.
 중년 남자가 벤치에서 일어나 담뱃불을 붙인다. 가로등이 있어 모습이 환히 보이는데 벗겨진 뒷머리에 담배를 빨아들일 때 볼이 들어가니 중늙은이 같다. 초겨울 밤이라 그 정경이 처량하여 나는 슬그머니 일어선다. 늙은이들끼리 공원에서 배회하는 것 같지 않은가. 그림을 그릴 땐 청년도 부럽지 않지만 진아가 다른 남자와 밀회한 것을 보니 나의 늙음에 비애를 느낀다.
 오랑멧새 수컷은 나이가 들수록 더 화려한 색깔을 띠고, 이것은 우수한 장수 유전자를 가지고 있다는 뜻이라 암컷들을 끌어들인다고 한다. 나 역시 왕성한 늙음을 생존 능력의 상징으로 자부했다. 진아의 상대를 보고 내가 맛본 것은 배신감이 아니라 젊음에 배척당한 소외감, 내 남성의 자부심을 무너뜨리는 무력감이었다.
 밤에 돌아와 가볍게 식사하고 황룡사 그림을 들여다본다.

밤의 사적지가 화면에 고요하게 깃들어 있는데, 붉은 스카프가 계속 눈에 어른거린다. 택시를 타고 올 때 오토바이 한 대가 차 옆으로 질주했는데, 남자 뒤에 탄 어린 여자의 붉은 스카프가 날아와 내가 탄 차의 차창을 덮었다. 기사는 놀라 브레이크를 밟았지만 허공에 소용돌이치던 긴 스카프가 거대한 우뭇가사리처럼 차창을 덮는 장면은 퍼포먼스 같았다. 파도처럼, 해일처럼 덮치는 불길. 불이란 단어가 떠오르자 불길에 덮인 황룡사가 영감처럼 머리를 스친다. 몽고란 때 불에 타서 수십 일간 재가 온 시가지를 덮었다지. 역사의 땅에 묻힌 불길을 혼처럼 불러내자. 습지를 흙과 자갈로 판축하여 백년이 걸려 건축한 사찰. 아홉 나라를 물리치고자 여왕이 구층탑을 세웠는데, 나라가 바뀌고 불의 상흔까지 안았지만 뼈대를 드러낸 채 의연하게 천년이 넘는 세월을 견디고 있다.

불길이 베일처럼 드리워지게 하자. 환영이며 상처의 회고담이니까. 나의 상처도 세월이 지나면 한갓 흔적으로 이끼 끼고 시간의 관록을 갖추리라. 분노도 피로움도 불타라, 재가 되어 영혼의 거름이 되리니. 주춧돌도 당간지주도, 보살도 여왕의 마노 팔찌도 세월의 불길 속에 타오른다. 용도 불길 속에 춤추고, 불의 난장을 지켜보며 달은 황도처럼 익어간다. 폐허의 들판은 투명한 불꽃으로 일렁이는데, 나는 이승의 티끌을 털고 극락세계로 들어가는 경계에 선 듯 화면 앞에서 서성거린다.

연이어 삼국유사 시리즈로 '처용'을 구상한다. 예전엔 처용을 멋진 한량으로 생각했다. 내가 처용의 입장이 되니 비참

하기 이를 데 없다. 여자라고 다를 바 없겠지만 남자들은 제도적으로 기득권자이고 자유로운 만큼 오히려 더 충격을 받는 것 같다. 처음의 춤을 격조 높은 해학, 운운하지만 무력함에서 느낀 절망이 체념의 춤으로 이어진 것이 아닐까. 본디 내 것이다마는 빼앗긴 것을 어찌하리요.

　몸을 섞는다고 아내와 여자가 내 것일 수는 없지. 소유했다고 착각하지만 타인의 영혼을, 마음을 어떻게 소유한단 말인가. 인간은 자신의 주인도 아니라고 하지 않는가. 무의식의 욕망 에너지에 의해 움직인다는 거다. 내가 미라에게 욕망을 느끼고 유혹했듯이 진아는 부잣집 학원생을 유혹했다. 내 뜻대로 할 수 없는 그대 마음. 이 사실을 받아들이자.

　다 아는 설화이니 단순하고 강렬하게 그리자. 이불 밑으로 죽순처럼 뻗은 크고 작은 발과 어깨를 올려들고 고뇌의 춤을 추는 사내. 바닥에 내던져진 눈이 부리한 처용 탈과 사내 주위로 몰려 있는 붉은 구름들. 달은 얼음처럼 창백하고, 연꽃들과 오리 한 쌍이 떠다니는 이불은 수조처럼 초록이다. 이불 바깥의 화면에 날아가는 또 한 마리의 새.

나, 저녁 산책길에 신을 만난다면

 구름처럼 유유히 한 해가 흘러갔다. 달력상의 날짜이지만 지구인이라 시간에 매일 수밖에 없다. 연말과 연초에 약간의 손님을 맞이하고, 오후에 작업하다 잠깐 누웠는데 잠이 들었다. 눈을 뜨니 햇빛이 물러서는 방바닥에 딱정벌레 한 마리가 놓여 있다. 미동도 않는 걸 보면 죽은 놈이다. 날이 추워지는 가을부터 파리며 방에서 죽어가는 벌레들을 자주 보는데 생명이 끊긴 미물을 바라보려니 『설국』의 한 장면이 생각난다. 시마무라가 다다미 위에서 죽어가는 곤충을 관찰하는 장면이 있었지. 한번 뒤집히면 다시 일어나지 못하는 날개 달린 벌레나 조금 걷다가 넘어지고 쓰러지는 벌의 조용한 죽음들을. 『설국』은 언제나처럼 손이 닿을 수 있는 거리에 있다. 등으로 전해 오는 따끈한 온기에 노곤하여 나는 누운 채 손을 뻗어 『설국』을 펴든다. 새해 들어 처음 책을 읽는다.

털보다 가느다란 삼실은 천연 눈의 습기가 없으면 다루기 어려워 찬 계절에 좋으며, 추울 때 짠 모시가 더울 때 입어 피부에 시원한 것은 음양의 이치 때문이라고 옛사람들은 이야기했다. 시마무라에게 휘감겨오는 고마코에게도 뭔가 서늘한 핵이 숨어 있는 듯했다. 그 때문에 한층 고마코의 몸 안 뜨거운 한 곳이 시마무라에게는 애틋하게 여겨졌다.

하지만 이런 애착은 지지미 한 장만큼의 뚜렷한 형태도 남기지 못할 것이다. 옷감은 공예품 가운데 수명이 짧은 편이긴 해도, 소중하게만 다루면 50년 이상 된 지지미도 색이 바래지 않은 상태로 입을 수 있지만, 인간의 육체적 친밀감은 지지미만 한 수명도 못 되는 게 아닌가 하고 멍하니 생각하고 있으려니, 다른 남자의 아이를 낳고 엄마가 된 고마코의 모습이 불현듯 떠올랐다. 시마무라는 움칠하여 주변을 둘러보았다. 피곤한 탓인가 싶었다.

가족이 있는 집으로 돌아가는 것도 잊은 듯, 오래 머물렀다. 떠날 수 없어서도, 헤어지기 싫어서도 아닌데, 빈번히 만나러 오는 고마코를 기다리는 것이 어느새 버릇이 되고 말았다. 그래서 고마코가 간절히 다가오면 올수록 시마무라는 자신이 과연 살아 있기나 한 건가 하는 가책이 깊어졌다. 이를테면 자신의 쓸쓸함을 지켜보며 그저 가만히 멈춰 서 있는 것뿐이었다. 고마코가 자신에게 빠져드는 것이 시마무라는 이해가 안 되었다. 고마코의 전부가 시마무라에게 전해져 오는데도 불구하고, 고마코에게는 시마무라의 그 무엇도 전해지는 것이 없어 보였다. 시마무라는 공허한 벽에 부딪는 메아리와도 같은 고마코의 소리를, 자신의 가슴 밑바닥으로 눈이 내려 쌓이듯 듣고 있었다. 이러한 시마무라의 자기 본위의 행동이 언제까지나 지속될 수는 없었다.

화자가 겨울 동안 산촌 여자들의 일거리가 되는 이 눈 지방의 삼(麻) 지지미에 대해 말하다가 고마코를 떠올리는 장면이다. 순수하기가 눈 같은 여자. 대상에 뛰어들지 않고 도자기처럼 관조하는 시마무라의 시선으로 그려졌기에 고마코의 사랑은 더욱 덧없고 투명하다. 시마무라의 회의와 게이샤란 허망한 직업이 이별을 예정하고 있지만 정욕적이거나 순정한 남자가 그 상대라면 신파 소설이나 싱거운 동화가 되었을 것이다. 서리 같은 남자와의 사랑이기에 허무도 우미하고, 비애도 살포시 눈 속에 묻혀 설국으로 승화된 것이 아닐까. 고마코에게 갈증을 주는 시마무라의 자의식도 이기적이라기보다 모시 같은 서늘함을 느끼게 한다.

춘희를 사랑하는 순정파도 있고 카르멘에게 질투하여 죽음을 던지는 정열의 호세도 있지만 대체적으로 남자들은 사랑을 영원한 정박지가 아니라 여행지로 생각하는 듯하다. 수많은 여자들과의 끝없는 연애담을 펼친 일본 중세 소설 『겐지 이야기(源氏物語)』의 주인공 겐지나 육체의 사냥꾼 카사노바나 심정적으론 같다. 「남자는 배, 여자는 항구」라는 유행가도 있지만 사랑에 기꺼이 자신을 희생하고, 정주하려는 쪽은 여자다. 진아가 순정적이라는 생각은 단 한번도 해본 적이 없고, 바라지도 않지만 나 역시 떠날 차비를 해야 한다고 느낀다. 지금 같아선 앞으로 십 년도 너끈히 살 것 같지만 죽는 날까지 진아를 찾을 수는 없다. 우리는 동등한 쾌락의 동반자였지만 낡고 가난한 미불호(米佛號)는 진아가 영원히 잡아두고 싶은 욕심나는 물건이 아니란 걸 안다.

 간밤에 눈이 내렸는지 아침에 눈을 뜨니 창 밖이 하얗다. 새해 들어 첫눈인데 또 귀한 손님이 오신다니 아이처럼 달뜬다. 향나무 밑에서 거대한 눈 버섯처럼 펼쳐진 가지를 바라보다가 대문을 열어둔다. 어제 저녁에 미전이 전화해서 새해 인사를 오겠다고 약속했다. 눈이 올 것을 알기라도 한 듯. 눈을 밟으며 뜰에 나서자 복술이도 꼬리 흔들며 내 품에 파고든다. 나는 개를 쓰다듬다가 줄을 풀어준다. 너도 눈 세상을 마음껏 쏘다녀보라. 십 년 전 갓 난 새끼를 데려와 키웠으니 벌써 열 살이다. 나와 함께 늙어서 맞수를 두어도 좋을 고령이다.
 "눈을 지고 있는 향나무가 신선 같네."
 미전이 안으로 들어서며 감탄한다. 미전의 가라앉은 비음을 들으니 머리가 맑아지는 것 같다. 나는 방에 그림을 펼쳐둔 채 손님을 기다린다. 미전은 들어서자마자 외투를 벗어놓고 절을 한다. 나도 인사말을 하고 내 옆으로 자리를 권한다.
 "대문이 열려 있데요."
 "귀한 손님이 오신다고 열어두었지. 추운데 밖에서 기다릴까 봐."
 아주머니가 차와 다과를 내놓고 나간다. 새해 연휴가 끝나서 정 서방도 출근하고 정미는 목욕을 갔다.
 "요새 대문 열어놓는 집이 어디 있어요."

"잃어버릴 것도 없는걸."

"예술가 방이 가장 부자 아닌가요."

"그렇지? 삶이 삭막해도 온갖 물감으로 환상의 세계를 그리고, 슬픔도 괴로움도 그림으로 풀면 그 순간만은 해탈을 하는 것 같아. 성자도 이런 희열은 모를 거야. 천금으로도 살 수 없는 환쟁이의 세계지."

미전이 방바닥에 펼쳐놓은 처용 그림을 들여다본다. 고개 숙인 처용의 얼굴은 청자(靑紫)로 칠하여 진보랏빛이고 남색 옷에 도련과 허리끈은 흰색으로 처리하여 대비가 선명하다. 처용 채색은 어제 완성했는데 미전이 입을 다물지 못하고 고개를 내젓는다.

"이불에 그린 연꽃이며 처용의 허리에 걸쳐진 붉은 구름, 정말 아름다워요. 투병까지 하시면서 어떻게 저런 강렬한 그림을 그리는지 감탄스럽기만 해요. 선생님 오래 오래 사시고 올해엔 더 많이 원 없이 그리세요."

"이 그림은 단숨에 그린 것 같아. 그림이 아니었다면 병을 이기지 못했을지 몰라. 실연을 당해도 그림으로 위로받아."

이불 밑으로 엉켜 있는 두 쌍의 발이 아침 햇살 속에 서로 희롱하는 것 같다. 그림을 들여다보다가 미전이 불쑥 말을 꺼낸다.

"진아 씨 청파동으로 이사 갔다면서요. 연말에 함께 남대문 시장에 갔어요. 옷가게들이 모인 골목으로 들어서려는데 작은 화재가 있었는지 양쪽에 줄을 쳐놓고 순경이 막고 있었어요. 사람들은 줄 밖에 둘러선 채 가지 못하고 기다리고 있는데 진아 씨가 갑자기 줄 밑으로 빠져나가 건너편으로 가는 거예요. 순경이 호루라기를 불었지만 진아 씨는 이미 빠져나갔죠. 통행금지 시키려고 쳐놓은 줄을 아무도 넘을 생각을 못하는데, 진아 씨 혼자 웃으면서 넘어갔어요. 특별히 바빴던 것도 아니고…… 아이처럼 제 하고 싶은 대로 하는 사람이구나, 생각했어요."

"진아답다."

갑자기 속이 메쓱하여 눈을 감는다. 진아는 다음 날 전화하여 왜 오지 않았냐고 물었다. "아침에 녹두죽 해주려고 다 준비해 놨는데." 나는 갑자기 몸이 좋지 않아 움직일 수 없었다고 둘러댔다. 그날 저녁 일은 원효 동상 아래에 묻었다. 그리고 화폭에서 부활했다. 내가 눈을 뜨자 미전이 걱정스러운 낯빛으로 누우시겠어요? 묻는다.

"아니야. 가슴이 잠시 답답해져서. 진아는 지금도 모델 서나?"

"네. 십일월부터 일주일에 한 번만 해요. 대학 입시 학원 다니고 바쁘대요. 진아 씨 억척스러운 데도 있어요. 열정은 있는 사람이에요."

"그래. 그 열정의 방향을 잘 잡아야지."

미전이 머뭇하다가 나를 정시하며 묻는다.

"선생님은 진아 씨의 어떤 점을 좋아하세요? 수수께끼 같아요."

"내 생에서 만난 여자 중 가장 원색적이야. 불타오르는 것이 있어."

"무슨 말인지 알겠어요. 이해할 것 같아요. 매순간 향유할 수 있는 것도 능력이죠. 나를 처음 만났을 때 진아 씨가 말했어요. 자기는 노인과 사귄다는 데에 프라이드를 갖는대요. 노인은 인생의 경험이 많지 않느냐고. 처음엔 그 말이 허황되게 들렸는데 진아 씨는 선생님처럼 나이 많은 상대가 아니면 안 될 것 같아요. 같은 또래는 진아 씨를 이해 못해요. 아버지 같은 남자여야 진아 씨를 포용해요."

"나는 이제 갈 사람, 진아를 진심으로 위해 줄 남자를 만나길 바라."

오후에도 복술이가 돌아오지 않아 동네를 돌아다녔지만 찾지 못했다. 해 질 무렵 정미가 돌아와 복술이를 찾으러 나갔다가 또 그냥 돌아왔다. 내가 걱정하자 정 서방에게 전화해 빨리 들어오라고 당부한다. 눈길에 미끄러진 것이 아닐까. 혼자 산길을 오르다가 길을 잃은 건 아닐까. 내가 집에 있을 때면 늘 밥을 챙겨주었고, 내가 밖에서 돌아와도 가장 먼저 반겨주는 가족이었다. 정 서방은 돌아오자마자 옷을 갈아입고 플래시를 들고 나서더니 한 시간이 채 못 되어 집으로 들어왔다. 발소리를 듣고 밖으로 나서니 눈 쌓인 뜰에 복술이가 늘어져 있다. 정 서방이 찾아온 거다. 내가 힘겹게 침을 삼키며 다가가니 정 서방이 내 앞에 선다.

"산에 갔다가 짐승 잡으려고 쳐놓은 덫에 걸렸어요. 빠져나오려고 발버둥치다가 힘이 빠졌나 봅니다."

"숨이 끊어졌나?"

"네. 아버님께 알리고 묻어야 할 것 같아서……."

정 서방은 무슨 잘못이나 저지른 듯 고개를 들지 못한다. 내 몸 속으로 무언가 휑하니 빠져나가는 느낌이다. 나는 차가운 밤하늘을 올려다보고 힘없이 돌아서며 일러준다.

"오늘 밤은 제 집에 두고, 내일 아침 일찍 뒷산에 묻지. 내가 먼저 가라고 사슬을 풀어주었어."

복술이의 사고로 일찍 잠자리에 든다. 실뭉치 같은 털 사이로 눈을 깜박이며 나를 바라보던 모습이 자꾸만 떠오른다. 사랑을 갈구하는 것 같기도 하고 할말이 있는 것 같기도 했다. 호소하는 듯한 그 눈을 보면 동물에게도 분명 영혼이 있는 거다. 인간과 가장 가까우면서 세상에 한 점 해악도 끼치지 않고 수명을 다한 무구한 영혼. 꼬리 흔들며 눈 속을 걸어가는 복술이가 눈에 선한데, 눈 너머 어떤 세상이 희미하게 보이는 듯하다. 산책하러 데리고 나가면 앞서 기다리곤 하더니 뒤돌아보는 모습이 나더러 따라 오라고 말하는 것 같다.

내 손으로 복술이를 묻어주고 싶었으나 기온이 갑자기 내려가서 정 서방에게 맡겼다. 새벽부터 일어나 독촉하는 나를 정미가 만류하여 주저앉았다. 행여나 감기에 걸릴까 목욕도 하지 않고 온종일 집에 있었지만 저녁부터 잔기침이 난다. 어제 오후 복술이를 찾으러 골목을 헤매 다닐 때 찬바람을 쏘인 탓인가. 날이 차지 않았고 모자에 목도리를 단단히 둘러매어 땀이 났다. 가벼운 산보라 무리랄 것도 없건만 신경을 쓴 탓에 피로가 왔나 보다. 스트레스를 받으면 저항력이 떨어지므로 절대 안정을 취해야 한다고 의사가 당부했다. 열은 없으므로 정미가 걱정하지 않도록 말하지 않는다.

자고 나도 마른기침이 나지만 그닥 신경 쓰고 싶지 않다. 건조한 겨울 날씨 탓이 아닐까. 아침에 진아에게 전화하여 오후에 가겠다고 약속한다. 연말 안에 청파동에 오라고 했지만 가지 못했다. 웬만한 방문객은 건강을 핑계로 사양했지만 피치 못할 손님을 맞느라 자리를 지켰다. 아무 말 않고 외출복 차림으로 문밖에 나서니 정미가 행선지를 묻는다. 나는 산보 겸 화방에 들렀다가 오겠다고 일러준다, 정미 배가 꽤 부르다. 올 초봄이 산달이다.

"웬만한 일은 다 저희 내외에게 맡기세요."

걱정하는 딸에게 나는 고개를 끄덕인다.

"그러마. 사람 만나러 나가는 일은 더 이상 없을 거야."

크리스마스 날 만나지 못했으니 오랜만의 걸음이다. 진아도 다른 때보다 더 반색을 한다. 막 샤워를 했는지 젖은 머리에 까만 가운을 입고 있다. 진아는 내 털모자를 벗기더니 머리카락 한 올 없는 민머리를 두 손으로 어루만진다. 옛날 사람같이 머리통이 납작하지 않아 예쁘다고 수선을 피운다. 문득 진아가 학원생 얼굴을 어루만지던 장면이 떠올라 나는 등을 돌리며 외투를 벗는다.

"피곤하다, 눕자."

질투가 흥분을 유발시켰을까. 나는 격투하듯 두 차례나 사정하고 시래기처럼 늘어진다. 얼마나 시간이 흘렀을까. 커튼이 드리워진 방은 어둑하고 후덥지근한데, 잔기침이 나온다. 진아는 마사지를 해주겠다면서 나를 돌아 눕힌다. 내 몸을 시트로 덮고 허리에 올라앉더니 머리부터 목과 어깨를 양손으로 누른다. 여체의 무게가 나를 짓눌러 숨이 차지만, 시원한 손맛에 잠자코 몸을 맡기고 있다. 진아는 시원한가 묻더니 화제를 돌린다.

"아빠 나 축하받을 일이 있어."

"뭔데."

"나 대학에 붙었어. 처음엔 전문대학에 가려다가 뒤늦게 시작하는 공부 제대로 하자 싶어 서울서 한 시간 거리에 있는 새로 생긴 4년제 대학에 응시했어. 신학을 하려다가 스페인어과로 지망했어. 내 친구 동생이 미국 사는데 스페인어를 해보래. 미국에 남미 히스패닉들이 많아서 미국 애들이 제2외국어로 거의가 스페인어를 한대. 앞으로 전 세계적으로 스페인어가 제2외국어가 될 거라네. 올 사월 아빠 스페인 갈 때 따라가서 미리 구경하면 좋을 것도 같고."

"대단하다. 뒤늦게 공부해서 합격하고. 축하해야지."

나는 약간 놀라며 답한다. 흔한 영문과도 아닌 스페인어과라니. 뜬금없다고 생각했지만 듣고 보니 나름대로 현실적이다. 나의 전시회까지 연관시키다니. 끈기가 없다고 생각했더니 악착스러운 면이 있다.

"입학금은." 하고 말을 꺼내다 진아가 힘주어 허리를 누른다.

"처음 학교에 등록하는 거라서 좀 비싸네. 입학금이 이백만 원이고, 책값하고 옷값, 다 합쳐서 삼백만 원만 해줘. 다음 학기부턴 등록금만 내니까 싸."

"진아, 아빤 요새 돈을 못 만져. 내가 아픈 뒤로 정미가 모든 걸 맡아서 해나간다. 외출할 때마다 정미가 내 호주머니에 이십만 원씩 넣어 줘. 투병을 시작한 뒤 진아에게 준 것도 다 그 돈이야."

진아가 침대로 내려앉더니 나를 돌아 눕힌다. 양반다리를 한 채 정색을 하고 따진다.

"아빠, 이러지 마. 입시 학원비를 줄 땐 대학에 보내줄 생각까지 당연히 해야지. 아빠가 안 주면 내가 어떻게 대학 다니라고. 정미는 박사까지 만들어 교수 시키면서 나한테 그 정도 안 해줘? 나는 뭐야, 씨받이야?"

나는 입을 다문 채 잠자코 옷을 입는다. 아무리 아름다운 육체라도 돈 얘기를 할 땐 옷을 걸치는 것이 낫겠지. 나체는 두 몸이 원죄가 없는 낙원으로 들어설 때만 필요하지 않을까. 일본인들은 나체를 아름답게 생각하지 않아서 춘화 속의 남녀도 옷을 걸치고 있다. 그들의 생각도 틀리지 않다. 성기만 과장되게 세밀히 그려서 더욱 그로테스크한 효과를 내지만. 정신을 차리고 내가 물을 청하니 진아가 그제야 가운을 걸치고 밖으로 나간다. 나는 양말까지 신고, 진아가 컵을 들고 오자 물을 마신다. 막 데웠는지 옥수수차가 미지근하다. 나는 잔기침을 하곤 양손으로 민머리를 쓰다듬는다.

"그래. 어떻게 해보자. 무슨 방법이 있겠지."

"수묵화 하나 그려서 팔면 될 텐데 뭐. 그림 몇 점 그려주면 내가 알아보든지."

지난번에 여자 누드화와 검붉은 모란 한 점을 그려주었다. 정인이라 할지라도 돈 대신 그림을 그려주면 몸을 파는 기분이다. 나는 시계를 보며 일어나고 진아는 내게 병원에 예약된 날짜를 묻는다. 나흘 뒤라고 알려주니 달력을 들여다본다.

"이번에 이십 일 만에 온 거 알아? 입원하면 또 언제 봐. 들어가기 전에 해주면 안 돼?"

"진아, 돈을 쉽게 생각하지 마라. 그림을 팔더라도 시간이 걸리겠지. 이달 안까지 만들어보자."

간밤에도 기침이 잦더니 열이 있고 종일 마른기침이 난다. 사흘 뒤 병원에 예약돼 있으니 경과를 보자고 해도 정미가 걱정하여 예약 날짜를 당긴다고 한다. 나는 스페인전에 내걸 800호 대작을 구상하며 서화랑 사장에게 먼저 전화한다. 오백 정도가 필요하니 그림을 팔아달라고 부탁할 셈이다. 그림이 안 팔리면 달러 빚이라도 내라고. 서 사장은 알아보겠다 쾌히 응하면서 "선생님 혹시 병원비 때문입니까?" 묻는다. 병원비가 얼마인지 신경 쓰지 않았지만 지난번 전시회 때 팔린 그림으로 충당되지 않을까. 아니면 정미가 보충할 것이다.

"이중섭 시대도 아니고, 대화가가 병원비도 없다면 무언가 잘못된 거지. 개인적으로 필요해요. 정미는 알 필요 없으니 그리 아시고."

800호 대작의 주제는 '나의 뿌리 꼬레아'다. 한국, 나라, 민족, 이런 단어들은 나의 평상심을 흔든다. 외침을 당했던 오랜 역사와 반도의 폐쇄성 때문에 한국인에게 민족이란 신성불가침이고, 민족이란 이름으로 매도당하면 어떤 것도 맥을 못 춘다. 예술가도 결코 예외일 수 없어서 해방 뒤 일본 회화 척색(斥色) 사조가 일어나자 많은 화가들이 수묵으로 급전환

했고, 이십여 년 전 미술계를 떠들썩하게 했던 한 동양 화가의 일본색 비판 사건도 민족주의를 내세운 논쟁이었다. 양진영 모두 민족주의를 들고 나와 남성들 간의 쟁탈전이 벌어졌는데, 이 나라에선 지식인도 예술가도 금단추를 달듯 민족주의자로 불리길 원한다.

　나도 알고 있다. 일제와 6·25를 겪으면서 민족의 존립을 위해 정체성을 세우는 일이 요구되었다는 것을. 그리하여 정치인이나 지식인들은 시대의 요구를 받들듯 진정한 남성의 표상으로서 민족주의를 앞세웠다. 누군가 말했다. 한국의 민족주의는 국가적 주체를 남성적 주체로 동일시하는 남성적 담론으로 집단주의적인 남성 자아라고. 그것은 실상 가부장적 남성주의 담론으로, 계급, 인종, 성 문제를 포괄적으로 담아내지 못한 또 하나의 제국주의였다고.

　그림만 그리며 버러지처럼 살아온 나는 예술가만으로 만족하지 못하는 영웅주의자들처럼 민족주의자란 말을 감히 하지 않겠다. 내게 민족이란 구들목에서 함께 자란 형제와 피를 나누듯 술을 나누어 마신 친구들과 남의 상여를 보며 삶의 기억에 눈물짓는 착한 이웃들이다. 나라는 내 어머니의 어머니의 어머니의 피가 이어진, 알 수 없는 인과(因果)로 내가 태어난 땅이다. 내 몸 속에 몽고와 한족과 흉노의 피가 섞였을지 모르나 어머니들의 역사를 거슬러가면 신라와 삼국시대, 부여와 청동기까지 나아간다.

　한반도의 가장 오랜 그림 울진 반구대 암각화를 스케치해 본다. 두 팔과 다리를 뻗고 춤추는 샤먼, 멧돼지와 사냥꾼, 배와 하늘을 향해 오르는 고래무리와 바다거북. 고기 잡고 사냥하는 단순한 삶에도 고대인들은 바닷가 암벽에 그림을 그려 놓았다. 주술적인 성격도 있지만 창조의 충동이기도 하다. 성의 충동처럼 본능적인 인간의 예술적 충동.

　가능한 한 병원에 빨리 가고 싶지 않았지만 정미가 옳았다. 기침이 심해져서 잠자리에 일찍 들었으나 밤에 잠이 깨어 불안에 휩싸였다. 열이 나고 숨이 차서 뜬눈으로 지새웠는데, 아침에 몇 가지 검사를 한 뒤 입원하여 결과를 기다리니, 오후에 담당 의사가 회진하러 들렀다.

　"좀 어떠세요. 기침은 덜하죠? 엑스레이 결과 소견상 염증이 있고, 다른 소견도 보이네요. 좀 더 정확히 보기 위해 컴퓨터 촬영을 할 겁니다. 내일로 예약됐어요."

　"염증이 있다면 폐렴을 말하는 겁니까?"

　"그렇습니다."

　"치료가 얼마나 걸릴까요."

　"컴퓨터 촬영을 해봐야 알겠어요. 먼저 폐렴 치료를 하고 항암 치료를 계속 할 겁니다."

　병원에 입원한 지 일주일 만에 방사선 치료를 다시 시작했다. 이번엔 가슴에 방사선을 쏘여서 폐로 전이된 것을 눈치 챘다. 의사도 정미도 전이됐다는 말은 하지 않았다. 예약일을 당겨 가자 의사는 진단하면서 물었다. 머리는 아프지 않았어요? 허리는 아프지 않았어요? 머리가 아프면 뇌를 컴퓨터로 촬영해야 한다고 했다. 전이증상이기 때문이다. 허리가 아프면 뼈로 전이된 거다. 전에 나와 함께 2인실에 입원했던 위암 환자가 말해 주었다. 입원하기 전날 반구대 샤먼 암각화를 스케치할 때도 전이됐다고는 생각하지 않았다.

항암 치료와 방사선 치료를 함께 받고 보름 만에 퇴원한다. 입원하면서부터 퇴원할 때까지 머리 위로 링거 병을 단 채 끊임없이 주사를 투여받고, 음식만 보면 토했지만 고통을 견뎌 냈다. 어서 죽음의 치료를 끝내고 페튜니아 꽃밭처럼 물감들이 널려 있는 나의 방으로 가자. 결벽한 혼처럼 비어 있는 화선지에 난교하듯 색채를 뿌려 설화의 이불을 짓자. '나의 뿌리 꼬레아'를 주문처럼 떠올리며 나는 병실에서 구상이 고통인 듯 괴로워했다.

퇴원 뒤 닷새간 방사선 치료를 받고, 기침약과 동그란 보라색 모르핀을 조석으로 복용한다. 방사선 치료도 몸이 피곤하지만 항암 치료를 할 때처럼 토하지 않아서 견디기가 낫다. 예전보단 기력이 떨어진 듯하지만 800호의 화선지를 펼칠 수 있을 정도로 방이 넓어서 작업에는 편리하다. 입원하는 동안 옆방을 터서 확장해 달라고 정미에게 부탁했다. 앞으로 대작을 계속 그리고 싶다. 장편을 쓰다가 단편을 쓰면 손 풀기 같다고 작가 친구가 말하더니, 온 방에 종이를 펴놓고 대작을 다시 시작하려니 먼 항해에 나서는 기분이다.

고구려 벽화를 종일 들여다보며 이것저것 스케치해 본다. 한국화의 채색 전통은 고구려 고분 벽화로부터 시작된다. 벽화에 전반적으로 사용된 갈색은 천연광물로 황토이고, 적색도 많다. 수산리 벽화무덤의 부인 얼굴에 그려진 연지와 입술, 부엌 아궁이의 불길은 붉은색이 아직도 선연한데 이런 적색에서도 수은 성분이 나왔다. 값비싼 진사(辰砂)를 사용한 뒤엔 붓에 묻은 물감을 입으로 빨아 뱉어두는데, 이 버릇이 혹시 식도암을 유발한 것이 아닐까. 진사를 자주 쓴 것도 아닌데 그럴 리가. 오십 대 이상의 남자들에게 주로 발생하고 음주나 자극성 음식과 관련 있다는 암이니, 하루도 술을 거르지 않고 젓갈 같은 짠 음식을 즐기는 나의 편중된 식습관에서 비롯된 것이다.

고대인의 단순한 삶이 재현된 고구려 벽화를 보며 향수를 느낀다. 날개를 펴고 마주 날아오르는 해신과 달신, 동물의 얼굴을 한 농사신과 일하는 야장신 등 신들의 무대인 오괴분(五塊墳) 5호 무덤, 긴 옷의 여인네들이 몸종과 여유롭게 나들이하고, 말을 탄 무사와 사슴이 뛰어다니는 장천 1호 무덤, 점박이 무늬 옷을 입고 춤추는 무용수들과 촛대 같은 거목이 신령스러운 무용총. 내가 좋아하는 무용총 수렵도와 각저총, 장천 1호 무덤에도 그려진 이 고대의 나무를 우주목이라 부르자. 우주목을 '나의 뿌리'에 구성하기.

오후에 서 사장이 전화했다고 정미가 바꿔준다. 퇴원 뒤부터 정미는 전화와 방문 등 불필요한 외부 일로부터 나를 격리시키려고 애쓴다. 나의 외출이 폐렴을 유발시켰다고 믿는 정미에게 꼼짝할 수 없다. 전화를 받자마자 서 사장은 안부를 묻곤, 내가 필요한 액수의 그림이 팔렸다고 알려준다. 애를 쓴 흔적이 보인다. 나는 오늘이라도 돈을 갖다 달라고 부탁하고 서 사장은 한 시간 뒤 가겠노라 흔쾌히 약속한다. 돈이 마련됐으니 내일이라도 진아를 부르자. 더 이상 외출할 기력은 없고, 이젠 그림을 위해 한 시각도 아껴야 한다.

　진아의 방문을 미리 얘기하려는데, 마침 정미가 일찍 외출한다. 볼일을 보고 2시 안에 들어온다며 간병인에게 이것저것 지시한다. 집에 있을 땐 손수 죽을 끓이고, 생수부터 보조 식품까지 일일이 챙기는데, 자식으로서 회한이 없도록 최선을 다한다는 걸 알고 있다.

　진아는 정확히 11시에 벨을 누른다. 내가 일러두었으므로 간병인은 말없이 대문을 열어주고 집으로 안내한다. 발소리가 들리더니 진아가 방문을 빠끔 열고 진노란 프리지어를 손에 든 채 들어선다. 잠시 누워 있었던 나는 일어나 앉으며 자리를 가리킨다. 진아는 내 옆에 앉더니 얼굴을 들여다본다.

　"살이 더 빠졌어. 또 방사선 치료 받았다며? 과학에 의존하지 말고, 영성으로 낫게 하는 기도원에 가자니까."

　"의사도 나도 최선을 다하고 있으니 잘되지 않겠나. 내일 다시 폐 컴퓨터 촬영을 하고 결과에 따라 다시 입원할지도 몰라. 병원 가는 일 외엔 이제 외출을 못할 것 같다. 그래서 진아를 집으로 부른 거야."

　나는 마른기침을 하며 수표가 든 봉투를 내놓는다. 진아는 봉투 속의 수표를 꺼내보더니 가방에 넣는다. 요구한 액수보다 많아서 만족할 것이다. 나는 물을 한잔 마시고 말문을 연다.

　"진아, 아빠는 이제 정리할 때가 된 것 같아. 앞으로 얼마만큼 살지 모르지만 이제 남은 시간은 그림만 그리다 죽고 싶다. 진아는 더 이상 나를 찾지 말고 좋은 남자 만나 결혼해라. 만나면 언젠가는 헤어지는 것이 인간사이니 모든 걸 담담히 받아들이고, 아빠가 남은 힘으로 찬란한 그림을 그리도록 멀리서 기도해 다오."

"아빠, 지금 이별사 하는 거야? 입학금 달랬더니 더 얹어서 송별금으로 주는 거야? 더 이상 나를 찾지 말라고? 십년이면 강산이 변한다는데 내 청춘도 십년이란 세월에 녹이 슬었어. 급급해서 찾을 때는 언제고, 이제는 병을 핑계로 나를 헌신짝처럼 버리려 하네."

"버리다니, 그런 험한 말을."

진아의 반격이 뜻밖이라 나는 말을 제대로 잇지 못한다. 진아는 눈을 동그랗게 뜬 채 조롱하듯 입술을 비틀고 있다. 나는 가슴에 통증을 느끼며 힘겹게 입을 뗀다.

"그러면 어떻게 해야 하나. 내가 무덤에 갈 때까지 지켜봐 달라고 해야 할까?"

"이대로 떠나라고는 할 수 없지. 박진아가 바친 세월, 법적 마누라였다면 유산이라도 받겠지. 몸도 뭣도 마누라보다 더하면 더했지, 나는 희생했어. 아빠가 진정으로 나를 생각한다면 보상을 해줘야 하는 거 아냐?"

"난 진아에게 희생을 요구한 적이 없어. 그럴 힘이 있나. 내 곁에 머물렀던 건 진아의 선택 아닌가? 우리는 동등한 파트너였어. 진아가 좀 더 순수했더라면 완벽했지. 난 가진 것 없지만 할 수 있는 한 진아가 원한 것을 다 해주었어. 염라대왕 앞에 가더라도 최선을 다했다고 말할 거야. 더 이상 할말이 없으니 조용히 있도록 내버려다오."

"최선을 다했다구? 빌라 얻어주고, 그깟 푼돈 대줬다고?

섹스로 나를 만족시켰다고 하시지. 처음 만났을 때 내가 할아버지를 유혹했어? 남자들은 최선이란 말로 자신을 정당화해. 자기 욕망을 위해 최선을 다했겠지. 이기심을 미화하지 말아요. 역겨워."

나는 가만 자리에 눕는다. 조용히 이별하며 쓸쓸한 마음을 다잡고 인생의 한 막을 내리려 했건만 갑자기 뒤통수를 맞은 것 같다. 나는 무슨 잘못을 한 것일까. 머리맡에 내던져진 프리지어 향기에 위액이 울컥 올라온다. 예측할 수 없는 사람이다. 나는 진아를 너무 모르고 있다. 진아가 일어서는지 기척이 들리는데 문 열리는 소리에 이어 갈라지는 금속성 음성이 방에 울린다.

"할아버지 죄, 하느님이 심판할 거야."

폐 컴퓨터 촬영 결과 생각만큼 좋은 효과가 나지 않았다. 다시 사흘간 입원하여 다른 종류의 항암 주사를 맞았고 퇴원 뒤 모르핀 복용량을 한 알 늘렸다. 어젯밤 잠자리에 들면서 모르핀을 두 알 먹었고, 아침에도 두 알 먹는다. 고통도 면역이 될까. 시간이 흐르면 체감 수치가 떨어질까. 쾌락이 늘 새롭듯이 고통도 늘 처음 같다. 이것이 고통의 업이다. 살아 있는 동안 틈새만 보이면 쥐새끼처럼 비집고 들어오는 고통. 완전치 못한 자의 자업자득이라 해도 이럴 땐 가혹하게 느껴진다.

기운이 없더라도 작업은 계속한다. 스케치는 충분히 했으므로 '나의 뿌리 꼬레아' 밑그림을 그린다. 화면 밖으로 튀어나갈 듯 앞다리를 뻗고 있는 호랑이와 눈만 빛내며 바위처럼 웅크리고 있는 곰, 곰 머리 위로 달처럼 떠 있는 여자 탈, 화면 한쪽엔 가지마다 금빛 횃불이 타오르는 듯한 우주목이 서 있고 점박이 무늬 옷을 입은 고구려 무용수가 한 손을 올려들고 춤을 춘다. 발치엔 개구리를 입에 문 신라 토기의 뱀이 똬리를 틀고, 화면 맨 위엔 석굴암 부처님이 태양 같은 후광을 두르고 물결 위에 솟아 있다.

 면경 앞에서 머리를 쪽지는 이조 여인도 들어가고, 두건을 쓴 남자는 검은 새 한 마리를 안고 여인의 뒷모습을 지켜본다. 면경에 그려진 여인의 긴 눈은 영혼결혼식을 올렸던 영선과 닮았고, 두건을 쓴 남자는 나다. 가슴에 안은 새는 인도에서 늘 나의 시야를 맴돌며 까악 까악 울던 영매 같은 까마귀. 그 옆에 서 있는 동자는 길을 재촉하듯 초롱을 들고 있다. 웅녀 신화에서부터 화가 모습까지 수십 세기가 하나의 화폭에 강처럼 흐른다.

 밑그림이 완성되자 화면 전체에 발묵해 놓고 채색을 하기 전에 미전에게 전화한다. 삼 주 뒤 다시 항암 치료를 받아야 하니 방문 사절하고 그동안 그림만 그려야 한다. 방사선 치료를 받으러 갈 때 데려다주었던 미전은 전화를 받더니 반색한다.

 "그렇지 않아도 전화하려고 했어요. 좀 어떠세요?"
 "좋아졌다곤 할 수 없어도 나빠진 건 아니야. 퇴원 후 식사도 잘하고 어제는 동네를 산보했어. 계속 노력하고 있어."
 "목이 약간 쉬었군요."
 마음이 약한 사람이라 미전의 목이 잠기고, 나는 공연히 그림 얘기를 한다.

"스페인에 전시할 800호 그림에 고구려 벽화부터 이조 여인까지 다 들어가는데 호랑이와 곰을 넣을까? 웅녀가 인간이 된 신화를 넣으려고."

"큰 화면에 그런 동물들이 들어가면 신화적이고 태고의 분위기가 날 것 같아요. 좋은 그림이 될 것 같은데요."

"그럴 것 같아. 그럼 넣어야지."

"한 달은 걸리겠네요. 대작이라서."

"삼월까지 큰 작품 두어 점은 더 할 수 있을 거야."

미전은 격려하면서 "무리는 하지 마세요." 덧붙인다. 나는 그제야 진아 말을 꺼낸다.

"요즘도 진아가 거기 오나?"

"대학에 붙었다고 이젠 모델 안 하겠대요. 닷새 전에 마지막으로 왔어요."

닷새 전이면 내게 다녀간 뒤다. 내가 가만 한숨을 쉬니 미전이 무슨 일인지 묻는다.

"음, 진아가 걱정이 돼서. 내 건강이 안 좋으니 자기 길을 찾아야 하지 않겠나."

"대학에 들어가서 굉장히 고무된 것 같던데요. 외국어 해서 외국 나가고 싶다는데 공부하고 싶다는 욕구는 좋아요. 이제 자기가 가고 싶은 길을 찾았으니 다행이에요. 선생님은 더 이상 걱정하지 않아도 될 것 같아요. 그럴 상황이 아니잖아요. 억척같은 사람이니까 혼자서도 잘 해나가겠죠."

"그럴까. 다음에 진아 보면 어서 좋은 남자 만나 결혼하라고 해. 이것도 이기적인 것일까."

"인간이란 생물은 왜 이다지도 복잡할까요? 남자 여자는 실과 바늘처럼 함께 존재해야 하면서 바늘구멍 같은 수수께끼를 늘 통과해야 해요."

"그것도 신비 아닌가. 만나고 이별하는 것도 인생의 신비야."

무거웠던 마음이 대화로 풀어진다. 삶에는 늘 고비가 있지만 생명력이 강하여 인간은 극복하기 마련이다. 젊은 여자가 남편감을 만날 기회는 많다. 진아가 남자 없이 자립적으로 살아가리라곤 생각지 않는다. 뒤에라도 돈이 생기면 미전의 편에 보내자. 진아는 가난 때문에 늘 돈에 집착했다. 표정을 돌변하여 대들었으나 다시 나타날 것도 같다. 내가 받진 못했지만 그동안 전화했을지도 모른다. 미전이 화제를 돌린다.

"선생님, 저 내일 모레 동경 가요. 친구가 일본서 공부하고 있는데, 이번에 꼭 오라고 해서 남편 동의도 받았어요. 애들도 방학이라 어머니가 와서 며칠 봐주기로 했어요."

"잘됐네. 내가 건강이 좋으면 동행하겠는데, 에치고 유자와, 말야."

나는 눈앞에 설국을 떠올리며 서운해한다.

"제가 대신 갔다 와서 말씀드릴게요. 친구도 만나고 싶지만 사실 설국을 보고 싶어서 이번에 가기로 했어요. 일본 가는 길에 혹시 저한테 부탁하실 것 없으세요? 물감이라든가 아니면 아는 분께 안부 전하라든가. 고마코가 있으면 정말 만나고 싶군요."

"에치고 유자와에서 엽서 하나 보내줄 테야? 다른 건 필요 없어. 나와 친한 사람들은 다 저 세상에 있어. 고마코도."

농담이 아니다. 고마코가 없는 설국은 영원히 남겨두는 것이 좋을지도 모른다. 내가 그리워하는 것은 고마코라는 이름의 순수이다. 설국 같은 고마코. 잘 다녀오라고 인사한 뒤 전화를 끊고 앉아 있으니 아득한 시간의 터널을 뚫고 불현듯 바바상의 흰 얼굴이 떠오른다. 올백한 머리와 옆얼굴의 선이 좋아서 내가 곧잘 스케치했던 일본 시인이다. 도벽이 있는 바바상은 학교 도서관에서 미술책을 훔쳐 내게 갖다 주기도 했다. 동경 유학 시절 나와 같은 집에 세 들어 살았던 이 일본인은 열두 살 위였지만 나이를 의식지 않고 꽁초를 주우러 가자고 조르기도 했다. 시국에도 무관심해 보였지만 천황의 암살을 기도한 박열을 존경해서 그의 아내 가네코가 옥중 자살한 기일에는 아내와 함께 조촐한 제사상을 차리곤 했다. 다방 레지 출신의 아내는 아이를 낳지 못했는데 바바상은 "둘 다 썩어 문드러졌거든." 하고 하하, 웃었다. 두 사람 다 매독에 걸린 적이 있었다. 바바상은 일본 패망 전에 폐렴으로 죽었다.

그의 아내도 얼마 뒤 남편 뒤를 따랐다. 바바상의 친구가 도움을 주고자 기모노 속에 돈을 넣었는데 그의 부인이 곡해하여 질투했다. 바바상의 아내는 집에 돌아와 그날 밤 청산가리를 먹었다. 순수하기가 아이 같았던 바바상과 결벽한 그의 아내. 무엇도 움켜쥐려 하지 않았고, 버러지처럼 순명하며 살다 간 바바상이 그립다.

두발을 디디고 바위처럼 웅크린 곰을 먹선으로 채색하고,

어딘가를 바라보는 두 눈만 초록으로 칠한 뒤 잠시 눕는다. 약을 먹지만 기침이 줄지 않고 가슴에 통증이 느껴진다. 팔다리가 저리니 종이를 방바닥에 펴놓고 채색하는 작업이 힘겹다. 이것만 완성하면 여태 작업한 것만으로 스페인에서 충분히 전시할 수 있지만 머릿속엔 그림 소재들이 회오리바람처럼 몰려다닌다.

　작년 초봄에 경주 남산에 가서 스케치한 것만도 한 권이 된다. 높지 않은 산이지만 백여 곳의 절터와 백여 체의 불상과 팔십 여개의 탑이 산재해 있는 보물 같은 산이다. 바위들이 뼈처럼 드러난 계곡을 내려다보면 신라의 남녀가 예불하러 산을 오르는 정경이 환영처럼 눈에 떠오르곤 했다. 칠불암을 지나 남산이 내려다보이는 신성암 중턱 바위에 다다르면, 한 손에 꽃을 들고 상념에 잠긴 듯한 신선암 마애불과 마주치는데, 구름처럼 걸쳐진 바위 속에 부조된 관음보살이 여기에도 구원이 있구나, 하는 감동을 주면서 나그네 발길을 멈추게 한다.

　마른 가지를 뒤흔드는 초봄의 바람소리가 마음을 어지럽히면 어디선가 염불사의 염불소리가 바람에 실려 올 것 같았다. 삼국유사에 기록되기를 남산 동쪽 기슭의 한 절에는 범상치 않은 중이 있어 늘 염불을 외우니, 그 소리가 성중의 17만 호에 들리지 않는 데가 없었고, 높고 낮음이 없이 낭랑한 소리가 한결같았다고 한다.

　6세기 진흥왕 때 경주엔 벌써 절과 탑들이 별처럼 늘어섰다지. 이름 없는 석공들이 불심으로 돌을 쪼면 남산 여기저기

부처의 미소가 피어나왔다. 갠지스 강변에 늘어선 사원이 힌두인의 안식처이듯 남산은 신라인들의 피안이었다. 고대인들의 기도하는 마음으로, 돌 쪼는 소리가 묻어 있는 남산의 40여 계곡을 붓으로 누벼서 다음엔 경주 남산전을 열자. 부처가 사라진 비어 있는 연화대좌에 앉아, 천년만년 의연하게 제자리를 지키는 대자연을 내려다보면 여기까지 생채기를 달고 허위허위 달려온 우리의 삶도 저 골짜기를 지나가는 한 자락 바람처럼 덧없이 여겨진다. 우리는 어찌 태어나서 또 죽는 것일까? 양지스님이 영묘사의 장륙존상을 만들 때 성안의 남녀가 진흙을 나르며 불렀다는 풍요(風謠) 가사처럼 서럽더라.

 오다오다오다
 오다 서럽더라
 서럽더라 우리들이여
 공덕 닦으러 오다

 몸 상태에 비하면 작업 속도가 빠르다. 이 주일 만에 채색을 절반 넘게 했다. 호랑이의 검은 몸체에 물방울 같은 노란 점들을 채우고, 고구려 무용수 상의는 붉은 갈색 대자(岱赭)에 먹을 점점이 찍고 흰 바지에도 먹으로 점을 찍는다. 무용수 옷을 채색할 때 정미가 주스를 들고 와서 내 옆에서 그림을 들여다본다.
 "아부지, 저 어릴 때 점무늬를 좋아해서 저런 원피스도 입었어요. 엄마가 '땡땡이 가라 간따꾸'라고 일본말로 했던 것 기억해요. 흰색에 연보라색 물방울무늬 옷."
 "그래, 나도 기억나는 것 같다. 해산하고 나면 물방울무늬

원피스를 선물할게. 출산 예정일이 삼월 초든가? 준비는 잘 하고 있겠지. 네게 신경을 못 써서 미안하다."

"무슨 말씀을요. 이렇게 힘든 치료도 잘 극복하고 계신데요. 일주일 뒤 아부지 입원하시고 항암 치료 마치면, 저도 준비를 하겠어요."

"간병인이 늘 옆에 있으니 이번엔 아예 병원에 올 생각 마라. 곧 해산할 사람이 암환자실을 왔다 갔다 하면 되겠나. 그래야 아부지 마음이 편해."

곧 손자를 볼 수 있다고 생각하니 어깨를 젖히고 싶다. 정미가 컵을 들고 나가자 화가의 라관(羅冠)을 주황으로 칠한다. 고구려 삼실총 귀족 남자가 쓴 고구려식 모자이다. 붉은 라관에 흰옷을 입고 눈썹을 곤추세우고 있는 노화가의 표정은 비장하다. 쌍계머리를 틀고 초롱을 든 채 옆에 서 있는 시동의 얼굴은 창백하리만큼 흰데, 옷을 군청으로 칠한다. 깊으면서 눈부신 파랑, 언젠가 진아가 저승사자 같다고 했던 빛깔이다. 눈과 입술, 얼굴과 옷의 테두리를 붉은 선으로 그려 윤곽을 드러내기.

거의 망아 상태에서 채색하다가 기침이 심해져서 눕는다. 언제라도 누울 수 있도록 이불은 늘 방 귀퉁이에 깔려 있다. 송편처럼 반으로 접어 요 겸용으로 사용하는데, 천지의 오만 빛깔이 묻어 있는 그림을 베개 삼고 누워 있으면 내 몸이 나비를 꿈꾸는 버러지 같다. 육신은 초라하나 우화(羽化)를 기다리기에 행복한 버러지.

저녁 식사 후 여덟시에 잠자리에 들었지만 기침을 하다가 잠을 깼다. 방은 훈훈한데 손발이 차고 온몸이 두들겨 맞은 것처럼 아프다. 눈을 감고 잠을 청하려 해도 머리가 또렷해 종을 흔든다. 정미를 부르는 거다. 정미가 문을 열고 들어서니 마루의 불빛이 비치는데 나는 누운 채 텔레비전을 켜달라고 부탁한다. 아프고부터 내 방에 작은 텔레비전을 갖다 놓았다. 잠이 오지 않을 때 괴로움을 분산시키기 위해 일부러 화면을 본다. 병원에서 그 방법을 배웠다. 정미가 전원을 켜니 토론과 연속극이 연이어 나온다. 정미가 다시 채널을 돌리자 외국 영화 장면이 나온다. 코에 동그란 점을 찍고 광대 분장을 한 여자가 북을 친다. 웃통을 벗은 남자는 가슴에 채운 사슬을 끊고, 구경꾼들에게 떠들고 있다. 낯익은 장면 같아서 나는 그것을 보겠다고 손짓한다. 안소니 퀸이 떠돌이 광대로 나오는 영화다. 정미가 옆으로 와서 내 이불을 살피며 일러준다.

"일요일이라 주말의 영화를 해요.「길」이란 이태리 영화예요."

"전에 보았다. 좋은 영화지."

"다시 보셔도 좋을 거예요. 아프시면 부르세요."

정미가 나간 뒤 어둠 속에서 영화를 본다. 당신 어디 사람이에요? 내 고향 사람이지, 어디서 태어났어요? 우리 아버지 집에서 났지. 수줍은 듯 묻는 젤소미나와 내던지듯 답하는 참파노. 통나무같이 거칠고 과묵한 광대 참파노에게 만 리라에 팔려와 동반자가 된 백치 여인이다. 다른 여자와 나가서 돌아오지 않은 남자를 찾아나섰다가 참파노의 오토바이가 놓인 공터에 토마토 씨앗을 심고, 과부와 수작하러 방에 들어가면서 뻔뻔하게 윙크하는 참파노에게 마주 윙크하는 천진한 젤소미나. 눈썹을 내리그은 광대 얼굴에 엉터리 연극과 춤으로 사람들을 즐겁게 하고, 마을 아이들은 젤소미나를 병든 사촌의 침실로 데려가 "재 좀 웃겨줘." 부탁한다. 참새처럼 방을 돌다가, 병든 아이 앞에 사자(使者)처럼 서서 동그랗게 눈을 뜨고 웃는 젤소미나, 그 유리 같은 미소에 나는 구원을 받은 듯 자리에서 가만 일어나 앉는다. 처음 써보는 모자와 악기, 나무와 벌레 등 세상의 모든 것에 환희로 감응하는 이 순수한 생명체는 짐승 같은 참파노가 불쌍하여 떠나지 못하고, 불운한 광대 마토의 죽음에 병이 든다.

강철 허파의 사나이 참파노는 여전히 술에 취해 싸우고 해변에 와서 흐느끼는데, 밤의 해변에 깔리는 나팔소리가 젤소미나의 혼 같이 가슴을 파고든다. 알 수 없는 인과로 태어나 삶의 희로애락에 울고 웃다가 길을 떠나는 우리들은 모두 광대다.

영화가 끝나자 정미가 살그머니 들어와 텔레비전을 끄고 나간다. 다시 어둠 속에 묻혀 있다가 사방이 고요해지자 나는 자리에서 일어난다. 피에로를 그리고 싶다. 영화를 보다가 아픈 것도 잊었는데 젤소미나의 무구한 영혼이 예수의 손처럼 육신의 고통을 순간 치유해 준다.

머리맡의 스케치북을 펼쳐 즉흥적으로 피에로를 그린다. 고깔모자를 쓰고 드럼통같이 뒤뚱거리며 나팔 부는 광대. 안악 3호 무덤 등 고구려 고분 벽화에도 뿔나팔이 등장하고, 북제 누예묘의 거대한 벽화에도 긴 호각을 부는 병사 무리들이 그려져 있다. 고달픈 삶을 마감한 피장자에 대한 경의로 이승에서 마지막 진혼곡을 올리는 것일까.

나, 미불은 화폭에서 마지막 유랑의 나팔을 불리라. 나의 육체와 그 육체의 전언에 시인처럼 감응하며 삶의 욕망을 찬미했고, 원죄 없는 낙원에서 걸러낸 생명의 색채를 그대들에게 펼쳐보였다. 발치엔 구경꾼 몇 명이 장난감처럼 서서 거인 피에로를 마천루처럼 올려다보는데, 하늘로 솟은 뿔나팔 허리엔 구름이 걸려 있다. 옛말에 인간의 몸은 빨간색이고 마음은 노란색이며 정신은 파랑색이라 하던데, 광대 옷을 빨간색으로 칠하자. 목마를 때 비를 내리며 내 곁을 맴도는 구름은 정신의 파란색, 휘어진 뿔나팔은 노란색으로 칠하기.

단순한 구도라 순지에다 밑그림까지 그려놓는다. 60여 년간 화가로 살아오면서 처음으로 그린 나의 자화상이다. 화중유시(畵中有詩)를 배격하여 그림에 글을 써본 일이 없지만, 만약 이 그림에 제발(題跋)을 쓰라면 청대의 화가 금농(金農)이 말그림에 붙인 글을 인용하겠다. '늦었도다, 나는 바람과 티끌 자욱한 이 광막한 들판에서 알아주는 사람을 구하고 싶지 않다.'

그림을 그리다가 동이 틀 때도 있지만 이제는 몸이 허락하지 않는다. 두어 시간 작업을 한 것 같은데 손에 힘이 없다. 절반은 말아놓은 '나의 뿌리'도 들여다보고 다시 자리에 눕는다. 나흘 뒤엔 또 항암 치료에 들어가니 그 안에 그림을 완성하면 좋으련만. 피에로 그림은 크지 않고 단순하니 그 안에 마치도록 하자.

간간이 기침이 나오지만 몸이 땅으로 가라앉는 것 같다. 긴 잠을 자고 싶다. 충분히 자고 나면 기운이 날 것도 같다. 작업 때문에 정신은 늘 긴장돼 있다. 저린 손발을 오므렸다 펴보다가 몸을 늘어뜨리고 힌디어로 숫자를 센다. 에크, 도, 띤, 차르, 빤취, 체, 싸트, 아트……

한없이 층계를 올라가 열린 문으로 들어서니 양 회랑 바닥엔 사람들이 누워 있고, 이국적인 조각들이 서 있다. 동물이기도 하고 신 같기도 하다. 여기가 어딘지 물어보고 싶어도 모두 늘어져서 자고 있다. 빛살이 비치는 낮인데 이들은 왜 전부 잠을 자는 것일까. 안으로 안으로 걸어 들어가니 동굴처럼 컴컴하여 손을 뻗는데, 눈앞에 거대한 돌이 가로놓여 있다. 내 키만 한 타원형의 돌이다. 그 검은 돌은 마치 땅에서 솟은 듯 웃터 있고, 한없이 자라날 것만 같다. 나는 그제야 존재를 알아보고 내 목에 걸린 꽃목걸이를 링검 위에 걸쳐놓는다. 영광은 당신에게.

사원 뒤로 나오자 좁고 긴 골목이 나타난다. 긴 벽을 따라가니 이국어가 쓰여 있다. 저 음표 같은 글씨는 벵갈어가 아닌가. 악기상회인지 가게엔 악기들이 가득하다. 주인이 벵갈 사람인가? 정미가 배웠던 타불라도 놓여 있다. 삶의 환희를 노래하던 그 난만한 가락. 정미는 한국에 돌아오자 더 이상 타불라를 치지 않는다. 타불라 가락은 인도의 대기와 어우러진다.

그 관능적인 북소리가 어디선가 들려오는 것 같아 고개를 끄덕이며 악기점을 지나가니 미타이 가게가 나온다. 스위트라 부르는 다디단 작은 케이크 류가 소꿉장난같이 칸칸이 놓여 있다. 설탕즙에 떠 있는 솜처럼 폭신한 로슈쿨라. 계란색 밀크에 담긴 라스말라이는 여자 혀처럼 감기는데 나는 웃지 않는 인도 서시 미라에게 라스말라이를 바쳤다.

선라이즈 카페와 사리 가게를 지나니 향 가게가 이어진다. 덜큰한 향 냄새. 인도향을 태우노라면 몽롱한 연기 속에서 어린 크리슈나 신이 나와 춤을 출 것만 같다. 법당에서 향을 피우면 여래의 품으로 들어서는 듯 하지 않은가. 신기하다. 삭막한 현실에서 향이 하나 첨가되면 갑자기 환상이 열린다. 사향은 남자를 유혹하고 샤넬 향수는 여자를 도취시키는데, 바다 냄새든 인공향이든 모든 향은 감각을 일깨우므로 관능적이다.

이발소를 스쳐가려니 야채가게 앞으로 어슬렁 걸어오며 소가 똥을 몇 무더기 싼다. 햇빛 속에 하얗게 날아다니는 파리 떼들이 하루살이같이 허공에 와글거리는데, 눈만 내놓은 채 온 얼굴을 흰 천으로 두른 남자가 샛골목에서 나타나 릭샤를 끌고 사라진다. 햇빛을 차단하는 방법이지만 아라비안나이트의 도적 같다.

소녀들이 양은단지를 씻으며 재잘대는 우물가를 지나 검은 옷을 입은 무슬림들이 모여 예배하는 것도 구경하고, 내 앞에 굴러온 공을 던져주기도 하면서 골목을 쏘다니다가 길을 잃다. 겨우 한두 사람이 지나다닐 만한 좁은 골목이 끝없이 이어져 있는데, 소를 뒤따라 가다가 방향을 돌리고, 사람들이 가리키는 방향으로 계속 걸어간다. 꼬불꼬불 미로를 돌았더니 낯익은 옴카페가 나오고, 서둘러 옆 골목으로 들어서 몇 발자국 걸어가니 멀리서 모래사장과 녹색유리처럼 반짝이는 강이 시야에 들어온다. 갠지스다. 그제야 안심하고 골목 끝까지 걸어가니 강변으로 가파르게 내리뻗은 층계와 강가에 묶여 있는 배 한 척이 눈에 들어온다. 마치 나를 태우려고 기다리고 있는 배 같다.

강가로 다가가며 언뜻 하늘을 보니 까마귀들이 날아가는데 고요하기만 하다. 그러고 보니 여태 정적 속을 헤매 다녔다. 허리띠처럼 긴 골목도 적막했고, 골목에서 만난 소도 아이들도 무성영화처럼 움직였다. 눈앞에 펼쳐진 갠지스는 괴괴하기까지 하다. 마치 폭풍 전날처럼. 하얗게 날던 파리 떼처럼 시간도 하얗게 바랜 듯하다.

갑자기 벨이 울려 무언의 풍경화 속에서 깨어난다. 낮은 전화 소리지만 적요를 깨트리기엔 충분하다. 정미가 없는지 두 번이나 울리도록 받지 않아서 내가 자리에서 일어나 전화를 받는다. 정신을 차리자면 일어나야지. 내가 천천히 수화기를 드니 상대편 음성이 먼저 울린다.

"미불 선생 댁이죠. 저 박원이란 사람입니다."

"날세."

박원은 지난 연말 잠시 서울 왔다가 성북동에 들렀다. 일 밖에 모르는 그 조각가도 몇 달 사이에 머리가 하얗게 세고 노쇠해 보였다. 박원이 안부를 묻는다.

"건강은 어떠세요. 다시 방사선 치료를 받았다고 들었습니다만."

"아직은 괜찮아. 나이도 나이니만큼 완치보다 생명을 연장하는 거라고 봐야겠지. 담담하게 받아들이고 있어."

"선생님은 할 일이 많으시니 오래 사실 겁니다. 장담해요. 그래도 주변 정리는 하시는 게 좋겠어요."

"주변 정리랄 게 있나. 두문불출하고 그림 그리다가 피곤하면 눕고, 그게 내 생활의 전부야."

박원이 머뭇거리다가 입을 뗀다.

"그저께 서 사장이 내려왔는데 그 여자 말을 해요. 삼 주 전인가 찾아와서 인생 상담을 했답니다. 물론 서 사장이 잘 타일러 보냈다지만."

"그 여자라니 진아 말인가. 또 상담이라니."

"그 사람 아니면 누구겠습니까. 별일은 아니니 신경 쓰실 건 없어요. 안부전화 하면서, 혹시 싶어 알려드리는 겁니다."

무슨 일인지 모르지만 가슴이 써늘해진다. 진아는 아이처럼 흙탕물을 튀기며 다닌다. 내가 숨을 가쁘게 내뱉으니 박원이 조언한다.

"여자를 사랑하는 거야 아름답지만 격이 비슷해야죠. 그래서 제가 조심하라고 했던 겁니다."

"나쁜 사람은 아니니 걱정 말게. 내 태생이 못나서 이런 일이 생기는구먼."

"무슨 말씀을. 사랑의 길에서는 공자도 잘못을 저지른다는데. 완벽한 사람이면 선생님에게 무슨 매력을 느끼고 따르겠어요. 저는 제 못난 것을 보이지 않으려고 일 이외 모든 것을 차단해 버려요. 그 차입니다."

"존경합니다."

박원이 크게 웃고 나도 따라 웃는다. 그러나 기운이 빠진 웃음이다. 건강이 좋아지면 이번 사월 스페인 전시회에 함께 가자고 약속한다. 박원은 여행을 위해 그때까지 몸을 잘 보전하라고 당부한다. 전화를 끊고 나니 정미가 사골국에 잡곡밥을 차려 상을 들고 온다. 시계를 보니 여덟시가 넘었다. 오늘은 늦게 일어났다. 정 서방은 출근했는지 집이 조용하다. 정미가 밥상을 앞에 놓으며 누구냐고 묻는다. 박원이라고 일러주니 안도한다.

"제가 잠깐 뜰에 나간 사이 전화가 왔어요. 모처럼 잘 주무시는데 전화로 깨운 것 같아서."

"아니야. 꿈을 꾸다가 깬 거야. 긴 꿈을 꾸었다. 바라나시의 미로를 헤맸어."

"또 인도 가고 싶으세요?"

나는 멍하니 창 밖을 내다본다. 육신은 이곳에 묻혀도 내 혼은 갠지스의 하늘을 까마귀처럼 맴돌 것 같다. 정미의 얼굴에도 언뜻 그리움이 스친다. 이날 보니 정미 얼굴이 약간 부은 것 같다. 배도 많이 부르다. 힘들어 보여서 안쓰럽다. 나는 정미 손을 잡고 다독인다.

"조금만 참자, 아부지도 살아오면서 힘든 날이 많았지만 늘 그렇게 기다렸다."

오전에 피에로 그림을 일부 채색하고 다시 자리에 눕는다. 무리다 싶으면 쉬고, 나를 몰아붙이지 않기로 한다. 간밤에 작업을 했더니 힘든 것 같다. 기침이 자꾸 나오고, 무언지 나를 옥죄어오는 듯 가슴이 답답하다. 무념으로 돌아가려고 애쓰는데 대문의 초인종 소리가 울린다. 간병인 아주머니가 밖으로 나갔다가 다시 현관으로 들어와 정미를 부른다.
"법원에서 나왔다고 하는데요."
"법원요?"
정미가 나가고 대문에서 말소리가 들리더니 사람들의 발자국 소리가 난다. 현관이 소란하면서 남자의 목소리가 크게 들린다.
"가압류 결정을 집행하러 나왔어요. 박진아 씨의 '사실혼 부당파기로 인한 손해배상청구'에 법원이 가압류 결정을 내렸어요. 가압류 결정문 여기 있어요."
"진아 씨 이게 무슨 짓이에요. 도대체 왜 이러는 거예요."
"보시는 대로. 벽에 붙은 그림이랑 전부 가압류 해주세요."
아주머니가 말리는 소리와 정미의 탄식이 들려오더니 잠시 후 내 방문이 젖혀진다. 진아와 집행관이 방으로 들어서는데 정미가 두 사람을 가로막는다.
"여긴 환자 방이에요. 아무것도 없어요. 나가요."
"저기 큰 그림 있네. 저것도 압류해요."
진아가 미완성의 대작을 가리키니 집행인이 그림에 빨간 딱지를 붙인다. 나를 외면하고 방을 둘러보는 진아 모습은 표독스럽기까지 하다. 저 뜨물 같은 아이, 나는 자리에서 일어나 앉지만 집행인과 진아는 방을 나선다. 정미가 마루에서 외친다.
"당신은 기생충이야. 젊음을 미끼로 노인 옆에 붙어서 물질을 해결하며 살아갔지. 그것까지도 좋아. 십년을 알아왔으면서 생명이 꺼져가는 환자에게 이게 무슨 짓이에요."

"기생충? 나도 정미 씨처럼 훌륭한 아버지가 있으면 열 번 박사가 됐어. 해골 같은 노인의 정부 따윈 하지 않아. 내 젊음을 진 뺀 게 누군데."

"열 번 박사가 되면 뭘 해. 아무리 가난해도 난 당신 같은 사람은 되지 않아요. 본성이 달라. 추악해."

"내가 추악하면 당신 아버지도 추악해. 잘난 체할 것 없어."

정미인지 그제야 열려 있는 방문을 닫는다. 가슴이 터지는 것 같다. 몸 안의 회로로 피가 몰아쳐 폭발할 것만 같다. 폐부로부터 기침이 나온다. 나를 토하고 싶다. 광인처럼 가슴을 쥐어뜯으며 나를 해체시키고 싶다. 의식도 태풍에 쓸린 듯 뒤엉켜 아무것도 모르겠다. 무엇이 선이고 무엇이 악인지 모르겠다. 무엇이 미이고 무엇이 추인지 모르겠다. 내가 지금 알고 있는 것은 삶이 고통스럽다는 것뿐. 이 모멸을 어찌 해야 할지 알 수 없다는 것뿐. 신이 있다면 가르쳐줄까? 미약한 우리 인간들은 막다른 골목에서 신을 찾지만 나는 누구에게도 묻지 않겠다. 나 저녁 산책길에 신을 만난다면 이같이 기원하리. 신을 의뢰하지 않는 굳센 마음을 주십사고. 그러니 고통도 신에게 맡기지 말고 내가 껴안으리. 나의 자업자득을 멍든 가슴으로 포옹하리. 오라, 고통이여! 나는 너의 피까지 삼키리니.

내장이 당기듯 격렬한 기침을 하는데 무언가 울컥 입에서 쏟아진다. 선홍의 피다. 바닥에 흥건히 고인 폐부의 피. 장미의 심장 같은 피. 순간 허공을 찌르듯 짧은 비명이 울린다. 나의 비명인가? 아니 그건 기억 저편의 소리, 마더 칼리 사원에 바쳐진 산양의 단말마가 아닌가. 재생인 죽음을 가르쳐주는 속죄양의 비명이다.

 순간 붓에 피를 적셔 피에로의 옷을 칠한다. 구경꾼들이 발치에서 마천루처럼 올려다보는 거인 피에로. 노란 뿔나팔과 하늘로 솟은 나팔 위에 걸린 파란 구름, 삼각 모자도 꿈꾸는 눈도 잿빛으로 칠하고, 옷만 하얗게 비어 있다. 붉은 피가 종이에 번진다. 맨드라미 심장 같은 피가. 부글부글 뜨거운 진채로 빨간 옷을 입히니 피에로가 꿈틀 살아나는 것 같다. 아무도 알아주지 않아도 물감의 꽃밭에서 나팔 불었던 나. 인간의 몸은 빨강이라는데 빨간 나의 몸을 사랑했던 광대 미불.

작가의 말

  미대 시절부터 예술과 접하며 예술가들의 세계를 추구했으나 나는 "예술가란 무엇인가?"라는 질문을 30년 가까이 화두로 삭여 온 셈이다. 80년대에 당대의 예술가들을 집중적으로 인터뷰한 적이 있고, 그 뒤 장편소설 『가까운 골짜기』를 펴내고 이번에 『미불』을 완결했다. 제목도 없는 이 소설의 초고 20매를 써놓고 서랍에 넣어둔 것이 1989년에 펴낸 『가까운 골짜기』를 쓰기 전이니 정말 늦된 출신이다.

  삶의 강열한 근거로서 에로티즘을 추구하는 노화가, 칠순에도 정념을 끊지 못하고 몸의 진실을 따르는 벌거숭이 인간이지만 화폭 앞에선 구도(構圖)로써 제왕처럼 완전을 지향하고, 고통 속에 도약하는 미불. 이 소설 속엔 '완전과 불완전', '미와 추', '예술가와 범인(凡人)' 등 내 물음이 녹아 있다. '예술과 고통'의 연관에 대해서도. 자신의 불완전을 극기하듯 상처에서 진주를 키우는 예술가. 어떤 삶의 고난도 진정한 예술혼을 꺾을 수는 없다. 이것이 나의 믿음이다.

2004년 4월
강석경

1판 1쇄 찍음 2004년 3월 29일
1판 1쇄 펴냄 2004년 3월 31일

지은이 강석경
펴낸이 박맹호
펴낸곳 (주) 민음사

출판등록 1966. 5. 19. (제16-490호)
서울시 강남구 신사동 506 강남출판문화센터 5층(135-887)
대표전화 515-2000 / 팩시밀리 515-2007
www.minumsa.com

값 9,000원

ⓒ 강석경, 2004. Printed in Seoul, Korea
ISBN 89-374-8036-0 03810